क्रम-सूची

AF833956

तोराह - उत्पत्ति

प्राचीन पथों पर चलना

डेबोरा ह्युस्टिस -रिचर्ड विल्सन

Made with ♥ on the Notion Press Platform
www.notionpress.com

व्यवस्था की यह पुस्तक तुम्हारे चित से न उतरने पाए

वरन दिन रात इस पर ध्यान करते रहना,

ताकि तुम उस में लिखी हुई हर बात को करने में चौकसी करो।

क्योंकि तब तुम समृद्‌ध होगे और अपने हर काम में सफल होगे।

जोशुआ 1:8

प्रस्तावना

टोरा...प्राचीन पथों पर चलना, प्रभु के पर्वों के उत्सवों के साथ-साथ टोरा की शिक्षाओं की एक श्रृंखला है जो आपको यहोवा की सुंदर सच्चाइयों की यात्रा पर ले जाती है और आपको स्वयं येशु की उपस्थिति में लाती है। यह कोई सामान्य अध्ययन नहीं बल्कि एक अनुभव है जो आपके जीवन को हमेशा के लिए बदल देगा। यह बैक टू द रूट्स का एक ठोस प्रयास है जो न केवल एक कार्यक्रम है बल्कि आपको जड़ से उखाड़ने और आपको ईश्वर के वचन से बांधने के लिए एक आंदोलन है ताकि आप बढ़ सकें और आप जो कुछ भी करते हैं उसमें आपको समृद्ध बनाया जा सके। यह सब तब शुरू हुआ जब पास्टर रिचर्ड विल्सन ने मोंटाना यू.एस.ए. का दौरा किया, उन्हें एक घर में एक छोटे बाइबिल अध्ययन समूह में भाग लेने के लिए बुलाया गया था। यह एक टोरा अध्ययन समूह था जहां उनकी मुलाकात येशुआ के खूबसूरत विश्वासियों से हुई। अपने समय के दौरान उन्होंने वहां साझा करने, सुनने में बिताया, येशुआ ने अपने दिल से बात की और उन सभी सच्चाइयों की याद दिलाई जो उनके लिए स्पष्ट हो गईं, जैसा कि उनका वचन कहता है, "जब सत्य की आत्मा आएगी तो वह आपको सभी सत्य में ले जाएगा ...

इन शब्दों में स्पष्टता आ गई....

व्यवस्था की ये किताब तेरे चित से कभी नहीं उतरे रात और दिन उस पर मनन करना जो कुछ उसने लिखा है उसको पूरा करने की कोशिश ऐसे करें से तेरे सारे काम सफल होंगे.... "जाओ और सभी देशों के शिष्यों को बपतिस्मा दो जो लोग विश्वास करते हैं और "उन्हें पालन करना सिखाते हैं" (तोराह) ... वह सब जो मैंने आपको आदेश दिया है...
"मैं व्यवस्था को ख़त्म करने नहीं बल्कि उसे पूरा करने आया हूँ"...

"यहोवा यों कहता है: "चौराहे पर खड़े होकर देखो; प्राचीन मार्गों के बारे में पूछो, पूछो कि अच्छा मार्ग कहाँ है, और उसी पर चलो; तब तुम अपनी आत्मा को विश्राम पाओगे।"

यिर्मयाह 6:16

भूमिका

परिचय

"उत्पति की पुस्तक"

उत्पत्ति की पुस्तक का अध्ययन क्यों करें? या, उस मामले के लिए, पुराने नियम का अध्ययन ही क्यों करें? यदि हमारे उद्धार के लिए हमें जो कुछ भी चाहिए वह नए नियम में पाया जाता है, तो अपने बढ़ते व्यस्त जीवन में, प्राचीन इतिहास और पुरानी आज्ञाओं का अध्ययन करके खुद को थकाने के लिए समय क्यों निकालें? क्यों न हम स्वयं को यीशु के साथ सांत्वना दें और क्रूस पर हमारे लिए उसने जो किया उस पर ध्यान केंद्रित करें? जबकि यह तेजी से पादरियों और पैरिशियनों का रवैया बन गया है, हमें यह महसूस करने की आवश्यकता है कि येशुआ का साढ़े तीन साल का सेवकाइ हमारे उद्धार की "बड़ी तस्वीर" में एक क्षण था। निश्चित रूप से एक बहुत ही महत्वपूर्ण क्षण, लेकिन फिर भी केवल एक क्षण और उनकी पूरी कहानी और चरित्र का केवल एक हिस्सा। यदि हम बाइबिल की नींव (पहली पांच किताबें, जिन्हें "तोराह" कहा जाता है) का अध्ययन नहीं करते हैं, तो हम कभी भी मानव जाति की मुक्ति की पूरी कहानी नहीं समझ पाएंगे, न ही हमारे सामने आने वाले राज्य की नियति को समझ पाएंगे, और, सबसे महत्वपूर्ण बात यह है कि , उनके चरित्र की पूर्णता। यदि हम उसके चरित्र की संपूर्णता को नहीं समझते हैं, तो हम वास्तव में उसे नहीं जानने का जोखिम उठाते हैं... जो संभवतः हमें मति 7:22-23 में उल्लिखित लोगों की श्रेणी में डाल सकता है: "बहुत से लोग मुझसे कहेंगे उस दिन, 'हे प्रभु, हे प्रभु, क्या हम ने तेरे नाम से भविष्यद्वाणी नहीं की, और तेरे नाम से दुष्टात्माओं को नहीं निकाला, और तेरे नाम से बहुत से आश्चर्यकर्म नहीं किए?' और तब मैं उन से कहूंगा, हे अधर्म करनेवालो, मैं ने तुम को कभी नहीं जाना, मेरे पास से चले जाओ!"

उत्पत्ति की पुस्तक दो स्पष्ट विषयों में विभाजित है। उत्पत्ति का पहला भाग सृजन और दुनिया में पाप के प्रसार पर केंद्रित है, और नूह के दिनों के दौरान विनाशकारी बाढ़ में समाप्त होता है, जो अंततः एक परिवार के माध्यम से दुनिया को बचाता है। पुस्तक का दूसरा भाग एक व्यक्ति अब्राहम के साथ ईश्वर के व्यवहार पर केंद्रित है, जिसके माध्यम से ईश्वर दुनिया में मुक्ति और आशीष लाने का वादा करता है। इब्राहीम और उसके वंशजों ने प्रत्यक्ष रूप से प्रभु (याहवे) पर भरोसा करना सीखा--जो विभिन्न रूपों में येशुआ की अभिव्यक्ति है, जलती हुई झाड़ी में आग से लेकर बादल के खंभे तक जो इस्राएल के बच्चों को बाहर ले गया मिस्र में दासता का बंधन, मूसा से आमने-सामने मिलने पर एक आदमी की उपस्थिति, और अंततः प्रकाश के स्तंभ (शकीना महिमा) के रूप में जो उनके बीच रहता था। चाहे अकाल का समय हो या दावत का,आशीष हो या श्राप का, केवल विश्वास के माध्यम से ही उन्हें बचाया जाएगा। इब्राहीम से...इसहाक तक...याकूब तक...यूसुफ तक...एक महान भूमि के मालिक एक महान राष्ट्र में परमेश्वर के वादे फलदायी होने लगते हैं।

आमुख

Ps. Richard Wilson

रिचर्ड विल्सन: टोरा - वॉकिंग द एंशिएंट पाथ्स सीरीज़ के सह-लेखक हैं और पिछले 33 वर्षों से 10/40 विंडो के सबसे दुर्गम क्षेत्रों में युवा अगुवाओं को पढ़ाने, प्रशिक्षण और सलाह देने और उन्हें उनके बुलाहट और उद्देश्य में आज़ाद करने का काम भी कर रहे हैं। वह और उनकी पत्नी तीन बच्चों के साथ उत्तर भारत में सेवारत हैं।

पास्टर रिचर्ड विल्सन भी "बैक टू द रूट्स" का नेतृत्व कर रहे हैं... वह पूरे भारत, नेपाल में पास्टर और अगुवाओं को पढ़ा रहे हैं और प्रशिक्षित कर रहे हैं और उन्होंने फिजी द्वीप समूह, थाईलैंड, इज़राइल जैसे देशों और संयुक्त राज्य अमेरिका के कई स्थानों में यात्रा और सेवा की है। उनको सेवाकायी को तैयार करने, पुनर्स्थापित करने और रिहा करने के लिए राष्ट्रों के लिए बुलाहट है !

पास्टर रिचर्ड विल्सन"कॉल्ड बियॉन्ड मिनिस्ट्रीस इंटरनेशनल " के वरिष्ठ पास्टर के रूप में भी अग्रणी हैं जो भारत और पड़ोसी देशों के सबसे दुर्गम क्षेत्रों में सैकड़ों चर्चों की देखरेख कर रहा है और "हार्वेस्ट डिसिपल मेकिंग नेटवर्क" के संयोजक भी हैं, जो उत्तर भारत के 12 राज्यों में यीशु की तरह शिष्य बनाने के लिए पहुंच रहा है।

पृथ्वी पवित्र आत्मा के शक्तिशाली पुनरुद्धार के कगार पर है... मेरा मानना है कि हमें "रिवाइवल नॉट सर्वाइवल "के लिए बुलाया गया है।
आइए और परमेश्वर के महान अंतिम कदम का हिस्सा बनिए..

- पास्टर रिचर्ड विल्सन

1

उत्पत्ति 1:1- 6:8

उत्पत्ति 1:1- 6:8

उत्पत्ति की पुस्तक, दुनिया के गठन से पहले से शुरू होकर यूसुफ की मृत्यु के साथ समाप्त होती है, लगभग 1,800 वर्षों को कवर करती है और मानव जाति के इतिहास की कुछ सबसे नाटकीय घटनाओं को दर्ज करती है। उत्पत्ति के लिए हिब्रू शब्द "बेरेशिथ" (उच्चारण "बेर-ए-शीट") है और इसका अर्थ है:

"प्रारंभ में"। उत्पत्ति की प्रस्तावना से उद्धृत करने के लिए:

"उत्पत्ति का पहला भाग दुनिया में पाप की शुरुआत और प्रसार पर केंद्रित है और नूह के दिनों में विनाशकारी बाढ़ में समाप्त हुआ। पुस्तक का दूसरा भाग एक आदमी, अब्राहम के साथ परमेश्वर के व्यवहार पर केंद्रित है, जिसके माध्यम से परमेश्वर ने वादा किया है दुनिया में मुक्ति और आशीष लाएँ। इब्राहीम और उसके वंशज प्रत्यक्ष रूप से सीखें कि अकाल और दावत, आशीष और बंधन के समय में प्रभु पर भरोसा करना हमेशा सुरक्षित होता है। इब्राहीम से... इसहाक तक... याकूब तक यूसुफ...एक महान भूमि पर कब्ज़ा करने वाले एक महान राष्ट्र में परमेश्वर के वादे फलदायी होने लगते हैं।"

उत्पत्ति 1:1-2--सभी चीज़ों की रचना में त्रित्व का प्रमाण

• वचन एक में---"शुरुआत में परमेश्वर ने आकाश और पृथ्वी का निर्माण किया"---हिब्रू में "परमेश्वर" शब्द, "एलोहीम" (उच्चारण: "एल-ओ-हीम") है। परमेश्वर के लिए एकवचन में शब्द "एलोहा" है, और बाइबल में इसका प्रयोग शायद ही कभी किया गया हो। "एलोहिम" शब्द बहुवचन है! यहूदी लोग, जो अभी तक येशुआ में विश्वास नहीं करते हैं, दृढ़ता से मानते हैं कि ईश्वर एक परमेश्वर है। वे दो चीजों पर कायम हैं...दूसरी आज्ञा: "मेरे सामने तुम्हारे पास कोई अन्य देवता नहीं होगा" [निर्गमन 20:3], और पवित्र शेमा का पहला पद: "हे इस्राएल, सुनो: यहोवा हमारे परमेश्वर, यहोवा एक है।" [व्यवस्थाविवरण 6:4] लेकिन इसके बारे में दिलचस्प बात यह है कि हिब्रू में "एक" शब्द "ईचड" है (उच्चारण "ई-चाड", "च" के साथ जैसे आप अपना गला साफ कर रहे हैं), और इसका अर्थ है एकीकृत, जिसका अर्थ है कि यह बहुवचन है! इसलिए, "परमेश्वर" और "एक" दोनों बहुवचन काल में हैं! जब आप इसे उनके ध्यान में लाते हैं तो रूढ़िवादी यहूदी स्पष्ट रूप से परेशान हो जाते हैं और इसके बारे में बात नहीं करते हैं। उनकी हताशा को बढ़ाने के लिए, वचन 26 में बहुवचन विशेषणों का उपयोग किया गया है:

"तब परमेश्वर (एलोहीम) ने कहा, "आओ हम मनुष्य को अपने स्वरूप के अनुसार अपनी समानता में बनाएं।" जल्द ही किसी दिन उनकी आंखें इन चीज़ों की ओर खुलेंगी और हम उनके साथ आनंद मनाएंगे!

• अब वचन दो की तुलना करें, "पृथ्वी निराकार और सूनी थी; और गहरे जल के ऊपर अन्धियारा था। और परमेश्वर की आत्मा जल के ऊपर मँडरा रही थी।", नीतिवचन 8:22-26 के साथ:

• 22"यहोवा ने अपने मार्ग की शुरुआत में, अपने पुराने कार्यों से पहले मुझ पर कब्ज़ा कर लिया। [शब्द "मैं" पवित्र आत्मा को संदर्भित कर रहा है।]

23मैं अनादिकाल से, वरन आरम्भ से, पृथ्वी के अस्तित्व से भी पहिले से स्थिर हूं।

24 जब गहराइयां न थीं, और जल से भरपूर सोते न थे, तब मैं उत्पन्न हुआ।

25पहाड़ों के बसने से पहिले, अर्थात टीलों के साम्हने, मैं उत्पन्न हुआ;

26 जबकि उस ने अब तक न पृथ्वी, न मैदान, न जगत की आदि धूल बनाई।

यहां हम इस बात का प्रमाण देखते हैं कि पवित्र आत्मा सृष्टि की शुरुआत में मौजूद था।

• अब आइए इस सब की तुलना यूहन्ना 1:1-3, 14 से करें, "1आदि में वचन था, और वचन परमेश्वर के साथ था, और वचन परमेश्वर था।
2वह आरंभ में परमेश्वर के साथ था। 3सभी चीजें बनाई गईं उसके द्वारा और उसके बिना कुछ भी उत्पन्न न हुआ जो उत्पन्न हुआ। 14 और
वचन देहधारी हुआ, और हमारे बीच में वास किया, और हम ने उसकी महिमा देखी, अर्थात् पिता के एकलौते की महिमा, अनुग्रह और सच्चाई

से परिपूर्ण।" यहां हम स्पष्ट रूप से देखते हैं कि पिता और पुत्र सभी चीजों के निर्माण में एक साथ थे, जैसा कि पवित्र आत्मा था, जैसा कि हम नीतिवचन 8 में पढ़ते हैं।

उत्पत्ति 1:3-13---एक दिन क्या है?

• यहां हमें यह कारण मिलता है कि हिब्रू कैलेंडर हमेशा प्रत्येक नए दिन को सूर्यास्त के समय शुरू करता है, जबकि अधिकांश संस्कृतियां सूर्योदय या आधी रात के साथ दिन की शुरुआत करती हैं। यहूदी लोग इसे कहां से लेकर आए? दरअसल, सृष्टि के पहले दिन से ही इसे इसी तरह "स्थापित" किया गया था। उत्पत्ति 1:5--"परमेश्वर ने उजियाले को दिन कहा, और अन्धियारे को रात कहा। इस प्रकार सांझ और भोर पहिले दिन हुए।" (और इसलिए यह सब चलता रहता है।)

उत्पत्ति 1:14-31---भौतिक सृष्टि का समापन

• छठे दिन के अलावा, जब एलोहीम ने मनुष्य और पृथ्वी पर रहने वाले सभी अन्य जीवित प्राणियों को बनाया, वह दिन जिस पर सबसे अधिक टिप्पणी की गई वह चौथा दिन था... जिस दिन उसने "आकाश के आकाश" में "रोशनी" स्थापित की आकाश"। इस प्रकार उसने पाँच कारणों से सूर्य, चंद्रमा और तारों की रचना की:

1. दिन को रात से बाँटना
2. संकेत होना (चेतावनी के संकेत होना, जैसे कि रक्त चंद्रमा में, दो संकेत जो उनके द्वारा क्लेश के ठीक मध्य में बनेंगे) [प्रकाशितवाक्य 12:1-4, आदि]
3. ऋतुओं में अंतर करना (याद रखें कि "मौसम" "दावतों" के लिए एक यहूदी मुहावरा है...इसलिए, यह निर्धारित करने के लिए कि दावतें कब हैं...विशेषकर तुरही का पर्व)
4. दिनों और वर्षों का हिसाब रखना (एक कैलेंडर स्थापित करना)
5. पृथ्वी पर प्रकाश दे (और अपनी महिमा दिखाए!)

• वचन सोलह में, निर्माता बहुत उत्तेजक बात कहता है। वह कहता है कि बड़ी रोशनी को दिन पर शासन करना था, और छोटी रोशनी को रात पर शासन करना था। उन्होंने इस कथन को महत्त्वपूर्ण महत्व देते हुए वचन अठारह में पुनः दोहराया। पूरी बाइबल में "अच्छाई बनाम बुराई" का विषय रहा है, लेकिन हमारी पीढ़ी में मास-मीडिया की शुरुआत के कारण हम सभी को चेहरे पर बुराई देखने के लिए मजबूर होना पड़ा है। एडॉल्फ हिटलर से लेकर आईएसआईएस तक, हमें मनुष्य की बुराइयों को उस स्तर तक देखना पड़ा है जिसकी हमने पिछली पीढ़ियों में कभी कल्पना भी नहीं की थी। लेकिन इन वर्षों में इन दो छंदों ने मेरा ध्यान अधिक से अधिक आकर्षित किया है, क्योंकि घटनाओं ने अच्छे और बुरे की एक कहानी को उजागर किया है जो हजारों साल पहले इश्माएल और इसहाक... याकूब और एसाव... फिरौन और के दिनों तक चली जाती है। इस्राएल की सन्तान...असीरियन और इस्राएल...बेबीलोन और इस्राएल। आज, इज़राइल के खिलाफ बिल्कुल वही खिलाड़ी हैं--और यह अंत तक रहेगा। रास्ते में उन्हें कुछ मदद मिल सकती है, लेकिन ये वही खिलाड़ी होंगे।

जो लोग आज मध्य पूर्व में रहते हैं वे वही लोग समूह हैं जो हजारों साल पहले थे, और उनमें से अधिकांश लोग आज भी उतना ही इजरायल का विनाश चाहते हैं जितना पहले कभी नहीं था। हमारे "9-11" होने से पहले दशकों तक इस्लाम का अध्ययन करने के बाद, मुझे पता था कि मध्य पूर्व के लोग "चंद्रमा देवता" (जिसे "तलवार देवता" भी कहा जाता है) की पूजा करते थे ---अल्लाह--- मोहम्मद से हजारों साल पहले पैदा हुआ था। मोहम्मद तक, वे 360 देवताओं की पूजा करते थे, वर्ष के प्रत्येक दिन के लिए एक, जिसमें चंद्रमा नंबर एक था, सूरज नंबर दो था, तारे नंबर तीन थे, और बाकी सभी उन तीन के बाद थे। मेरा मुख्य मुद्दा यह है कि मुस्लिम ही एकमात्र ऐसा समूह है जो चंद्रमा को सूर्य से आगे रखता है। चाँद रात का है. सूरज दिन का है. 1 थिस्सलुनीकियों 5:4-5 में पौलुस ने कहा, "परन्तु हे भाइयों, तुम अन्धकार में नहीं हो, कि यह दिन तुम पर चोर की नाई आ पड़े। तुम सब ज्योति की सन्तान और दिन की सन्तान हो। हम नहीं हैं।" न रात का और न अँधेरे का।" अय्यूब ने कहा, "ऐसे लोग हैं जो ज्योति से बलवा करते हैं; वे न तो उसके मार्ग जानते हैं और न उसकी राहों पर बने रहते हैं...वे ज्योति को नहीं जानते।" [अय्यूब 24:13, 16बी] और यूहन्ना ने कहा, जो कोई बुराई करता है, वह ज्योति से बैर रखता है, कहीं ऐसा न हो कि उसके काम प्रगट हो जाएं। परन्तु जो सत्य पर चलता है, वह ज्योति में आता है, कि उसके काम प्रगट हों; एलोहीम में किया गया।" [यूहन्ना 3:20-21] जिन्होंने अंधकार को चुना है और जिन्होंने प्रकाश को चुना है, उनके बीच युद्ध होने वाला है। क्या आप अब भी विश्व के प्रकाश की शक्ति में मजबूती से खड़े रहेंगे? "और उन्होंने मेम्ने के खून और अपनी गवाही के वचन के कारण उस पर जय पाई, और उन्होंने अपने प्राणों को प्रिय न जाना, यहां तक कि मृत्यु भी सह ली।" [प्रकाशितवाक्य 12:11]

यदि आपने कभी उत्पत्ति 1 और अय्यूब 38, साथ ही नीतिवचन 8:27-31 और यिर्मयाह 5:22 के बीच तुलनात्मक अध्ययन नहीं किया है, तो आप सर्वशक्तिमान के आश्चर्य और महिमा की खोज में हैं!

उत्पत्ति 2:1-3--परमेश्वर का कार्य पूरा हुआ और उसने उससे विश्राम किया

हमने इन शब्दों को वर्षों से पढ़ा है..."और सातवें दिन परमेश्वर ने अपना काम समाप्त किया जो उसने किया था, और उसने सातवें दिन अपने सारे काम से विश्राम किया जो उसने किया था।"...और हमने किया' मैं बिल्कुल नहीं जानता कि इसके साथ क्या करना है। वह सर्वशक्तिमान

ईश्वर है। क्या उसने सचमुच विश्राम किया? यदि उसे इसकी आवश्यकता नहीं होती तो वह यह क्यों कहता कि उसने ऐसा किया? और, यदि उसने विश्राम नहीं किया, तो उसने क्या किया? सबसे पहले हमें "विश्राम" शब्द को करीब से देखने की जरूरत है, जिसका उपयोग श्लोक तीन में फिर से किया गया है, "तब भगवान ने सातवें दिन को आशीष दिया और इसे पवित्र किया, क्योंकि इसमें उन्होंने अपने सभी कार्यों से विश्राम किया, जिसे परमेश्वर ने बनाया और बनाया था।"

• शब्द "रेस्टेड" स्ट्रॉन्ग का #7673 है। हिब्रू शब्द शब्बत है, और इसका अर्थ है परिश्रम से दूर रहना, इसका तात्पर्य संबंधों से है, और इसका अर्थ जश्न मनाना भी है! तो, आइए इसे तोड़ें...

• v.1--"इस प्रकार आकाश और पृथ्वी, और उनकी सारी सेना, समाप्त हो गई।" मास्टर निर्माता (येशुआ) ने अपनी सर्वोच्च महिमा के लिए जो कुछ भी कल्पना की थी - जिसमें मनुष्य के साथ चरमोत्कर्ष भी शामिल था - पूरा हो गया। इसे करने में उसे छह दिन लगे, और अब यह समाप्त हो गया। जाने के लिए तैयार। लेकिन क्या वह आदम को तुरंत बगीचे में ले गया? क्या वह उन सभी खूबसूरत जानवरों को आदम के पास लाया था जिन्हें उसने बनाया था ताकि वह तुरंत उन सभी का नाम रख सके? एडम शुरुआती गेट पर एक उच्च नस्ल के रेस-घोड़े की तरह "थोड़ा-थोड़ा चबा रहा" रहा होगा, जो वह करने के लिए बड़ी प्रत्याशा और उत्साह के साथ इंतजार कर रहा था जिसे करने के लिए उसे बनाया गया था! नहीं, पहला येशुआ:

• एक अतिरिक्त दिन अलग रखें...आखिरी दिन...(सुकोथ के "आठवें दिन" से बाहर आने के बाद, परिचित लग रहा है?...जिसे "महान दिन" भी कहा जाता है!) लेकिन यह अतिरिक्त दिन बनाया गया था, आदेश नहीं दिया गया

• इसके बाद, निर्माता ने सातवें दिन को आशीष दिया, जिसका अर्थ है कि जो कोई भी इसे हमें देने वाले के लिए खुशी और प्यार के साथ रखेगा, वह धन्य होगा।

• आख़िरकार, उसने इसे पवित्र कर दिया...अर्थात् उसने इसे (हमेशा के लिए) अलग कर दिया और पवित्र कर दिया। जब परमेश्वर किसी चीज़ को अलग करता है और उसे पवित्र बनाता है, तो वह पवित्र रहती है...हमेशा के लिए!

*“क्योंकि जैसे नया आकाश और नई पृथ्वी जो मैं बनाऊंगा वे मेरे साम्हने बनी रहेंगी,” यहोवा कहता है, “वैसे ही तुम्हारा वंश और तुम्हारा नाम भी बना रहेगा। और ऐसा ही होगा।”

कि एक नये चंद्रमा से दूसरे नये चंद्रमा तक, और एक विश्रामदिन से दूसरे विश्राम दिन तक सब प्राणी मेरे साम्हने दण्डवत् करने को आया करेंगे, यहोवा का यही वचन है। यहोवा ने जो कुछ रखा है उसे पूर्ववत नहीं कर सकता:

• मलाकी 3:6--"क्योंकि मैं यहोवा हूं, मैं नहीं बदलता।"

• भजन 119:89--"हे यहोवा, तेरा वचन सदैव स्वर्ग में स्थिर रहेगा।"

• याकूब 1:17--"हर एक अच्छा दान और हर एक उत्तम दान ऊपर से है, और ज्योति के पिता की ओर से आता है, जिस में कोई परिवर्तन या परिवर्तन की छाया नहीं है।"

• इब्रानियों 13:8--"यीशु मसीह कल, आज और युगानुयुग एक सा है।"

• येशुआ ने हमें बनाया। वह हमें अंदर और बाहर से जानता है। उन्होंने हमें काम करने के लिए बनाया है. वह जानता था कि, जैसे उसे समुद्र की लहरों पर एक "सीमा" निर्धारित करने की आवश्यकता थी, वैसे ही उसे हम पर भी एक सीमा निर्धारित करने की आवश्यकता थी। अपना सर्वश्रेष्ठ प्रदर्शन करने के लिए, हमें उसकी आज्ञा का पालन करना होगा और सात में से एक पूरा दिन आराम करने के लिए निकालना होगा। हर कोई जो उनके पवित्र शबात (विश्राम) में आया है, जानता है कि इसे बनाए रखने की बहाली में कुछ दिव्य है। इब्रानियों 4 इसी के बारे में बात कर रहा है!

• लेकिन यह सिर्फ आराम के बारे में नहीं है। याद रखें, परिभाषा का एक हिस्सा रिश्ते से संबंधित है। वह हमारे साथ रिश्ता (एकता) चाहता है. वह जानता है कि इसके बिना और कुछ भी हमें जीवन नहीं देगा....बल्कि, यह हमारे जीवन को सोख लेगा। वह हमें अपना जीवन जल, अपने वचन का मन्ना और अपने नियत समय में उसके साथ रहने का अवर्णनीय आनंद देना चाहता है। वह हमारे साथ जश्न मनाना चाहता है (परिभाषा का तीसरा भाग)। वह चाहता है कि हम उसकी आराधना करें, और उसके पवित्र नाम का गुणगान करें! उसे धन्यवाद देने के लिए--हर सप्ताह!--उसकी रचना के लिए (हमारे सहित), और आमंत्रित शबात के उपहार के लिए! हमारे लिए उसका प्रेम कितना महान है!

उत्पत्ति 2:4-25---शानदार उद्यान अनुभव

अध्याय दो का शेष हिस्सा आदम के येशुआ के साथ सीखने के अनुभवों का एक सुंदर वर्णन है...बगीचे की ठंडक में घूमना...बगीचे की देखभाल और "रख-रखाव" करना सीखना, और पृथ्वी पर जानवरों की हर प्रजाति का नामकरण करना! लेकिन किसी बिंदु पर वह जानवरों की तरह एक साथी की इच्छा रखता था, इसलिए येशुआ ने उसे अपने दिल की इच्छा दी...ईव। वह सम्पूर्ण था। जब तक....

उत्पत्ति 3:1-24---मनुष्य का प्रलोभन और पतन

यीशु ने आदम और इसलिए, हव्वा को भी स्पष्ट आज्ञा दी थी कि उन्हें अच्छे और बुरे के ज्ञान के वृक्ष का फल नहीं खाना चाहिए। यह अब दूसरी आज्ञा थी। (सातवें दिन को पवित्र रखना और अलग रखना पहला था।) लेकिन साँप चालाक था। और हव्वा ने "पुन:लेखन" करके और

येशुआ ने जो कहा था उसे जोड़कर जाल में डाल दिया। जाल बिछाया गया और वह फँस गई। आदम ने भी तुरंत जाल में कदम रखा। इसका परिणाम अपराध और सज़ा था। लेकिन साँप पर लगाए गए श्राप के बीच में, हम पहली मसीहाई भविष्यवाणी देखते हैं। वचन 15 में हम पढ़ते हैं कि "स्त्री का वंश" किसी दिन सर्प के सिर को कुचल देगा (जिसका अनुवाद "कुचलना" है)। अब हमारे पास निर्माता, प्रदाता और उद्धारकर्ता के रूप में येशुआ है। वचन सोलह में, जब महिला पर लगाए गए श्राप के एक भाग में "तुम्हारी इच्छा तुम्हारे पति के लिए होगी, और वह तुम पर शासन करेगा" शामिल है, तो हिब्रू में, "इच्छा" शब्द भौतिक प्रकार का नहीं है, बल्कि शारीरिक प्रकार का है। अधिकार (और इसलिए पद) प्रकार। यहोवा ने तुरंत यह स्पष्ट कर दिया कि वह इसके लिए लड़ सकती है, लेकिन ईश्वरीय आदेश से, वह उस पर शासन करेगा। सत्ता की लड़ाई पूरे इतिहास में जारी रही है, और आज यह दैवीय आदेश क्या है इसकी मान्यता से परे चरम पर पहुंच गई है। जहाँ तक पृथ्वी पर उस अभिशाप की बात है जिसे मनुष्य को जोतना होगा, येशु पृथ्वी को छुड़ाएगा जब वह दुनिया पर शासन करने के लिए वापस आएगा - हलेलुयाह! [यहेजकेल 47:1-12]

वचन 21 बलि प्रथा की शुरुआत है। महायाजक के रूप में येशुआ को आदम और हव्वा दोनों के लिए एक जानवर की बलि देनी पड़ी, ताकि उनकी नग्नता को ढकने के लिए टिकाऊ कपड़े बनाए जा सकें, लेकिन इससे भी महत्वपूर्ण बात यह है कि उनके पाप को छुपाने के लिए निर्दोष लोगों का खून बहाना पड़े। "और टोराह के अनुसार लगभग सभी चीजें खून से शुद्ध की जाती हैं, और खून बहाए बिना कोई माफी नहीं होती है।" [इब्रानियों 9:22]

उनका पाप "छिपा हुआ" था, लेकिन फिर भी उन्हें बगीचे से बाहर निकाले जाने का भयानक परिणाम भुगतना पड़ा। मूसा ने प्रतिज्ञा की हुई भूमि की अच्छाई का स्वाद चखने से पहले ही उससे छीन ली थी। आदम और हव्वा ने बगीचे की अच्छाई चखने के बाद उसे उनसे छीन लिया था।

उत्पत्ति 4:1-15---कैन ने हाबिल की हत्या की--एक इंसान की पहली मौत

कई विद्वानों ने कैन के बलिदान को अस्वीकार्य के रूप में प्रस्तुत किया है, और शायद यह था। यदि वे यहोवा के लिए बलिदान कर रहे थे, तो अवश्य ही किया होगा

उनसे कुछ स्तर का निर्देश मिला है। श्लोक पाँच और सात से मुझे लगता है कि यह और भी अधिक हो सकता था। सबसे पहले, श्लोक पाँच में, यह नहीं कहा गया है कि यहोवा ने कैन की भेंट का सम्मान नहीं किया, यह कहता है कि उसने कैन और उसकी भेंट का सम्मान नहीं किया। यह स्पष्ट रूप से दोनों था, और कैन तुरंत क्रोध में आ जाता है (व.6), और अपना असली रंग दिखाता है। वचन सात में, जब यहोवा कैन के अनियंत्रित पाप को संबोधित करता है, तो शब्द "इच्छा" वही हिब्रू शब्द है जिसका उपयोग ईव के खिलाफ उसके पाप के कारण श्राप में किया गया था। यह शब्द "किसी अन्य व्यक्ति के अधिकार के लिए एक जुनूनी और आक्रामक लालच है...कैन की स्थिति में, येशुआ के साथ और उसके माध्यम से, कैन की शक्ति की स्थिति के लिए शैतान की लालची इच्छा। 1 योहाना 4: 4--" तुम परमेश्वर के हो, छोटे बच्चों, और उन पर जय पाई है, क्योंकि जो तुम में है, वह उस से जो जगत में है, बड़ा है। अपने निवास स्थान से बाहर, लेकिन इससे भी महत्वपूर्ण बात, यहोवा के चेहरे से छिपी हुई (व.14)। हालाँकि, कैन को जीवित रहने की अनुमति दी गई और इसलिए, उसने पृथ्वी को आबाद करने में मदद की... दुर्भाग्य से, खराब बीज के साथ। उनके बच्चों की पीढ़ियों ने निस्संदेह दुनिया को इस तरह के पागलपन में धकेलने का एक बड़ा हिस्सा था कि पृथ्वी उस बाढ़ से भस्म हो जाएगी जो एक परिवार को छोड़कर हर किसी की जान ले लेगी।

वचन 16 से 26 में, एक बात जो कैन और सेठ की विरोधी वंशावली सूचियों के बारे में भ्रमित करने वाली हो सकती है, वह यह है कि दो नाम हैं जो दोनों सूचियों में समान हैं: हनोक और लेमेक।

अध्याय चार का अंतिम वाक्य विचारोत्तेजक है। इसमें कहा गया है कि एक बार धनी के एक बेटा हुआ, "तब लोग यहोवा का नाम लेने लगे"। (याद रखें कि हर बार जब आप बड़े अक्षरों में "परमेश्वर" शब्द देखते हैं, तो यह "याहवे" होता है) दो प्रश्न हैं, "फिर क्यों?" और दूसरा यह है, "क्या यह येशु द्वारा उस नाम का उपयोग करने की शुरुआत है जिसे वह इसराइल के साथ बांधने वाली प्रत्येक वाचा में उपयोग करेगा?" यह भी याद रखें, यहोवा "परिवार का नाम" है और कभी-कभी यह पिता के साथ-साथ येशुआ को भी स्पष्ट रूप से संदर्भित कर सकता है। काश मेरे पास बेहतर उत्तर होते, लेकिन अभी यह उतना ही करीब है जितना मैं बिना अधिक जानकारी के प्राप्त कर सकता हूं।

उत्पत्ति 6:1-8---मनुष्य की दुष्टता और न्याय

पद 2 में हमारे पास अय्यूब का एक पद है जो इस बात पर प्रकाश डालने में मदद करता है कि "परमेश्वर के पुत्र" कौन हैं। अय्यूब 1:6 कहता है, "एक दिन था जब परमेश्वर के पुत्र यहोवा के साम्हने उपस्थित होने को आए, और शैतान भी उनके बीच में आया।"

स्पष्ट रूप से ये गिरे हुए स्वर्गदूत हैं जो शैतान के साथ स्वर्ग छोड़ गए थे। ये वे लोग हैं जिन्होंने ऐसे दिग्गजों को जन्म दिया जो प्रसिद्ध "पराक्रमी पुरुष" बन गए---दुष्ट योद्धा। मानव जीन-पूल का यह अपवित्र होना इस बात का एक बड़ा हिस्सा है कि कैसे दुनिया इतनी दुष्ट हो गई कि इसे नष्ट करना पड़ा। कई लोगों का मानना है कि यह क्लेश में फिर से होगा, और शायद पहले ही शुरू हो चुका है। श्लोक छह दिखाता है कि यहोवा ने उन सभी को नष्ट करने का निर्णय लेते समय कितना गहरा दुःख महसूस किया था। लेकिन उसने जो किया उसके लिए हम कितने आभारी हैं। हम कितने आभारी हैं कि किसी तरह नूह और उसका परिवार धर्मी बने रहे, ताकि शुरुआत करने के लिए कुछ अवशेष

मौजूद रहें। उसके बचे हुओं के लिए यहोवा की स्तुति करो!

हफ़्तारा

यशायाह 42:5-43:10

यशायाह 42:5-9---यहोवा का दास

• v.5--यह विविध और गौरवशाली सृजन विवरण में उत्पत्ति 1 के साथ जुड़ता है और एक और गवाही देता है कि त्रिएक ईश्वरत्व के सभी तीन सृष्टि में मौजूद थे।

• पद 6--यह उन स्थानों में से एक है जहां "याहवे" नाम पिता को संदर्भित करता है, जो स्पष्ट रूप से अपने पुत्र, अपने सेवक से बात कर रहा है। पिता द्वारा अपने पुत्र और अपने लोगों के प्रति दर्शाई गई निर्भीक भावना और स्नेह को देखकर मैं आश्चर्यचकित होना कभी नहीं भूलता! याद रखें कि प्रकाशितवाक्य 21:4 में, जब नया यरूशलेम नई पृथ्वी पर आ गया है, जहां हम और येशुआ होंगे, जैसे-जैसे वह निकट आएगा, पिता के साथ उसे देखते रहेंगे... यह वचन चार में कहता है, कि वह ऐसा करेगा वह बनें जो हमारे आँसू पोंछेगा! कितना अविश्वसनीय रूप से अद्भुत--किसी भी चीज़ से परे
हम सोच सकते हैं या कल्पना कर सकते हैं!

• v.8--एक और स्थान जो साबित करता है कि यहोवा "परिवार का नाम", "वाचा का नाम" और "वह नाम है जिसके द्वारा हम बचाए गए हैं"।

• योएल 2:32--"और ऐसा होगा कि जो कोई यहोवा का नाम लेगा, वह उद्धार पाएगा।"

• रोमियों 10:13--"क्योंकि जो कोई यहोवा का नाम लेगा, वह उद्धार पाएगा।"

• मत्ती 23:38-39--(येशुआ यरूशलेम पर विलाप करते हुए बोलता है) "देख! तेरा घर तेरे लिये उजाड़ छोड़ दिया गया है; क्योंकि मैं कहता हूं तुम मुझे तब तक फिर न देखोगे जब तक तुम न कहोगे, 'धन्य है वह जो यहोवा के नाम से आता है!'"

• श्लोक 8 के निचले भाग में, जहां यह कहा गया है, "मैं अपनी महिमा किसी दूसरे को नहीं दूंगा, न ही अपनी स्तुति खुदी हुई मूर्तियों को दूंगा।", इसे "सुनहरे बछड़े की घृणित वस्तु" से जोड़ें, जब मूसा ने लोगों के लिए सोने का बछड़ा बनाया था , तब उन से कहा, कल यहोवा के लिये पर्ब्ब है! [निर्गमन 32:5]

यशायाह 42:10-25--स्तुति से सहायता तक अवज्ञा तक

10 से 13 वचन में यहोवा की स्तुति से लेकर चौदह से बीस श्लोकों में उसने उन्हें जो मदद देने का वादा किया है, अंतिम पाँच श्लोक एक बुरा मोड़ ले लेते हैं और यहोवा उन्हें फिर से याद दिलाता है कि वे जिस गड़बड़ी में हैं वह किसी की गलती नहीं है, बल्कि उनके स्वंय के। इन पाँच छंदों के साथ-साथ अध्याय 43 के पहले दस छंदों में भविष्यसूचक समयरेखा को देखना बेहद महत्वपूर्ण है। यह सब अंत समय की भविष्यवाणी है, जब येशु क्लेश के अंत में दुष्टों को छुटकारा दिलाने के लिए वापस आता है। पृथ्वी और पृथ्वी पर अपना सिंहासन और हजार साल का राज्य स्थापित किया।

• पद 21--यहाँ यहोवा (येशुआ) कह रहा है कि वह धार्मिकता के क्लेश में जो कुछ भी हुआ है, और जो आगे है उससे प्रसन्न है, क्योंकि वह टोराह के माध्यम से अपनी सरकार स्थापित करेगा, जिसे वह स्वयं बढ़ाएगा और सम्माननीय बनाओ.

• वी. 22--यह इस बात का सिंहावलोकन है कि पिछले वर्षों, महीनों और संकट के दिनों में क्या हुआ है। [देखें: जकर्याह 13:8-9, 14:1-2]

• वचन 23-25--ये छंद यह स्पष्ट करते हैं कि उनके इतने कष्ट और मृत्यु से गुजरने का कारण वह पाप था जिसमें वे इतनी गहराई तक गिर गए थे। सुनिश्चित करें कि आपका पाप आपको ढूंढ लेगा। हम आज इज़राइल के लिए बिछाए जा रहे जाल की शुरुआत देख रहे हैं... तथ्य यह है कि वे "ऑल वन गॉड" झूठ पर विश्वास कर रहे हैं, यह सोचकर कि मंदिर को डोम ऑफ द रॉक और दो घृणित वस्तुओं के बगल में रखना ठीक है। अलअक्सा मस्जिद, साथ ही सोच रही है कि वे अपने सबसे बड़े दुश्मनों के साथ समझौता कर सकते हैं। शायद सबसे चौंकाने वाली बात यह है कि उनके वर्तमान प्रधान मंत्री ने हाल ही में संयुक्त राष्ट्र को बताया कि वह (और इज़राइल) "दो-राज्य" शांति समझौते पर हस्ताक्षर करने के लिए तैयार और इच्छुक हैं! यह डैनियल 9:27 में उल्लिखित अपवित्र वाचा होगी, और निर्दिष्ट किया गया है कि यह डैनियल 11:29 में भूमि का विभाजन होगा, जो क्लेश के "सप्ताह" को शुरू करेगा! उन्हें हमारी प्रार्थनाओं की सख्त जरूरत है!

यशायाह 43:1-10---इस्राएल का उद्धारक!

वचन 1-4 बाइबिल के कुछ पहले छंद थे जिन्हें मैंने कई साल पहले याद किया था, और वे साल दर साल और अधिक कीमती होते गए। कितना सुंदर और प्रेमपूर्ण रूपक.

वचन5-7 सीधे मैथ्यू 24:31 में टाई

वचन 8-10 कई अद्भुत राज्य वादों में से कुछ की सूची बनाएं, पूरी महिमा और प्रशंसा के साथ हमारे मुक्तिदाता यहोवा के लिए (देखें: वचन 11)

ब्रित हादाशाह / नई वाचा

नया करार

यूहन्ना 1:1-5---जीवित और शाश्वत शब्द

वचन 1-3 बस एक और स्थान है जो निर्माता के रूप में येशुआ की भूमिका को मान्य करता है, साथ ही त्रिगुण देवत्व के "एकीकृत एक" का हिस्सा भी है।

वचन 4-5 को उत्पत्ति 1:14-18 से शुरू करते हुए "प्रकाश बनाम अंधकार" की टिप्पणी में जोड़ा गया है, साथ ही अन्य सूचीबद्ध भी। श्लोक पाँच के अंत में, कुछ बाइबिल में "इसे समझो" शब्द हैं, जैसा कि मेरा है, लेकिन अन्य में "इस पर काबू पाएं" शब्द हैं, जो मेरे केंद्र संदर्भ कॉलम में एक वैकल्पिक शब्द के रूप में भी दिया गया है। मुझे दो अनुप्रयोगों का संयोजन पसंद है.

प्रकाशितवाक्य 22:6-21---समय निकट है!

इस टोराह भाग को बंद करने के लिए कौन सा उत्तम शास्त्र है। बहुत उत्साहवर्धक! केवल दो चीजें जो मैं इंगित करना चाहूंगा, वह है:

- पद 13--जहां हमारी बाइबिल कहती है, "मैं अल्फा और ओमेगा हूं...", येशुआ ने खुद को ग्रीक वर्णमाला के दो अक्षरों के रूप में नहीं, बल्कि हिब्रू के पहले और आखिरी अक्षरों के रूप में संदर्भित किया होगा। वर्णमाला, जो "अलेफ़" और "तव" हैं।
- पद 14--यह भजन 119:92-93 के साथ खूबसूरती से मेल खाता है, खासकर यदि आपकी बाइबिल में लिखा है, "धन्य हैं वे जो उसकी आज्ञाओं का पालन करते हैं..." जैसा कि मेरा करता है। पी.एस. 119:92-93--"यदि तेरी टोराह मेरी प्रसन्नता न होती, तो मैं अपने कष्ट में नष्ट हो जाता। मैं तेरे उपदेशों को कभी नहीं भूलूंगा, क्योंकि उन्हीं के द्वारा तू ने मुझे जीवन दिया है।"

आप प्रियजनों को आशीष!

2

उत्पत्ति 6:9-11:32

उत्पत्ति 6:9-11:32

उत्पत्ति 6:9-12---नूह ने एक दुष्ट और बुरे संसार में परमेश्वर को प्रसन्न किया

• पद 9---"...नूह एक *न्यायपूर्ण व्यक्ति था, *अपनी *पीढ़ी में परिपूर्ण था। नूह *परमेश्वर के साथ चला।"

1. *न्यायोचित→ सशक्त #6662---न्यायपूर्ण, वैध, धर्मी
2. *परफेक्ट→ स्ट्रॉन्ग # 8549---निर्दोष, दोष रहित, पूर्ण, पूर्ण, उत्तम, सुदृढ़, निष्कलंक, सीधा, पूर्ण
3. *पीढ़ियाँ→ स्ट्रॉन्ग की #8435---पारिवारिक इतिहास, जन्म, (लगातार) पीढ़ियाँ [याद रखें कि आदम से लेकर नूह तक, उनमें से लगभग सभी 900 से 1,000 वर्ष के बीच जीवित रहे। इसलिए बाद की कई पीढ़ियाँ रही होंगी जिनके बीच नूह परिपूर्ण रहा... इस प्रकार, बहुवचन "पीढ़ियाँ"]
4. *परमेश्वर के साथ चला→ स्ट्रॉन्ग का # 1980---साथ चलना (साथ), साथ चलना (साथ)। दाऊद और युहन्ना को यही मिल रहा था:

• भजन 143:8बी--"मुझे उस मार्ग का ज्ञान दिलाओ जिस पर मुझे चलना चाहिए।"

• 1 यूहन्ना 2:6--"जो कोई कहता है कि मैं उस में बना रहता हूं, उसे आप भी वैसा ही चलना चाहिए जैसा वह चलता था।"

एक और धर्मग्रंथ है जो "प्रतीक्षा करता है" शब्द का उपयोग करता है, लेकिन जब आप इसे येशुआ के साथ हमारे "वॉक" पर लागू करते हैं, तो यह "जैसा दिखना चाहिए" के बारे में अधिक जानकारी जोड़ता है।

• यशायाह 40:31--"जो यहोवा की बाट जोहते हैं, वे नया बल प्राप्त करते जाएंगे; वे उकाबों के समान पंख फैलाकर उड़ेंगे, वे दौड़ेंगे और श्रमित न होंगे, वे चलेंगे और थकित न होंगे।"

5. यहां "प्रतीक्षा" शब्द का अर्थ है: एक साथ घूमना और आपस में गुँथा हुआ। जब मैंने उसके बारे में सोचा, हमारे बारे में उसके साथ चलो, सबसे पहले मैंने पैरों से चलने की कोशिश करते हुए कल्पना की एक साथ मिलाया जा रहा है, लेकिन मैं जानता था कि यह सही नहीं था। फिर उसने मुझे दो लोगों की तस्वीर दी जो एक-दूसरे के साथ कदम से कदम मिलाकर चल रहे थे--जैसे उच्च प्रशिक्षित सेनाएं मार्च कर रही हों, या एक ही जुए में दो बैल हों। इस प्रकार नूह ईश्वर के साथ सटीकता और पूर्ण लय में चला।

• अब इसे एक कदम आगे बढ़ाएं। मैथ्यू 24:37 कहता है कि "जैसे नूह के दिन थे, वैसे ही मनुष्य के पुत्र का आना भी होगा।" इसका मतलब यह है कि हमारी पीढ़ी (संकट के अंत तक) नूह के दिनों की तरह ही दुष्ट होगी। नियत समय पर, नूह और उसके परिवार को जहाज़ में उठा लिया गया और बाढ़ के फैसले से बचा लिया गया। भगवान ने उसे और उसके परिवार को आतंक और मौत से बचाया। हम उत्पत्ति 5 से जानते हैं कि हनोक, जो बाढ़ से पहले पैदा हुआ एकमात्र अन्य व्यक्ति था जो "भगवान के साथ चला", वह भी एकमात्र अन्य व्यक्ति था जिसे "उठाया गया"। हनोक नूह के दादा थे। नूह के पिता लेमेक को नूह के बाद अन्य बेटे और बेटियाँ हुईं। इसका मतलब यह है कि नूह के भाई-बहन बाढ़ में थे। उन आठों को पता होगा कि उनके परिवार के सदस्य डूब रहे हैं। मैंने कुछ साल पहले आदम से लेकर नूह (उत्पत्ति 6) तक की "अच्छे वंश" वंशावली में सूचीबद्ध प्रत्येक आदमी के जन्म का एक समय रेखा चार्ट बनाया था, जब पहला बेटा पैदा हुआ था तब प्रत्येक की उम्र कितनी थी, और जब वे पैदा हुए थे तब वे कितने साल के थे वे मर गया। वे सभी बाढ़ से पहले मर गए - लेमेक बाढ़ से चार साल पहले मर गया और मतूशेलह बाढ़ से ठीक पहले के वर्ष में मर गया! फैसले से पहले पिता उनमें से प्रत्येक को घर ले गए। क्या आपको यहां कोई पैटर्न दिखता है? नूह के वंश में प्रत्येक "अच्छे बीज" को प्राकृतिक मृत्यु के माध्यम से घर ले जाया गया था, और हनोक और नूह को फैसले से पहले "उठा लिया गया" था। वे दुल्हन की तस्वीरें और पैटर्न थे जिन्हें क्लेश की भयावहता और मौत के फैसले से हटा दिया गया था।

• हम जानते हैं कि यह पीढ़ी दिन पर दिन और अधिक दुष्ट होती जा रही है। हम जानते हैं कि समय कम होता जा रहा है. पिता अभी दुल्हन

के लिए खाक छान रहे हैं। हम सभी निस्संदेह महसूस करते हैं कि हम नूह की राह से बहुत पीछे रह गए हैं। यहुशू और उसकी धार्मिकता को हमारे पूरे दिल से खोजने का और भी अधिक कारण, जबकि अभी भी दिन है।

यशायाह 57:1---

• "धर्मी नाश होते हैं, और कोई इस पर ध्यान नहीं देता;
दयालु मनुष्य उठा लिये जाते हैं, परन्तु कोई विचार नहीं करता
कि धर्मी बुराई से दूर किया जाए।"

• पद 10---न केवल इस पद में नूह के तीन पुत्रों को एक साथ सूचीबद्ध किया गया है, बल्कि पद 5:32 में सूचीबद्ध वंशावली में भी वे सभी एक साथ सूचीबद्ध हैं, जबकि अन्य सभी में केवल पहला पुत्र सूचीबद्ध है। इसने कई विद्वानों को यह विश्वास दिलाया है कि शेम, हाम और येपेथ त्रिक थे, उनके जन्म का क्रम उनके नामों के अनुसार सूचीबद्ध था।

• वि. 11-12---वि. 11 में बाढ़ से पहले होने वाले दो घृणित कार्यों की सूची दी गई है।

1. सारी पृथ्वी भ्रष्ट हो गई थी। पृथ्वी अभी भी एक भूभाग थी। जलप्रलय के बाद पेलेग की पीढ़ी तक भूमि का पृथक्करण नहीं होगा। [जनरल. 10:25; 1 क्रोन. 1:19] हम जानते हैं कि मानवता का जीन-पूल पतित स्वर्गदूतों (परमेश्वर के पुत्रों) और पुरुषों की बेटियों के बीच बातचीत के माध्यम से पूरी तरह से दूषित हो गया था। [उत्पत्ति 6:1-5] उनके द्वारा पैदा किए गए दिग्गज बेहद हिंसक रहे होंगे, और सामान्य ज्ञान आपको बताता है कि गिरे हुए स्वर्गदूत जिन्होंने शैतान का अनुसरण करने के लिए स्वर्ग का निवास छोड़ दिया, उन्होंने पुरुषों की बेटियों को यौन कृत्यों में फंसाया, जिससे दिग्गज पैदा हुए। वे पूरे देश में शैतानी रीति-रिवाजों के हर विकृत रूप को अंजाम दे रहे हैं - निर्दोषों का खून बहाने का तो जिक्र ही नहीं कर रहे हैं - यह सब वास्तविक भूमि को अपवित्र कर रहा है।

2. इसके शीर्ष पर यह कहा गया है कि पृथ्वी हिंसा से भर गई थी और (पद 12) सभी प्राणियों ने अपना मार्ग भ्रष्ट कर लिया था (हिस्वे!) जब आप इसे अध्याय 6, पद 5 में उन्होंने जो कहा है, उसके साथ जोड़ते हैं, " तब यहोवा ने देखा, कि मनुष्य की दुष्टता पृथ्वी पर बढ़ गई है, और उसके मन के विचार में जो कुछ उत्पन्न होता है वह निरन्तर बुरा ही होता है", तब तुम्हें समझ में आने लगा कि यह कितना भयानक हो गया था। दुष्टता की गंभीरता का अभियोग मैथ्यू 24:37 में नहीं तोड़ा गया है जब यह कहता है कि यह आखिरी पीढ़ी (हमारी पीढ़ी), जो क्लेश की ओर ले जा रही है, "नूह के दिनों के समान" होगी। लेकिन हममें से जो सरकारी स्तर के साथ-साथ आध्यात्मिक स्तर पर भी वैश्विकतावादियों के मामलों पर करीब से ध्यान दे रहे हैं, वे अच्छी तरह से जानते हैं कि "नूह के दिनों की तरह" सब कुछ छाया से बाहर आना शुरू हो गया है और खुली शैतानी आराधना और एजेंडा के वैश्विक क्षेत्र में, बिजली की गति से आगे बढ़ रहा है। हम इसे रोकने में सक्षम नहीं होंगे, क्योंकि यह शैतान की अगुवाई और शक्ति के माध्यम से दुनिया पर शासन करने के लिए जानवर और झूठे भविष्यवक्ता की तैयारी है। [प्रकाशितवाक्य 13]

तो हम क्या करें? ठीक वैसे ही जैसे आपके प्रिय पास्टर रिचर्ड करते रहे हैं। बहुत अधिक प्रार्थना में रहें, और यहां तक कि उपवास भी करें। वचन में रहो. वचन के प्रति आज्ञाकारी रहो...आज्ञाओं का पालन करो। संतों के समागम से इनकार न करें. यह हमारी ताकत है जब हम एक साथ संगति करते हैं, प्रशंसा करते हैं और प्रार्थना करते हैं... साथ ही एक-दूसरे को जवाब देह ठहराते हैं और एक-दूसरे को प्रोत्साहित करते हैं। लेकिन अब समय आ गया है कि सुरक्षा और आध्यात्मिक युद्ध के लिए हमें जो उपकरण दिए गए हैं, उन्हें बहुत गंभीरता से लिया जाए...दुश्मन को दूर करने के लिए धर्मग्रंथों का उपयोग किया जाए...इसी तर्ज पर अपने लिए, अपने परिवारों के लिए, अपनी मंडलियों और नेताओं के लिए प्रार्थना करने का समय आ गया है। शहर, देश, दुनिया और इज़राइल। अंतिम, लेकिन किसी भी तरह से कम से कम, हमें इफिसियों 6 के आध्यात्मिक पूर्ण कवच में खुद को तैयार करना चाहिए। खुले तौर पर किए जाने वाले गुप्त अनुष्ठानों और इज़राइल में जो कुछ भी हो रहा है, उसके खिलाफ एक वैश्विक शैतानी रिहाई हुई है जिसके लिए हमें "कमर कसने" की आवश्यकता है हमारी आत्माओं का दुश्मन और हम जिनसे प्यार करते हैं, वैसा पहले कभी नहीं हुआ! लेकिन साथ ही, हमें वह दूसरा काम भी करने की ज़रूरत है जिसे पास्टर रिचर्ड इतनी ईमानदारी से निभा रहे हैं। जिस तरह नूह ने इस बात पर ध्यान केंद्रित करके खुद को दुनिया से बेदाग रखा कि यहोवा उसे क्या करने के लिए प्रेरित कर रहा था, जो कि जहाज़ का निर्माण करना था, उसी तरह हमें खुद को इस बात पर केंद्रित रखना चाहिए कि यहोवा ने हमें "हाथ में काम" के रूप में क्या दिया है। हममें से प्रत्येक के पास अलग-अलग उपहार हैं और इसलिए अलग-अलग बुलाहट है। लेकिन, जैसा कि मैंने पहले बताया है, जब येशुआ ने कहा "मेरे लौटने तक कब्ज़ा करो", मैंने "कब्जा करो" शब्द देखा और उसमें लिखा था "वाणिज्य करो"! यह जानते हुए कि उन्होंने भौतिक रूप से हमारे "वाणिज्य" की कभी परवाह नहीं की, मुझे पता था कि इसका आध्यात्मिक अर्थ होना चाहिए। प्रार्थना के माध्यम से मुझे "प्रतिभाओं" को अलग-अलग हाथों में दिए जाने के दृष्टांतों को देखने के लिए प्रेरित किया गया, ताकि "निवेशक" के रिटर्न में वृद्धि की जांच की जा सके। हालाँकि अधिकांश धर्मग्रंथों में "प्रतिभा" शब्द एक सिक्के का प्रतिनिधित्व करता है, यहाँ यह स्पष्ट रूप से एक आध्यात्मिक निवेश का प्रतिनिधित्व करता है, जैसा कि हमारे उपहारों और बुलाहटों में होता है! इस प्रकार, जब येशुआ ने कहा, "मेरे लौटने तक वहीं रहो", तो वह कह रहा था, मैंने तुम्हें जो करने के लिए बुलाया है, वही करो...नहीं चाहे लागत या कठिनाई कुछ भी हो.

उत्पत्ति 6:13-22---नूह जहाज़ तैयार करता है

• बनाम 13---पहले यहोवा ने नूह को दोहराया कि पूरी पृथ्वी पर हिंसा के कारण, उसे पृथ्वी के साथ-साथ मानव जाति सहित हर जीवित प्राणी को नष्ट करना होगा। एक अजीब तरीके से, वह इसे नहलाने वाला था... साफ़ करने वाला... बपतिस्मा देने वाला था, और केवल एक परिवार और जानवरों की एक निश्चित संख्या के साथ शुरुआत करने जा रहा था, जिसे उसने पवित्र किया और फिर से आबाद करने के लिए अलग रखा। उन्हें सन्दूक में सील करके पृथ्वी।

•वचन 14---बाढ़ के सन्दूक और "सन्दूक" के बीच एक आकर्षक संबंध है जिसने मूसा को एक टोकरी में नदी के पानी के ऊपर रखकर जीवित रखा था। संबंध यह है कि उन दोनों को पिच से ढका जाना था, जो उन्हें पूरी तरह से जलरोधी रखता! [निर्गमन 2:3] यह वह पानी था जो मिस्र में पैदा हुए बच्चों की जान ले रहा था - जिससे मूसा को बचाया गया था - और वह पानी था जो बाढ़ के दौरान पृथ्वी पर हर किसी की जान ले सकता था - जिससे नूह को बचाया गया था। दोनों पिच से ढके एक "सन्दूक" में!

• वी. 16---"आप इसे निचले, दूसरे और तीसरे डेक (मंजिल) के साथ बनाएंगे।" यह मंदिर के लिए भी टेम्पलेट था, क्योंकि इसमें तीन "मंजिलें"/डेक भी होंगी! [1 राजा 6:6]

• पद 18---यहोवा ने नूह और उसके परिवार के साथ एक वाचा स्थापित करने का वादा किया है, जो वह 9:9 में करता है।

• अध्याय 20---वचन 20 में एक अक्सर अनदेखा किया गया शब्द है: शब्द "आओ"। "पक्षियों (आदि) में से...प्रत्येक प्रकार के दो-दो पक्षी उन्हें जीवित रखने के लिए आपके पास आएंगे।" 7:7 में हम देखते हैं कि नूह और उसका परिवार जानवरों के आने से पहले जहाज़ में प्रवेश कर गया। फिर 7:9 में यह कहा गया है, "दो-दो करके वे नूह के पास जहाज़ में गए..." यह यहोवा की शक्ति का एक सुंदर और चमत्कारिक रूप से दिव्य क्षण है! वह जानवरों को नूह के पास जहाज़ में ले गया! जहाज़ में जानवरों के लिए "कक्ष" थे। यहोवा ने नूह को बुद्धि के साथ निर्देश दिया होगा कि उन सभी को कैसे समायोजित किया जाए। इस तथ्य के कारण कि यह बताता है कि वे नूह के पास जहाज़ में गए थे, मुझे यकीन है कि यहोवा ने उनमें अपने स्वामी के प्रति आज्ञाकारिता की भावना डाली होगी। हम व्यवस्था के परमेश्वर की सेवा करते हैं। अध्याय 6 इन शब्दों के साथ समाप्त होता है:

"नूह ने वैसा ही किया; जैसी जो आज्ञा परमेश्वर ने उसे दी, वैसा ही उस ने किया।"

हम व्यवस्थित परमेश्वर की सेवा करते हैं, अराजकता की नहीं; अनुग्रह और दया से भरपूर!

उत्पत्ति 7:1-24---महाप्रलय

• पद 1---तब यहोवा ने नूह से कहा, तू अपने सारे घराने समेत जहाज में आ, क्योंकि मैं ने देखा है, कि तू इस पीढ़ी में मेरी दृष्टि में धर्मी है।

• क्या यह वह नहीं है जो हम सभी सुनना चाहते हैं? क्या हम यह सुनना नहीं चाहते, "हे अच्छे और विश्वासयोग्य दास, यहाँ आ, क्योंकि इस पीढ़ी में तू मेरी दृष्टि में धर्मी है"?

• "इसलिए जागते रहो, और हमेशा प्रार्थना करते रहो कि तुम इन सभी घटनाओं से बचने और मनुष्य के पुत्र के सामने खड़े होने के योग्य समझे जाओ।" [लूका 21:36]

• पद 2---जब यहोवा ने नूह को बताया कि जहाज़ पर प्रत्येक जानवर के कितने जोड़े रखने हैं, तो वह "स्वच्छ" और "अशुद्ध" शब्दों का उपयोग करता है। इस पर चर्चा की कोई आवश्यकता नहीं है और यह स्पष्ट प्रतीत होता है कि नूह को पहले से ही अंतर पता था। अब हम इतना जान गए हैं कि यहोवा ने क्यों कहा कि हम कुछ जानवरों को खा सकते हैं और अन्य को नहीं। उसके द्वारा बनाए गए प्रत्येक जानवर का एक उद्देश्य था (भले ही मैंने कभी भी मच्छर के उद्देश्य का पता नहीं लगाया हो, लोगों को परेशान करने के अलावा:-∫) लगभग हर मामले में, जिन्हें हमें नहीं खाने के लिए कहा जाता है, वे मृत या अशुद्ध चीजें खाते हैं। उनमें से अधिकांश पृथ्वी के "सफाई दल" हैं। हम अध्याय नौ में संक्षेप में इस पर वापस आएंगे।

• पद 15---"और वे सब प्राणियों में से जिन में जीवन का श्वास है, दो एक को खींचकर नूह के पास जहाज में गए।"

• यहाँ हम नूह को ईसा मसीह की तस्वीर के रूप में देखते हैं। उसने जहाज़ तैयार करने में सौ साल लगा दिए। (येशुआ दो हजार वर्षों से हमारे लिए जगह तैयार कर रहा है!) उसने अपने पिता के निर्देशों का पूरी तरह से पालन किया। उनके पिता ने उन्हें परिपूर्ण बताया था। और अब उसके पिता की रचना के अवशेष को गंभीर न्याय और मृत्यु से बाहर निकालने के लिए उसके पास लाया जा रहा है। वे उसके पास आते हैं.

उनके पास आने से ही उन्हें जीवन मिलेगा।

• "तुम्हारा मन व्याकुल न हो; तुम परमेश्वर पर विश्वास करते हो, मुझ पर भी विश्वास करो। मेरे पिता के घर में बहुत से भवन हैं; यदि न होते, तो मैं तुम से कह देता। मैं तुम्हारे लिये जगह तैयार करने जाता हूं। [" जो बातें आंख ने नहीं देखी, और कान ने नहीं सुना, और जो बातें मनुष्य के मन में नहीं चढ़ीं, वे बातें परमेश्वर ने अपने प्रेम रखनेवालों के लिये तैयार की हैं। 1 कुरिन्थियों 2:9] और यदि मैं जाकर तुम्हारे लिये जगह तैयार करूं, फिर आओ और तुम्हें अपने पास ले लूं; कि जहां मैं हूं, वहां तुम भी होओ। और मैं कहाँ जाता हूँ आप जानते हैं, और जिस तरह से आप जानते हैं।"

[यूहन्ना 14:1-4]
• पद 16---"अतः जो सब प्राणियों में से नर और मादा थे, वे परमेश्वर की आज्ञा के अनुसार भीतर गए; और यहोवा ने उन्हें बन्द कर दिया।"
• यहां दो वाकई दिलचस्प चीजें हैं।
1. यहोवा ने "उसे" के बजाय "उन्हें" के बहुवचन विशेषण का उपयोग क्यों नहीं किया? इनमें से कोई भी व्याकरणिक रूप से सही होगा। लेकिन एकवचन का उपयोग करने से यह पता चलता है कि उसने सभी प्राणियों में से प्रत्येक को आदेश दिया था और उन्होंने आदेश को समझा था! कितना आकर्षक!
2. दूसरा इस तथ्य से संबंधित है कि यहोवा ने उन्हें बंद कर दिया।
• इससे गलती की कोई गुंजाइश नहीं रह गई
• इससे उनकी सुरक्षा सुनिश्चित हुई
• "क्योंकि तू ने मेरे दृढ़ रहने की आज्ञा का पालन किया है, मैं भी तुझे परीक्षा के उस समय बचा रखूंगा जो पृथ्वी के रहनेवालोंके परखने के लिये सारे जगत पर आनेवाला है।" [प्रकाशितवाक्य 3:10]
*रखें---स्ट्रॉन्ग का #5083--सुरक्षा के लिए (नुकसान से या
चोट), नज़र रखना, मजबूती से पकड़ना, रखना,
संरक्षित करें, और सुरक्षित रखें
• पद 17---"सन्दूक चालीस दिन तक पृथ्वी पर रहा। जल बढ़ता गया, और सन्दूक ऊपर उठता गया, और वह पृथ्वी से ऊपर उठता गया।"
• 40 परीक्षण और निर्णय की संख्या है
• एक बार फिर, "उठना" और "पृथ्वी से ऊपर उठना" उत्साह का एक आदर्श पैटर्न और तस्वीर है
• पद 24---"जल पृथ्वी पर एक सौ पचास दिन तक प्रबल रहा।"
• प्रबल हुआ--स्ट्रॉन्ग का #1396--मजबूत बनो, श्रेष्ठ बनो, महान बनो, शक्तिशाली बनो
उत्पत्ति 8:1-19---नूह का उद्धार और नई शुरुआत
• बनाम 14-16---नूह और उसका परिवार 1 वर्ष और 10 दिनों तक जहाज़ में थे।
• पद 18---"तब नूह, और उसके बेटे, और उसकी पत्नी, और उसके बेटे बाहर चले गए'
पत्नियाँ उसके साथ हैं।" --- 8 लोग...8 नई शुरुआत की संख्या है।

उत्पत्ति 8:20-22 --- सृष्टि के साथ परमेश्वर की वाचा

• पद 20-22---नूह ने जहाज़ से उतरते समय सबसे पहला काम जो किया वह यहोवा के लिए एक वेदी बनाना और हर शुद्ध पशु और हर शुद्ध पक्षी में से एक को यहोवा के लिए बलिदान करना था। नूह को किसी निर्देश की आवश्यकता नहीं थी, वह अंतर जानता था और यहोवा को क्या स्वीकार्य था। इस प्रकार यह उसके नथुनों के लिए एक सुखदायक सुगंध थी, यहाँ तक कि उसे यह कहने के लिए भी लाया कि वह फिर कभी मनुष्य के लिए भूमि को शाप नहीं देगा, और न ही हर जीवित चीज़ को नष्ट करेगा। श्लोक 22 में उन्होंने यह शर्त जोड़ी कि वाचा "जब तक पृथ्वी रहेगी" कायम रहेगी। हज़ार साल के साम्राज्य के अंत में यह पूरी तरह से नष्ट हो जाएगा, इस बार आग के माध्यम से। [2 पतरस 3:10-12]
उत्पत्ति 9:1-17---परमेश्वर ने नूह के साथ आशीष और अनुबंध किया
• वचन एक और दो में, परमेश्वर नूह और उसके परिवार को आशीष देते हुए कहते हैं कि "फूलो-फलो, और बढ़ो, और पृथ्वी में भर जाओ"। बहुत खूब! अब यह एक आज्ञा है! फिर उसने उन्हें जानवरों, पक्षियों और मछलियों पर अधिकार दिया - हर जीवित चीज़ उनके हाथों में दे दी गई। लेकिन पूरे चर्च के इतिहास में वचन तीन की खराब व्याख्या की गई है और कहा गया है कि हम कोई भी हिलने वाली चीज खा सकते हैं। यह निश्चित रूप से वही प्रतीत होता है जो कहा गया है। लेकिन....आइए करीब से देखें।
• अध्याय 7, श्लोक 2 में, यहोवा ने नूह को अशुद्ध जानवरों की तुलना में सात गुना अधिक शुद्ध जानवरों को जहाज़ पर क्यों रखा होगा? क्योंकि केवल शुद्ध पशुओं को ही बलि और खाने के लिये प्रयोग किया जा सकता था। नूह को यह पहले से ही पता था, क्योंकि स्पष्टीकरण की कोई आवश्यकता नहीं थी। जैसे ही वह जहाज़ से बाहर निकला, बिना बताए, उसने एक वेदी बनाई और उस पर केवल शुद्ध जानवरों की बलि दी... जो यहोवा के लिए सुखदायक सुगंध थी।
• 9:3 में "भोजन" शब्द में दैवीय रूप से नियुक्त भोजन का अंतर्निहित रहस्योद्घाटन है। पुराने नियम में छह अलग-अलग शब्द हैं जिनका अर्थ "भोजन" है। इस अध्याय और श्लोक में एक हिब्रू शब्द "ओकेल" है। ईश्वर के लिए हिब्रू शब्द "एलोहिम" है। क्योंकि दूसरा शब्दांश "एल" है... "परमेश्वर" के लिए संक्षिप्त हिब्रू शब्द, जैसे "एल शादाई"।...यह एक अंतर्निहित "कॉपी-राइट" (या "कोड") के साथ आता है। यह उसके लोगों के लिए दैवीय रूप से नियुक्त भोजन है। क्योंकि यह एक विशिष्ट शब्द है, इसका प्रयोग नहीं किया गया है
जब "सामान्य भोजन" के संदर्भ में, नूह (और अन्य) जानते थे कि यह कथन "प्रत्येक चलती-फिरती चीज़ जो जीवित है वह आपके लिए

"भोजन" होगी..." उनके लिए उपयुक्त था।

• पद 4---अब यहोवा उनके खाने की अनुमति वाले भोजन पर एक और प्रतिबंध लगा रहा है। यहां उनका जोर खून पर है. उन्हें "मांस"/मांस को उसके खून के साथ नहीं खाना चाहिए, "क्योंकि जीवन खून में है।" यह आदेश पूरे टोरा में कई बार दोहराया जाता है। एकमात्र स्वीकार्य रूप से खाने योग्य मांस वह था जो जीवित जानवर का था जिसे तत्काल उपभोग के लिए मार दिया गया था, न कि वह जानवर जो पहले ही मृत पाया गया हो और उसका खून निकाल दिया गया हो। यहोवा ने इतनी बार इस बात पर ज़ोर क्यों दिया कि जीवन लहू में है? यह आंशिक रूप से येशुआ के बहाए गए खून का हमारे लिए जीवन होने का संदर्भ होगा। लेकिन रक्त वस्तुतः जीवन की पवित्रता भी है, और यहोवा के लिए पवित्र भी है। अंतिम लेकिन महत्वपूर्ण बात, रक्त हमारे खाने के लिए स्वस्थ नहीं है...खासकर यदि जानवर काफी समय पहले मर चुका हो।

वचन5-7---पहला मृत्युदंड आदेश....हत्या

वचन 8-17---पहली स्थापित वाचा जो परमेश्वर ने मनुष्य के साथ बनाई थी... नूही वाचा... वाचा के चिन्ह के रूप में इंद्रधनुष के साथ.

उत्पत्ति 9:18-29---नई शुरुआत के उतार-चढ़ाव

• वचन 19---"ये नूह के पुत्र थे, और इन्हीं (तीनों) से सारी पृथ्वी आबाद हुई।" अब मुझे खेद है, लेकिन वर्षों से जब भी मैं वह कविता पढ़ता हूं तो मेरे दिमाग में उन तीन बड़े भाइयों की एक पागल तस्वीर आती है, जो अपने छोटे भतीजों और बड़े भतीजों के साथ कैम्प फायर के आसपास बैठे हुए हैं और कह रहे हैं, "सुनो तुम युवा पिल्लों! तुम्हारे हम तीन चाचाओं ने पूरी पृथ्वी को आबाद किया है तुमने वास्तव में क्या हासिल किया है???" मेरा मतलब है, यह किसी के बारे में इतिहास में दर्ज होने लायक एक बयान है!! उनकी संत पत्नियों का तो जिक्र ही नहीं!

• वचन 20-23---क्या नूह के पास यह जानने के लिए पर्याप्त समय तक अंगूर का बाग नहीं था कि यदि अंगूर किण्वन के लिए पर्याप्त समय तक बैठे रहे तो यह उसे नशे में डाल देगा...या नहीं...उसकी बदली हुई स्थिति का परिणाम इस बात का खुलासा होगा उनके बेटों के चरित्र के "असली रंग"।

• हाम अपने पिता की नग्नता को छिपाने के लिए कुछ नहीं करेगा और वास्तव में, तुरंत अपने भाइयों के पास गया और उन्हें बताया।

• परन्तु शेम और येपेत ने उसे ढांपने के लिये कपड़ा लिया, और पीछे की ओर चले, कि अपके पिता का अपमान अपनी आंखोंमें भी न देखें! क्या हम इतने सावधान हैं कि हम अपनी आँखों या होठों से किसी का अपमान न करें?

• वचन24---जब नूह जागा तो उसे पता चला कि हाम ने क्या किया है।

• वचन 25-27---इसलिए नूह ने हाम के बेटे, कनान को अपने भाइयों के अधीन दास-स्थिति का श्राप दिया। फिर उसने एक आश्चर्यजनक बात कही जब उसने घोषणा की कि यहोवा शेम का परमेश्वर है! फिर वह प्रार्थना करता है कि येपेत शेम के तम्बू में निवास करेगा! इसका तात्पर्य शेम के तम्बुओं में रहने से नहीं है, बल्कि उसके इतना निकट रहने से है कि वह शेम के तम्बुओं में समय बिता सके। क्यों? क्योंकि शेम परमेश्वर को जानता था, ठीक वैसे ही जैसे उसका पिता जानता था! "किसी के तंबू में रहने" का मतलब उस व्यक्ति से आध्यात्मिक स्तर पर सीखने में समय बिताना है। यह वही हिब्रू शब्द है जिसका उपयोग याकूब और एसाव की तुलना में किया गया था। "और एसाव तो कुशल अहेर और मैदानी मनुष्य था; परन्तु याकूब नम्र और तम्बुओं में रहनेवाला मनुष्य था।" [उत्पत्ति 25:27] एसाव को शिकार करने, हत्या करने और खाने में अधिक रुचि थी, जबकि याकूब घर पर मदद करने में अधिक संतुष्ट था, शायद खेती करता था, लेकिन निश्चित रूप से विद्वानों के "तंबुओं में" समय बिताता था, या शायद वह खुद शिक्षण कर रहा था .

वचन 28-29---नूह बाढ़ के बाद 350 वर्ष जीवित रहा और कुल मिलाकर 1,000 वर्षों से केवल 50 वर्ष कम था। अद्भुत!

उत्पत्ति 10:1-32 --- राष्ट्र नूह से उतरते हैं

• जब आप येपेत और हाम के वंशजों के नामों को देखेंगे तो आप उनमें से कई को इतिहास के सबसे खराब गैर-यहूदी राष्ट्रों में से कुछ के रूप में पहचानेंगे, खासकर मूसा के समय में। यहां तक कि यहेजकेल की समय सीमा और गोग और मेगोग के युद्ध के अनुसार [अध्याय 38], उस युद्ध में सूचीबद्ध छह देश येपेत के वंशज हैं, और उनमें से चार हाम के वंशज हैं।

• हाम का पोता निम्रोद निकट भविष्य में सबसे अधिक समस्याएँ पैदा करेगा, जबकि कनान के पुत्र कई पीढ़ियों बाद इज़राइल के बच्चों के लिए समस्याएँ पैदा करेंगे।

• शेम के पास संतानों की एकमात्र प्रतीत होने वाली शुद्ध रेखा होगी।

उत्पत्ति 11:1-32---बाबेल के गुम्मट से अब्राम तक

वचन1-9---एक बार जब निम्रोद का जन्म हुआ और वह मिस्र के क्षेत्र से शिनार (बाद में बेबीलोन) चला गया, तो उसने पहले राज्य का निर्माण शुरू किया, जिसे बाबेल कहा जाता था। वह आगे चलकर पहला तानाशाह बना, सूर्य पर आधारित पहला संगठित बुतपरस्त धर्म शुरू किया, और यहोवा के बिना स्वर्ग तक पहुंचने की उम्मीद में लोगों से "टावर ऑफ़ बैबेल" का निर्माण करवाया। उसके अधर्म और लोगों पर नियंत्रण ने अंततः उन सभी पर न्याय थोप दिया, लोगों को तितर-बितर कर दिया और उनकी आम भाषा को नष्ट कर दिया। लगभग सौ साल बाद ही पेलेग की पीढ़ी ने देखा कि दुनिया सचमुच में बिखर गई और एक भूमि को सात महाद्वीपों में विभाजित कर दिया। क्या यह सर्वशक्तिमान के क्रोध के बावजूद, "बड़े भाई" तानाशाह के तहत फिर से एकजुट होने के मनुष्यों के दिलों के बुरे इरादों का परिणाम था? शायद।

वचन 10-26---950 वर्ष की आयु में नूह की मृत्यु के बाद, जीवन-अवधि तेजी से बहुत कम हो गई, शेम के लिए 600 वर्ष से बढ़कर, अगली तीन पीढ़ियों के लिए 400 से कम, अगली तीन पीढ़ियों के लिए 200 से कम, और अंत में नाहोर (इब्राहीम के दादा) के लिए 148। हालाँकि, इब्राहीम के पिता तेरह 205 वर्ष तक जीवित रहे...और इब्राहीम की मृत्यु 175 वर्ष में हुई।

उत्पत्ति 11:27-32 ---तेरह के वंशज

• v.27---"तेरह" नाम "टेराफिम" शब्द का एकवचन रूप है, जो "मूर्तियों" के लिए शब्द है - स्ट्रॉन्ग का # 8655। इसलिए, "तेरह" शब्द का अर्थ मूर्ति या मूर्तिपूजक हो सकता है। किसी भी तरह, हम पवित्रशास्त्र से जानते हैं कि इब्राहीम के पिता एक मूर्तिपूजक थे।

• यहोशू 24:2---और यहोशू ने सब लोगों से कहा, इस्राएल का परमेश्वर यहोवा यों कहता है, तुम्हारे पुरखा, इब्राहीम का पिता और नाहोर का पिता तेरह समेत, नदी के उस पार रहते थे पुराने समय में; और वे अन्य देवताओं की सेवा करते थे।''

• तो फिर यहोवा ने मूर्तिपूजक के पुत्र को, मूर्तिपूजा के देश में, अपनी भूमि से बाहर बुलाने और "इस्राएल राष्ट्र का पिता" बनने के लिए क्यों चुना होगा? जब आप प्राचीन बाइबिल मानचित्रों को देखते हैं, तो आप पता लगा सकते हैं कि नूह के वंशज कहाँ गए थे। यह पता चला कि शेम इब्राहीम के समान क्षेत्र में समाप्त हुआ। चार्ट पर आप आसानी से गणित करके देख सकते हैं कि शेम इब्राहीम के 110 वर्ष की आयु तक जीवित रहा!

यहूदी संतों और विद्वानों का मानना था कि, जैकब की तरह, इब्राहीम "तंबुओं में रहता था" --- इस मामले में, शेम के तंबू! याद रखें, वे एक ही क्षेत्र में रहते थे। और भले ही इब्राहीम का पिता मूर्तिपूजक था, हमें इसका कोई सबूत नहीं मिलता कि इब्राहीम मूर्तिपूजक था, न ही उसने कभी उन्हें बर्दाश्त किया। जैसा कि हम अगले टोरा भाग में देखेंगे, इब्राहीम ने यहोवा की आज्ञा का जवाब देने में संकोच नहीं किया (75 वर्ष की आयु में) वह सब कुछ छोड़कर जो वह कभी जानता था और उस देश में चला गया जिसे उसने कभी नहीं देखा था। हमें इब्राहीम द्वारा प्रदर्शित विश्वास के स्तर पर यहोवा की पुकार पर ध्यान देने के लिए आज्ञाकारिता की भावना दी जाए।

हफ़्तारा

यशायाह 54:1-55:5

यशायाह 54:1-17---शांति की एक शाश्वत वाचा

• जब यह श्लोक एक में विवाहित महिला बनाम अविवाहित महिला के बारे में बात करता है, तो अविवाहित महिला इज़राइल का उत्तरी साम्राज्य है, जिसे यहोवा को उसकी अत्यधिक मूर्तिपूजा के लिए तलाक देना पड़ा था, और विवाहित महिला यहूदा का दक्षिणी साम्राज्य है। लेकिन क्योंकि असीरिया में बंदी बनाए जाने के बाद इसराइल पूरी दुनिया में बिखर गया था, इसलिए लोगों ने इस हद तक अंतर्जातीय विवाह करना शुरू कर दिया कि उन्हें अब याद ही नहीं रहा कि वे कौन थे... वे किस जनजाति के थे। लेकिन येशुआ उनके रिश्तेदार उद्धारक को जानता है। और जैसा कि मैथ्यू 24:31 में कहा गया है, जब वह पृथ्वी पर लौटेगा तो वह अपने चुने हुए लोगों को वापस उनकी भूमि पर इकट्ठा करने के लिए एक बड़ी तुरही (शोफ़र) की आवाज़ के साथ अपने स्वर्गदूतों को भेजेगा। यशायाह 54:1-3 इसी के बारे में बात कर रहा है!

वचन 4-8---अब उनका मुक्तिदाता उन्हें डरने या शर्मिंदा न होने के लिए प्रोत्साहित कर रहा है, क्योंकि वह इसराइल से दोबारा शादी करने वाला है और उसके और यहूदा दोनों के बीच में "दो छड़ियों" को एक साथ लाकर निवास करेगा। (यहेजकेल 37 देखें)

वचन 9-10---श्लोक नौ टोरा भाग से सीधा संबंध है, क्योंकि येशुआ उन्हें उन वादों की याद दिलाता है जो उसने उनसे अतीत में किए थे जो विफल नहीं हुए... इसी तरह, उनके लिए उनका प्यार असफल नहीं होगा. हमें याद रखने की ज़रूरत है, एक बार जंगली जैतून के पेड़ के अन्यजातियों के रूप में, लेकिन अब उस पेड़ से टूट गए हैं और मुक्तिदाता के प्रेमपूर्ण हाथ से इज़राइल के पेड़ में लगाए गए हैं, कि हम भी इन वादों के प्राप्तकर्ता हैं। [रोमियों 11:16-24] हम अपने यहूदी भाइयों के साथ एक शरीर के रूप में खड़े रहेंगे।

वचन 11-17---इतना आराम! आख़िरकार ऐसी सुरक्षा! पद 15बी-- "जो कोई तेरे विरुद्ध इकट्ठा होगा वह तेरे कारण गिरेगा।" और अध्याय को समाप्त करने के लिए सुप्रसिद्ध और प्रिय श्लोक सत्रह, आरंभिक वाक्यांश के साथ, जो संकट के समय में कई अनमोल संतों द्वारा बोला गया है... "तुम्हारे विरुद्ध कोई हथियार नहीं बनेगा, और हर जीभ जो तुम्हारे विरुद्ध उठेगी न्याय की तुम निंदा करोगे, यह यहोवा के सेवकों की विरासत है..."

यशायाह 55:1-5---प्रचुर जीवन का निमंत्रण

फिर, बहुत सुंदर! यह एक के बाद एक वादा और प्रोत्साहन है! हम धन्य हैं कि हमें ऐसा प्रेममय सृष्टिकर्ता मिला! जब वह श्लोक 2 के मध्य में कहता है - "मेरी बात ध्यान से सुनो, और जो अच्छा है उसे खाओ और अपनी आत्मा को भरपूर आनंद दो"... क्या हमारे पास यथासंभव स्वास्थ्यप्रद आध्यात्मिक आहार है? इन "एलियाह के दिनों" में, क्या हम शब्द से मन्ना की अपनी दैनिक खुराक के साथ बने रह रहे हैं? प्रार्थना और स्तुति से ताज़ा, जीवित जल? और मजबूत, समान विचारधारा वाले विश्वासियों के साथ संगति से अच्छे पूरक? अंतिम दो छंदों में वह वादा करता है कि वह डेविड को एक नेता के रूप में खड़ा करेगा। क्या हम दाऊद, नूह और मूसा की तरह स्वयं को यहोवा के साथ स्थापित कर रहे हैं कि वह जहाँ भी ले जाए उसका अनुसरण करें? अब हम उन दिनों में हैं जिनके बारे में भविष्यवक्ताओं ने भविष्यवाणी की थी और

समय तेजी से बदल रहा है। परन्तु हमारा नेतृत्व करने के लिए हमारे पास राजाओं का राजा और प्रभुओं का प्रभु है। हमें बस "मज़बूत और अच्छे साहस वाला" होने की ज़रूरत है! मसीह के साथ सब कुछ संभव है!

बरित हादाशाह / नई वाचा
नया करार
मत्ती 24:36-47; 1 पतरस 3:18-22

मैथ्यू 24:36-47---ये बारह वचन इतनी आसानी से पूरे दिन की शिक्षा हो सकते हैं। लेकिन समय के हित में, मैं बस कुछ चीजों पर प्रकाश डालूंगा।
• वी. 37---यह उनकी वापसी की बात कर रहा है, न कि उत्साह की।
• वी. 39---बहुत से लोग "निकाले जाएंगे", जैसा कि बाढ़ के मामले में हुआ था
वचन 41-42 यिर्मयाह 25:29-33 और 23:19-20 में बंधे हैं
वचन 43-44 बताता है कि निगरानी रखना और तैयार रहना कितना अनिवार्य है
• इसे मैथ्यू 25:10, 13 से जोड़ें
वचन 45-47 उस बात को ध्यान में रखें जिसके बारे में मैंने पहले शिक्षण में बात की थी, कि हमें तब तक "कब्ज़ा" करने की ज़रूरत है जब तक वह वापस न आ जाए या हमारे लिए न आ जाए, वह हमें जिस भी क्षमता में बुलाता है... एक दिन एक समय में।
1 पतरस 3:18-22---मसीह की पीड़ा और हमारी ये पाँच छंद बाढ़ और बपतिस्मा की एक सुंदर तुलना करते हैं। जिस तरह हर कोई जिसने पाप करना बंद करने से इनकार कर दिया, वह बाढ़ में मर गया, उसी तरह हमारे खिलाफ मौत की सजा को सही ठहराने के लिए हमारे पास बहुत कुछ होगा, अगर यह उस न्यायप्रिय व्यक्ति के लिए नहीं होता जिसने पहले तीन छंदों में वर्णित चीजें नहीं कीं। फिर पत्रास अपने दृष्टिकोण में एक मोड़ लेता है और हमारे बपतिस्मा का वर्णन करता है, जहां हम पानी के नीचे जाते हैं, जो "बूढ़े आदमी" के लिए हमारी मृत्यु का प्रतीक है, और मसीह में एक "नई रचना" के रूप में सामने आते हैं, जो केवल बहाए गए रक्त के माध्यम से ही संभव हुआ है। मेम्ना और उसका पुनरुत्थान.... जो अब स्वर्ग में चला गया है और परमेश्वर के दाहिने हाथ पर बैठता है, उसके अधिकार के तहत सभी स्वर्गीय यजमानों के साथ। हलेलुयाह!!
एक अलग विचार, जिस तरह येशुआ ने सहजता से जानवरों को शांति और व्यवस्था में जहाज में लाया, और जिस तरह से मनुष्य ने लगातार उस व्यक्ति का अनुसरण किया है जो व्यवस्था और शांति से नफरत करता है, जिससे दुनिया को बुराई के उच्च और उच्चतर स्तर पर मजबूर किया जा रहा है, अव्यवस्था, हिंसा और मृत्यु. क्या यह जानना आश्चर्यजनक नहीं है कि जब यीशु नियत समय पर लौटेगा, जैसा कि मत्ती 24:22 कहता है, "और जब तक वे दिन छोटे न किए जाएं, कोई प्राणी न बचेगा...", वह व्यवस्था और न्याय, शांति लाएगा और उस से प्रेम करो, और सारी पृथ्वी को उस से ढक दो।
जल्दी आओ, दिन को गति दो!!

3

उत्पत्ति 12:1-17:27

उत्पत्ति 12:1-17:27

उत्पत्ति 12:1-17:27; यशायाह 40:27-41:16

रोमियों 4:1-25

बाइबिल स्टडी फेलोशिप "उत्पत्ति" अध्ययन के नोट्स की समीक्षा करते हुए जो मैंने वर्षों पहले किया था, मैं अब्राहम के महत्व पर उनके उत्कृष्ट दृष्टिकोण के एक अंश के साथ शुरुआत करूंगा क्योंकि वह आज हमारे विश्वास पर लागू होता है। मैं उनकी टिप्पणी के आरंभ और अंत में तारांकन चिह्न (*) लगाऊंगा, आरंभिक प्रविष्टि में भी, साथ ही लिखते समय जो कुछ भी मैं जोड़ सकता हूं, उसमें तारांकन चिह्न (*) लगाऊंगा।

***उत्पत्ति 1-11 और 12-50 के बीच विरोधाभास**

इब्राहीम के आहवान के साथ, परमेश्वर मानवता के साथ अपने व्यवहार में एक नए प्रस्थान का उद्घाटन करता है। उत्पत्ति के दो मुख्य भाग हैं। पहला खंड (अध्याय 1-11) हमें संपूर्ण मानव जाति का संक्षिप्त इतिहास देता है। दूसरे खंड (अध्याय 12-50) में हमारा ध्यान विशेष रूप से एक व्यक्ति, अब्राहम और उसके परिवार पर केंद्रित है। यह परिवार तब तक प्रगति करता है जब तक कि यह निर्गमन की पुस्तक में वर्णित एक राष्ट्र की स्थिति तक नहीं पहुंच जाता।

एक नई शुरुआत और एक "चुने हुए राष्ट्र" की आवश्यकता :

अध्याय 10 और 11 बाढ़ के बाद नई पृथ्वी में नई शुरुआत के बाद भी मानव जाति के निरंतर पतन का पता लगाते हैं। ईश्वर का दूसरा महान न्याय बाबेल की मीनार (उत्पत्ति 11) पर हुआ, जब उसने परिवारों और जनजातियों को "पूरी पृथ्वी पर" बिखेर दिया, जिसके परिणामस्वरूप एक-दूसरे से अलग-थलग कई राष्ट्रों का उदय हुआ, प्रत्येक अपनी-अपनी भाषा बोलते थे। आदिम मूर्तिपूजा के बीज तब तक गहरी जड़ें जमा चुके थे जब तक कि "शाश्वत परमेश्वर की महिमा" का आदान-प्रदान "नश्वर मनुष्य की तरह दिखने वाली छवियों" से नहीं हो गया (रोमियों 1:23)। नैतिक भ्रष्टाचार तब तक चलता रहा जब तक कि मनुष्य का पतन उत्पत्ति 19 में वर्णित अवस्था तक नहीं पहुंच गया। भगवान ने वादा किया था कि वह मनुष्य के पाप के कारण हर जीवित चीज़ को फिर से नष्ट नहीं करेगा (उत्पत्ति 8:21)। लेकिन मानव जाति को इस अतिक्रमित भ्रष्टाचार से कैसे बचाया जाए जो उन्हें पूरी तरह से बर्बादी में डूबा देगा? ऐसा लगता है कि इब्राहीम के साथ ईश्वर ने एकाग्रता का एक नया क्षेत्र शुरू किया जो अंततः सभी देशों को प्रभावित करेगा। अन्य राष्ट्रों के साथ कंधे से कंधा मिलाकर, ईश्वर अब सभी लोगों के लिए मुक्ति का साधन बनने के लिए एक विशेष लोगों - इब्रानियों (या इज़राइल) को बुलाने और तैयार करने के लिए आगे बढ़ता है। इस उद्देश्य के लिए उन्हें आसपास के राज्यों की मूर्तिपूजा और नैतिक भ्रष्टाचार से अलग होने और स्वयं भगवान से विशिष्ट रूप से संबंधित होने की आवश्यकता थी (निर्गमन 19:4)। ईश्वर अपने रहस्योद्घाटन के दैवज्ञों को - बाइबिल को सौंपेगा - जो मसीहा के आगमन और इस विशेष लोगों के लिए ईश्वर की मुक्ति की अनूठी योजना की ओर इशारा करता है, जो एक अर्थ में अन्य सभी देशों से अलग है। इस तरह, ईश्वर का इरादा था कि लोग, इज़राइल, ब्रह्मांड के निर्माता, एक ईश्वर में विश्वास करने के लिए सभी पीढ़ियों में गवाही दें। दरअसल, जब सदियों बाद यीशु ने कुएं के पास एक सामरी महिला से बात की, तो वह यहां तक कह गया कि (क्रूस से पहले) "उद्धार यहूदियों से है" (यूहन्ना 4:22)। वास्तव में, परमेश्वर ने इस संसार के संख्यात्मक रूप से बड़े राज्यों के विपरीत इस्राएल के छोटे राष्ट्र को चुना (व्यवस्थाविवरण 7:7)। हालाँकि ये अन्य राष्ट्र अक्सर इज़राइल से बेहतर संस्कृति और सभ्यता का आनंद लेते थे, लेकिन आध्यात्मिक रूप से कहें तो उन्हें ईश्वर की महिमा, व्यक्तित्व और पवित्रता के संबंध में सच्चाई की एक झलक ही अनुभव होती थी। जब तक मसीहा नहीं आया (और उसका सुसमाचार सभी राष्ट्रों में प्रचारित नहीं किया गया), केवल इज़राइल ही एक सच्चे ईश्वर की पूजा करता था। इस बीच, परमेश्वर ने अन्य राष्ट्रों (जिन्हें "अन्यजाति" राष्ट्र कहा जाता है) को अपने स्व-निर्धारित मार्ग पर चलने की अनुमति दी थी। (प्रेरितों 14:16, 17:31) इस विचार को ध्यान में रखते हुए, हम देखेंगे कि उत्पत्ति 12 के बाद, "अन्यजाति" राष्ट्रों और उनके इतिहास का उल्लेख केवल पवित्रशास्त्र में किया गया है क्योंकि

वे इब्राहीम और उसके वंशजों को प्रभावित करते हैं, जो वह राष्ट्र बन गए जिन्हें हम जानते हैं आज इजराइल के रूप में.

संपूर्ण धर्मग्रंथ में इब्राहीम का महत्व

इब्राहीम अब उत्पत्ति का केंद्रीय व्यक्ति बन गया है। वह हिब्रू राष्ट्र के पिता हैं। शारीरिक रूप से, वह मसीहा के महान पूर्वज हैं, जो मैरी के माध्यम से सीधे उनके वंशज थे। [येशुआ के पूर्वजों को दर्ज करने वाली दो वंशावली हैं, जो मैथ्यू 1 और ल्यूक 3 में पाई जाती हैं। दोनों में धागे अलग-अलग हैं और कई लोग मानते हैं कि ल्यूक में सूचीबद्ध वंशावली मैरी की वंशावली से है, "हेली" मैरी के पिता हैं, जोसेफ के नहीं। , क्योंकि महिलाओं को आमतौर पर ल्यूक में पूर्वजों के रूप में उल्लेख नहीं किया गया है।] इब्राहीम भी "भगवान के वादे के वचन में विश्वास" का अग्रणी बन गया, जिसे परमेश्वर ने "धार्मिकता के रूप में श्रेय दिया" (उत्पत्ति 15: 6; इब्रानियों 11)।

इब्राहीम, मसीहा में विश्वास करने वाले सभी लोगों का पिता--- गलातियों 3:16, 29 "यदि तुम मसीह के हो, तो तुम इब्राहीम के वंश हो, और प्रतिज्ञा के वारिस हो।"

हालाँकि शरीर के बाद हम सभी इब्राहीम के वंशज नहीं हैं, फिर भी जो मसीहा में विश्वास के द्वारा नया जन्म लेते हैं उन्हें "इब्राहीम की आध्यात्मिक संतान" कहा जाता है। यहां तक कि जैसे इब्राहीम को धर्मी गिना जाता था, क्योंकि वह ईश्वर के उस वादे पर विश्वास करता था जो उसकी संतानों (जो अंततः स्वयं मसीहा था) की ओर देखता था, उसी प्रकार हम मसीह में मोक्ष के संबंध में ईश्वर के वचन पर विश्वास करके धर्मी गिने जाते हैं क्योंकि हम इतिहास में उनके जीवन, मृत्यु को देखते हैं। , पुनरुत्थान, और आरोहण।

इब्राहीम, विश्व में आस्तिक के तीर्थ जीवन का एक चित्रण :

इब्राहीम का ईश्वर पर निर्भरता का जीवन आज हमारे लिए दैनिक व्यावहारिक उदाहरणों से भरा है। वह मानवीय शंकाओं और असफलताओं से युक्त एक बहुत ही मानवीय व्यक्ति थे। वह किसी भी व्यक्ति के लिए एक चुनौतीपूर्ण उदाहरण है जिसे अकेले बाहर निकलना पड़ता है, वह परिवार या पड़ोस में भगवान पर भरोसा करने और उसकी आज्ञा मानने वाला पहला व्यक्ति है। परमेश्वर ने इब्राहीम के विश्वास और आज्ञाकारिता का प्रतिफल उसे रहने के लिए जगह, साथ ही दैनिक अस्थायी आशीर्वाद देकर दिया (उत्पत्ति 12-14)। परमेश्वर स्वयं "अब्राहम की ढाल" और "बहुत बड़ा प्रतिफल" बन गया (उत्पत्ति 15:1)। इब्राहीम ने परमेश्वर के साथ साहचर्य का अनुभव किया और उसे परमेश्वर का मित्र कहा गया (उत्पत्ति 18:17-19 और यशायाह 41:8)। परमेश्वर ने उसे अनंत काल तक पहुँचने वाला एक उद्देश्यपूर्ण जीवन दिया, क्योंकि इब्राहीम न केवल अपनी पीढ़ी के लिए बल्कि सभी आने वाली पीढ़ियों के लिए एक आशीर्वाद बन गया। जिस अनुपात में आप और मैं इब्राहीम के विश्वास के उदाहरण का पूरी तरह से पालन करते हैं, हम भी उसी मात्रा में धन्य होने और भगवान द्वारा आशीर्वाद बनाए जाने की खुशी और गहरी संतुष्टि का अनुभव करेंगे, जिसे इब्राहीम कई व्यावहारिक तरीकों से जानता था।*

उत्पत्ति 12:1-3---इब्राहीम को दिए गए आठ महान वादे:

1. वादा किया हुआ देश [उत्पत्ति 12:7]
2. एक महान राष्ट्र [उत्पत्ति 12:7]
3. एलोहिम (भगवान) द्वारा आशीर्वाद दिया गया [उत्पत्ति 22:17]
4. उसका नाम महान हो गया [उत्पत्ति 17:5-8]
5. वह आशीष होगा [उत्पत्ति 28:4]
6. जो लोग उसे आशीर्वाद देंगे वे धन्य होंगे [उत्प. 27:29; संख्या. 24:9; पी.एस. 122:6]
7. जो उसे शाप देते हैं वे शापित होंगे [उत्प. 27:29; संख्या. 24:9; पी.एस. 129:5]
8. पृथ्वी भर के कुलोंको उसके द्वारा आशीष मिलेगी [प्रेरितों 3:25; यशायाह 41:5-9]

उत्पत्ति 12:4-9---इब्राहीम की वादा किए गए देश की यात्रा

• 11:31 में, तेरह के बेटों (अब्राम और नाहोर) की शादी के कुछ समय बाद और हारान की मृत्यु हो गई, एक बेटे (लूत) को छोड़कर, यह कहता है कि तेरह, अब्राम, सारै और लूत "कसदियों के उर से बाहर चले गए... कनान देश में जाने के लिए।" यहां हम निश्चित हो सकते हैं कि इरादा - यहोवा के आदेश पर - वादा किए गए देश में जाने का था। लेकिन हमें दो समस्याएं दिखती हैं.

• एक... यहोवा ने अब्राम के पिता और भतीजे को नहीं, बल्कि केवल अब्राम को आदेश दिया था। जाहिर तौर पर वह सराय को अपने साथ ले गया होगा, लेकिन उसे अपने पिता और भतीजे को भी शामिल करने के लिए कभी नहीं कहा गया। वास्तव में, उसे "अपने पिता का घर छोड़ने" के लिए कहा गया था। इससे अब्राम के लिए समय में बड़ी समस्याएँ पैदा होंगी।

• दो... वे हारान तक क्यों चले गए, जिससे उनका मार्ग दोगुना से भी अधिक हो गया? यह उसके परिवार और अब अपने देश को भी न छोड़ने के निर्णय के कारण हुआ, क्योंकि हारान को अब्राम के क्षेत्र में माना जाता था, हालाँकि वह उत्तर से बहुत दूर था। वे सीधे वादा किए गए देश में क्यों नहीं गए होंगे? उनके गंतव्य शहर का नाम तेरह के मृत पुत्र हारान के नाम पर रखा गया था। बाइबल हमारे लिए इसका वर्णन नहीं करती है, लेकिन तर्क हमें बताता है कि तेरह उस शहर में समय बिताना चाहता होगा जिसे शायद उसके बेटे ने खुद बनाया था। जाहिर तौर पर उन्हें वहां देरी हो गई, क्योंकि अन्य तीन तब तक वहां से नहीं निकले जब तक कि तेरह की मृत्यु नहीं हो गई।

• v.6---एक बार जब अब्राम अंततः वादा किए गए देश के रास्ते पर था, तो वह अधिक से अधिक "पवित्र" हो जाएगा - "अलग कर दिया जाएगा और पवित्र कर दिया जाएगा"। कनान के पहले स्थान - शेकेम - पर पहुँचने पर यहोवा पहली बार उसके सामने प्रकट होंगे। पहले उसने केवल अपने पिता का घर छोड़ने और उसके पीछे चलने की आज्ञा दी थी।

≻ यह हमारी व्यक्तिगत मुक्ति का एक पैटर्न है। सबसे पहले हमें "अपने पिता का घर छोड़ने" के लिए कहा जाता है। यह हर किसी के लिए शाब्दिक मामला नहीं होगा। इब्राहीम के मामले में उसका पिता मूर्तिपूजक था। उसे आध्यात्मिक रूप से अपने पिता के "घर" से बाहर निकलने की ज़रूरत थी। एक बार जब हम खुद को शैतान के प्रभुत्व से अलग करना शुरू कर देते हैं और भगवान की आज्ञा मानते हैं, तो उसके पास काम करने के लिए कुछ होता है। अगली चीज़ जो हम देखते हैं (श्लोक 7 में) वह यह है कि यहोवा वास्तव में उसे दिखाई दे रहे हैं!

≻ शकेम वह पहला स्थान था जहाँ हमने अब्राम को कनान में रहते हुए देखा था। दूसरा बेथेल (v.8) है। शकेम वह स्थान होगा जहां "दीना" घटना घटित होगी, और यूसुफ को बाद में गड्ढे में फेंक दिया जाएगा और उसके भाइयों द्वारा दास के रूप में बेच दिया जाएगा! सैकड़ों साल बाद, यहोशू ने मरने से ठीक पहले शकेम में पूरे इस्राएल के साथ यहोवा के लिए एक पवित्र वाचा बाँधी। [यहोशू 24:25]

≻ अब्राम का अगला पड़ाव, बेथेल होगा, जहां याकूब बाद में एसाव से भागते समय रुकेगा और उसने स्वर्गदूतों को चढ़ते और उतरते हुए और यहुशुआ के बगल में खड़े होने का सपना देखा था। अपने दादा की तरह, जैकब लाबान में अपनी 20 साल की सेवा से लौटने पर सबसे पहले शेकेम (अपने पूरे परिवार के साथ) रुकते थे, जहां "दीना" की घटना हुई थी, उनका दूसरा पड़ाव बेथेल था।

• पद 7-9---यहाँ शेकेम में, यहोवा अब्राम को दिखाई देता है और उससे एक अविश्वसनीय वादा करता है... कि वह जिस भूमि पर वह है उसे और उसके वंशजों को दे देगा। याद रखें कि वह और सारै 75 और 65 वर्ष से अधिक के थे, उनका अभी तक कोई वारिस नहीं था...कोई संतान नहीं थी। लेकिन फिर भी, अब्राम ने यहोवा के लिए अपनी पहली वेदी बनाई। उसे इस बात का जरा भी अंदाजा नहीं था कि वह कनान और मिस्र में एक लंबी यात्रा पर रहेगा, धीरे-धीरे अपने परिवार का निर्माण करेगा, और उस भूमि पर व्यक्तिगत स्वामित्व और प्रभुत्व कभी नहीं देख पाएगा जिसका उससे वादा किया गया था। इसके अलावा, उसके वंशजों द्वारा अंततः भूमि पर दावा करने में लगभग पाँच सौ वर्ष लगेंगे! हमारे लिए यह याद रखने योग्य बात है जब ऐसा लगता है कि यहोवा ने बहुत पहले हमसे कुछ वादा किया था जो अभी तक पूरा नहीं हुआ है। इब्राहीम और सारा को याद करो.

उत्पत्ति 12:10-20---मिस्र में इब्राहीम

• इन ग्यारह छंदों में हमने पढ़ा जहां अब्राम के पास विश्वास की जबरदस्त परीक्षा थी और असफल रहा। कनान में अकाल के कारण, उसके पास भोजन की तलाश में मिस्र जाने के अलावा कोई विकल्प नहीं था। लेकिन अपने जीवन के डर से कमजोरी के एक क्षण ने उसे सारै के साथ अपने रिश्ते के बारे में धोखा देने के लिए प्रेरित किया। इसके बाद उसे फिरौन के घर ले जाया गया! क्या अब्राम को सारै के भय की चिन्ता नहीं थी? जब भी फिरौन उसे अधिक गाय-बैल, भेड़-बकरी और नौकर देता था तो उसे अपराध का बोझ उठाना पड़ता था। जब फ़िरौन और उसका घराना यहोवा की ओर से त्रस्त हो गया, तब क्या उसे दोषी महसूस नहीं हुआ? यह निस्संदेह एक बहुत ही विनम्र अनुभव रहा होगा, जिसका उपयोग यहोवा अपने सेवक अब्राम को परिष्कृत करने के लिए जारी रखेगा। हालाँकि, जब उसे और सारै को विदा किया गया, तो उसके साथ वह सब कुछ था जो फिरौन ने उसे दिया था, जिसमें सारै की मिस्र की नौकरानी हाजिरा भी शामिल थी, जो विश्वास की परीक्षा भी लेती और "बुरे बीज" की वाहक बनती।

उत्पत्ति 13:1-18---अब्राम को कनान विरासत में मिला

• जब अब्राम शुरू में मिस्र से कनान वापस आया, तो उसने बेतेल तक पूरी यात्रा की। लेकिन वहाँ की भूमि उसके और लूत के पास जितनी भेड़-बकरियों और गाय-बैलों की संख्या थी, उसके लिए पर्याप्त नहीं थी... इस हद तक कि उनके चरवाहे एक-दूसरे के साथ संघर्ष करने लगे। कुछ बिंदु पर यह स्पष्ट हो गया कि उन्हें अलग होना होगा। इस अनुच्छेद को पढ़ने वाले प्रत्येक आस्तिक को जो बात नम्र लगी है, वह यह है कि बड़े (चाचा) ने भतीजे को जमीन का अधिकार दे दिया। और ऐसा नहीं था कि ज़मीन का मूल्य बराबर था! पूर्व की भूमि "यहोवा के बगीचे" के समान उपजाऊ और अच्छी तरह से पानी वाली थी, जबकि पश्चिम और दक्षिण की अधिकांश भूमि रेगिस्तानी थी। कितना विनम्र! कितना निःस्वार्थ! परन्तु यहोवा इस्राएल के पिता को ढालना और आकार देना जारी रख रहा था, और वह जानता था कि वह क्या कर रहा था! और लूत को अपनी आत्म-केन्द्रित पसंद के लिए एक भयानक कीमत चुकानी पड़ेगी। जहाँ तक अब्राम की बात है, उसे विरासत का एक और वादा दिया गया था! श्लोक 18--"तब अब्राम अपना तम्बू हटा कर मम्रे के बांज वृक्षों के पास, जो हेब्रोन में हैं जाकर रहने लगा, और वहां यहोवा के लिये एक वेदी बनाई।"

≻ अब तक, अब्राम कनान में तीन स्थानों पर रह चुका है: शकेम, बेतेल और हेब्रोन। तीन स्थान, तीन वेदियाँ।

≻ प्रत्येक परीक्षण के साथ (अकाल जिसके परिणाम स्वरूप मिस्र जाने की आवश्यकता हुई, और लूत के साथ भूमि का विभाजन हुआ) अब्राम को एक मजबूत परीक्षण से गुजरना पड़ा और एक के साथ अच्छा निकला और दूसरे के साथ उतना अच्छा नहीं निकला। परन्तु फिर भी यहोवा ने उसे समृद्ध किया, उसे सिखाया, और निस्संदेह उसे मजबूत बनाया। हर बार, अब्राम एक वेदी बनाता और "यहोवा को पुकारता" --- उसके परमेश्वर को। क्या हम हर दिशा में यहोवा को खोजते हैं? जब हम किसी परीक्षा में असफल हो जाते हैं तो क्या हम निराश हो जाते हैं और

एक कोने में दुबक जाते हैं? या क्या हम नम्र हृदय के साथ यीशु के पास वापस दौड़ते हैं और उसे हमें बहाल करने और हमें हमारी गलतियों से सिखाने देते हैं? क्या हम उसे हमें उठाने देते हैं, हमें पकड़ने देते हैं और हमें "धूल झाड़ने" देते हैं, और फिर हमें चलते रहने के लिए एक हल्का धक्का देते हैं? क्या हम अपने निर्माता और उद्धारकर्ता का सम्मान करने के लिए स्तुति और बलिदान की वेदी पर वापस जाते हैं ताकि हम नई ताकत और आत्मविश्वास के साथ उसके साथ आगे बढ़ सकें? हमारे मुक्तिदाता और मित्र येशुआ की स्तुति करो! हमारी आखिरी सांस तक हमारी परीक्षा होगी और जैसे-जैसे हम उसमें विकसित होंगे, हम मजबूत होते जाएंगे, लेकिन कुछ क्षणों में कमजोर भी होंगे। लेकिन... वह महान है....

उत्पत्ति 14:1-17---लूत की कैद और बचाव

• सिद्दीम की घाटी में चल रही लड़ाइयों के बीच, पूर्व (शिनार) के चार राजाओं और सदोम और अमोरा सहित जॉर्डन घाटी और मैदानों के पांच अन्य राजाओं के बीच, ... किसी समय, सदोम पर छापा मारते समय और अमोरा, लूत और अन्य लोग बन्दी बना लिये गये। जब इसके बारे में बताया गया, तो अब्राम ने अपने तीन सौ अठारह "प्रशिक्षित लोगों" को इकट्ठा किया और लूत को बचाने के लिए उत्तर-पूर्व की ओर चला गया! यह चार राजाओं की सेना के विरुद्ध तीन सौ अठारह व्यक्ति हैं! इतना ही नहीं, बल्कि अब्राम उन सभी लोगों को वापस लाने में सक्षम था जिन्हें ले जाया गया था, साथ ही उनका सारा सामान भी! यह स्पष्ट रूप से सर्वशक्तिमान के हाथ के माध्यम से था, जैसा कि मलिकिसिदक स्वयं घोषित करेगा!

उत्पत्ति 14:18-24---अब्राम और मलिकिसिदक

• वी. 18--मेल्कीसेदेक सलेम का राजा और पुजारी दोनों था।

➢ "सलेम" का अर्थ शांति है और यह यरूशलेम का प्राचीन नाम था, जिसका अर्थ है शांति का शहर। इसलिए मलिकिसिदक यरूशलेम का राजा और याजक था।

➢ कई बाइबल विद्वानों का मानना है कि मलिकिसिदक येशुआ की अभिव्यक्ति था, जो एकमात्र अन्य सच्चा राजा और पुजारी था। इस स्थिति की पुष्टि करने वाले अन्य धर्मग्रंथ इब्रानियों 7:1-17 में पाए जाते हैं:

• v.1--मेल्कीसेदेक का अर्थ है "धार्मिकता का राजा"; सेलम के राजा का अर्थ है "शांति का राजा"।

• पद 2--अब्राम ने उसे दसवें हिस्से का दशमांश दिया।

• v.3--मेल्कीसेदेक बिना पिता या माता के था; उसकी न तो वंशावली थी, न दिनों का आरम्भ, न जीवन का अन्त; वह परमेश्वर के पुत्र के समान बनाया गया, और सदैव एक याजक बना रहा।

• पद 17--भजन संहिता 110:4 का श्लोक--"तू मलिकिसिदक की रीति के अनुसार सर्वदा याजक है" इसके पूर्ववर्ती छंदों के संदर्भ में है, जिसमें दाऊद स्पष्ट रूप से परमेश्वर के पुत्र, येशुआ का उल्लेख कर रहा था। .

उत्पत्ति 15:1-8 --- यहोवा अब्राम को वाचा के लिए तैयार करता है

• पद 1---"इन बातों के बाद यहोवा का यह वचन दर्शन में अब्राम के पास पहुंचा, 'मत डर अब्राम। मैं तेरी ढाल और तेरा बहुत बड़ा प्रतिफल हूं।'"

➢ जब अब्राम कनान के लिए प्रस्थान किया तब उसकी आयु 75 वर्ष थी।

• उन्हें तब बताया गया था कि उन्हें एक महान राष्ट्र बनाया जाएगा। ऐसा होने के लिए आपको बच्चों की आवश्यकता है। [जनरल. 12:2]

• वादा किए गए देश (शेकेम) में अपने पहले पड़ाव पर, यहोवा ने अब्राम से उसके सामने कहा कि वह और उसके वंशज भूमि के उत्तराधिकारी होंगे। [जनरल. 12:7]

• तीन चालों के बाद, और मिस्र में लंबे समय तक रहने के बाद, वह हेब्रोन में बस गया...अभी भी निःसंतान है।

• उनके जीवन के अगले भाग में उनके भतीजे को बचाना शामिल था।

यह सब ध्यान में रखते हुए, वह कम से कम 80 वर्ष का था, यदि अधिक नहीं, उस समय तक जब यहोवा ने उसे पद एक का दर्शन दिया था। पद दो में अब्राम ने यह कहने के लिए यहोवा को चुनौती दी कि वह उसका महान प्रतिफल है! वह कहता है, मैं निःसन्तान हो गया हूं, और मेरे घर का वारिस दमिश्कवासी एलीएजेर है, इसलिये तू मुझे क्या देगा? अब्राम यहाँ यह कहने से पीछे हट रहा है, "आपने मुझसे एक महान राष्ट्र बनाने का वादा किया था। आपने वादा किया था कि मेरे वंशजों को भूमि विरासत में मिलेगी। लेकिन मैं और मेरी पत्नी बूढ़े हो रहे हैं और हमें किससे विरासत प्राप्त करनी है... .दमिश्क का एक आदमी! अगर हमारे कोई संतान नहीं है तो हमें क्या इनाम मिलेगा?" वह बड़ी हताशा के साथ जो कहता है, वह यह है कि बाइबल में विस्मयादिबोधक चिह्नों का अक्सर उपयोग नहीं किया जाता है, वास्तव में, उत्तराधिकारी वह होता है जो उसके घर में एक नौकर के रूप में पैदा होता है, क्योंकि यहोवा ने उसे कोई संतान नहीं दी है!

हममें से कितने लोग प्रतीक्षा करते हैं और जिसे हम यहोवा का वादा समझते हैं उसका इंतजार करते हैं, और केवल एक ऐसे बिंदु पर पहुंचते हैं जहां यह निराशाजनक हो जाता है...बहुत देर हो चुकी है...परिस्थितियां उससे भी बदतर हैं जितना हमने कभी सोचा था कि वे प्राप्त होंगी और हम देखते हैं उन्हें उलटने की कोई संभावना नहीं. पूरी कुंजी उस पर भरोसा करना है, चाहे कुछ भी हो। मैंने अपने पति के प्रभु के पास

आने के लिए चौवालीस वर्षों तक प्रतीक्षा की। यह उनकी मृत्यु से केवल दो महीने पहले हुआ था। लेकिन मैंने कभी हार नहीं मानी. और जब यह हुआ तो यह छोटा नहीं था! यह बहुत सुंदर था और हम खुशी से रो पड़े क्योंकि हम जानते थे कि हम किसी दिन फिर साथ होंगे। मेरे केवल दो बेटे हैं. छोटा बच गया, बड़ा नहीं बचा। येशुआ ने मुझे बताया कि जब वह चौबीस वर्ष का था तो उसने उसे "पा लिया"। वह अब पचास का हो गया है और अभी भी बचाया नहीं जा सका है।

लेकिन मैं घबराता नहीं हूं. मैं उसके लिए कड़ी प्रार्थना करता हूं, लेकिन मैं घबराता नहीं हूं। मैं जानता हूं कि मैंने क्या सुना है, और इसलिए मैं जानता हूं कि वह वफादार है और उसने जो वादा किया है उसे पूरा करेगा। "जिसका मन तुझ पर लगा रहता है, उस को तू पूर्ण शान्ति में रखेगा, क्योंकि वह तुझ पर भरोसा रखता है।" [यशायाह 26:3] "लौटने और आराम करने में तुम बच जाओगे; शांति और आत्मविश्वास तुम्हारी ताकत होगी।" [है। 30:15]

• पद 5-6---अब यहोवा अब्राम को बाहर लाता है और उससे कहता है कि वह स्वर्ग की ओर देखे और यदि वह उन्हें गिनने में सक्षम हो तो तारों को गिनें। और फिर उस ने उस से कहा, तेरा वंश ऐसा ही होगा। बहुत खूब! एक 80 वर्षीय निःसंतान व्यक्ति के लिए इस पर विश्वास करना एक "कठिन आदेश" था! परन्तु वचन कहता है, कि अब्राम ने यहोवा पर विश्वास किया, और उस ने इसे धार्मिकता गिना।

• पद 7---"मैं यहोवा हूं, जो तुम्हें कसदियों के ऊर से निकाल लाया, कि तुम्हें इस देश का अधिकारी कर दूं।" इसकी तुलना उत्पत्ति 26:3-4 में इसहाक के वादे से करें---"इस देश में निवास करो, और मैं तुम्हारे साथ रहूंगा और तुम्हें आशीर्वाद दूंगा; क्योंकि मैं तुम्हें और तुम्हारे वंशजों को ये सभी भूमि देता हूं, और जो शपथ खाई है उसे पूरा करूंगा मैं ने तेरे पिता इब्राहीम से शपथ खाई, कि मैं तेरे वंश को आकाश के तारोंके समान बहुत करूंगा; और पृथ्वी की सारी जातियां तेरे वंश को आशीष देंगी; मेरे आदेश, मेरी आज्ञाएँ, मेरी विधियाँ, और मेरे नियम माने।"

• वी. 8---लेकिन अब्राम यह कहकर फिर से इस पर जोर देता है, ..."मुझे कैसे पता चलेगा कि मुझे इसका उत्तराधिकार मिलेगा?" यह मुझे उस समय की याद दिलाता है जब यहूदा यात्रा कर रहा था और उसे जो लगा कि वह एक वेश्या है, उसके पास आया और उसने पूछा कि क्या वह उसके पास जा सकता है, जिस पर उसने पूछा कि वह इसके लिए उसे क्या देगा। [जनरल. 28] उस ने उस से अपनी भेड़-बकरी में से एक बकरी का बच्चा बताया। फिर उसने पूछा कि क्या वह उसे तब तक गिरवी रखेगा जब तक वह उसे नहीं भेजता? जाना पहचाना? यहोवा ने अब्राम से कहा कि यदि वह उसकी आज्ञा का पालन करेगा तो वह अब्राम को "बड़ा इनाम" देगा। अब्राम कहता है, "इनाम क्या है?" तामार कहता है, "तुम मुझे क्या दोगे?" वे दोनों उन्हें बताते हैं कि वे क्या देंगे (या उनके लिए क्या करेंगे), और अब्राम कहता है, "मुझे कैसे पता चलेगा कि तुम मेरे लिए यह करने जा रहे हो?"...दूसरे शब्दों में, मुझे कुछ ठोस चीज़ दो जिससे मैं आगे बढ़ सकूँ जब तक आप ऐसा नहीं करते. तामार कहता है, "क्या तुम मुझे गिरवी रखोगे (जब तक तुम बकरी नहीं भेजोगे)?" दूसरे शब्दों में, जब तक मुझे बकरी का बच्चा नहीं मिल जाता तब तक मुझे कुछ ठोस चीज़ दे दो। यहोवा अब्राम को कल्पना से भी अधिक अविश्वसनीय, बलिदानपूर्ण वाचा देता है। यहूदा ने तामार को अपनी अंगूठी और लाठी दी!

• इन दोनों कहानियों की तुलना के बारे में सबसे खूबसूरत बात यह है कि वे अंत में एक साथ कैसे आती हैं। आप देखिए, यहोवा अब्राम और तामार दोनों को उस समय और वहां कुछ देने के अपने समझौते से कहीं अधिक आशीर्वाद देगा... वह अंततः उस बच्चे का उपयोग करेगा जो उनमें से प्रत्येक को मसीहा के जन्म के वंश को आगे बढ़ाने के लिए दिया जाएगा। , इब्राहीम की कमर और सारा के गर्भ से शुरू होकर यहूदा की कमर और तामार के गर्भ तक... और अंत में मरियम के गर्भ तक। यह सब एक आदमी के विश्वास से शुरू होता है।

उत्पत्ति 15:9-21---अब्राम के साथ वाचा

• पद 9---याहवे ने अब्राम को पांच जानवरों (बाइबिल में अनुग्रह की संख्या 5 है) लाने के लिए कहा, सबसे बड़ी (तीन साल की बछिया) से लेकर सबसे छोटी (युवा कबूतर) तक। यह एक तस्वीर है कि हम सभी, बड़े से लेकर छोटे तक, सबसे बूढ़े से लेकर सबसे छोटे तक, यहोवा द्वारा बलिदान सेवा में उपयोग किया जा सकता है यदि वह हमें इसके लिए बुलाता है।

• पद 10-11---भले ही अब्राम की उम्र बढ़ गई थी, फिर भी उसे बलिदान का कठिन कार्य करने के लिए बुलाया गया था। उसे जानवरों को काटना, फैलाना और तैयार करना था, और गिद्धों को अपवित्र करने और बलिदान को चुराने की कोशिश करने से रोकना था - ठीक उसी तरह जैसे हमें उस चीज़ की रक्षा करने के लिए बुलाया गया है जिसमें यहोवा हमें अपवित्रता से बुला रहा है और हमारे पवित्र कार्य को चुरा रहा है। वह शत्रु जो "गर्जनेवाले सिंह के समान इस खोज में रहता है, कि किस को फाड़ खाए।" [1 पतरस 5:8] ....यह शत्रु जो "चोरी करने, मारने और नष्ट करने" के लिए आता है। [यूहन्ना 10:10]

• बनाम 11-12---कौन जानता है कि अब्राम को गिद्धों से कितनी देर तक लड़ना पड़ा, लेकिन अंततः सूरज डूब गया और उसे गहरी नींद आ गई। गहरी नींद के साथ भयावहता और घोर अंधकार भी था! यह एक दिव्य पूर्वसूचना थी कि अब्राम की आने वाली पीढ़ियों के लिए आध्यात्मिक अंधकार और भय दोनों ही होंगे।

• वचन 13-14---तेरह वचन में यहोवा 400 वर्षों के बारे में भविष्यवाणी करते हैं जिसमें इस्राएल के बच्चे मिस्र में गुलाम होंगे। श्लोक चौदह में वह उन विपत्तियों के बारे में भविष्यवाणी करता है जो वह मिस्र पर लाएगा जो इस्राएल के बच्चों की रिहाई के साथ समाप्त होगी, जो "बड़ी संपत्ति" के साथ बाहर आएंगे! [निर्गमन 1:8-14, 2:23-25, 3:6-12, 6:1-8, 12:35-36, 40-41]

4

उत्पत्ति 18:1-22:24

उत्पत्ति 18:1-22:24; 2 राजा 4:1-37
लूका 1:26-38, 24:36-53; 2 पतरस 2:4-11
उत्पत्ति 18:1-8 --- प्रतिज्ञा का पुत्र खतने के बाद आया

"तब जब वह दिन की गर्मी के समय तम्बू के द्वार पर बैठा या, तब यहोवा ने मम्रे के बांज वृक्षों के पास उसे दर्शन दिया। तब उस ने आंखें उठाकर क्या देखा, कि तीन पुरूष उसके पास खड़े हैं; और जब उस ने उन्हें देखा, , वह उन से मिलने के लिये तम्बू के द्वार से दौड़ा, और भूमि पर गिरकर दण्डवत् किया।"

• यह इब्राहीम द्वारा एक ही स्थान पर रहने का सबसे लंबा समय था। मिस्र छोड़ने पर, उन्होंने सबसे पहले बेथेल तक की यात्रा की, जो यरूशलेम से लगभग 10-12 मील उत्तर में है। यहीं पर उसने और लूत ने अपने अलग-अलग रास्ते जाने का फैसला किया, लूत ने पूर्व और दक्षिण में जॉर्डन के मैदान को चुना, और अब्राम सीधे दक्षिण की ओर चला गया... "ममरे के टेरेबिन्थ पेड़ों" के पास। उत्पत्ति 13:18 में हम पाते हैं कि पेड़ों का यह उपवन (ओक के पेड़) हेब्रोन में था। लूत और अन्य लोगों को बंदी बनाकर राजा की भूमि पर ले जाने से बचाने के लिए अब्राम ने वहीं से दमिश्क के उत्तर में होबा की ओर यात्रा की। अपने घर लौटने पर उसका सामना सेलम के राजा मेल्कीसेदेक से हुआ, और हेब्रोन में अपने घर लौटने के कुछ समय बाद यहोवा ने अब्राम के साथ अविश्वसनीय वाचा बाँधी, जो धूम्रपान करने वाले ओवन और जलती हुई मशाल के रूप में आधे जानवरों के बीच जाएगा। लेकिन उसके बाद किसी समय अब्राम और सारै का विश्वास कमजोर हो गया और उन्होंने निर्णय लिया कि हाजिरा को "वादे के पुत्र" की माँ बनना चाहिए। उत्पत्ति 16:16 कहता है कि जब इश्माएल का जन्म हुआ तब तक अब्राम छियासी वर्ष का था। तेरह वर्षों तक अब्राम के बारे में कोई और जानकारी नहीं है, जब (निन्यानवे वर्ष की उम्र में) अब्राम को बताया गया कि उसका एक और बेटा होगा, उसका नाम बदलकर अब्राहम कर दिया गया, और उसे सभी पुरुषों (स्वयं सहित) का खतना करने के लिए कहा गया), आठ दिन और उससे अधिक उम्र के लोगों से, जो उसके घर में पैदा हुए थे या पैसे से खरीदे गए थे... उसकी सभी पीढ़ियों में। यह वाचा का चिन्ह होगा - जैसा कि पॉल ने इसे कहा, विश्वास की धार्मिकता की मुहर। [रोमियों 4:11]

• उस सभी समीक्षा से गुजरने के बाद, मुद्दा यह है कि यहोवा ने इब्राहीम को कई वर्षों तक परीक्षणों, जीत और कुछ असफलताओं के साथ जीने की अनुमति दी... सबसे बड़ा फैसला यहोवा के वादों को अपने हाथों में लेने और बिना बच्चा पैदा करने का था। उसकी मदद. हमारा ईश्वर कितना दयालु और वफादार है कि उसने इब्राहीम को अपने तरीके से काम करने का एक और मौका दिया। लेकिन फिर, "अब्राहमिक वाचा", जैसा कि इसे अक्सर कहा जाता है, अकेले यहोवा द्वारा किया गया था और वह अपने वचन से पीछे नहीं हट सकता।

➢ "परमेश्वर मनुष्य नहीं, कि झूठ बोले, और न मनुष्य का सन्तान है, कि मन फिराए। क्या उस ने कहा है, और क्या न करेगा? या क्या उस ने कहा है, और क्या उसे पूरा न करेगा?" [गिनती 23:19]

• यहां मुख्य बात यह है कि इब्राहीम को प्रतिज्ञा के पुत्र को गर्भ धारण करने के लिए अपनी भूमिका निभाने से पहले खतना करना पड़ा था। यह शारीरिक रूप से अशुद्धता को दूर करने का एक कार्य है - आध्यात्मिक रूप से पाप को काटने का प्रतीक है। जैसा कि पॉल ने रोमियों 4:11 में लिखा है, "और उसे (अब्राहम को) खतना का चिन्ह, विश्वास की धार्मिकता की मुहर प्राप्त हुई..." दूसरे शब्दों में, यह काफी हद तक बपतिस्मा जैसा था, जो हमारा उद्धार नहीं है, बल्कि एक आज्ञा है जिसका हम अपने उद्धार के "संकेत" के रूप में पालन करते हैं, सच्ची "मुहर" पवित्र आत्मा का देना है, लेकिन कुछ हद तक हमारा बपतिस्मा भी ऐसा ही है। खतने में वे उस चीज़ को काट रहे हैं जो अशुद्धता, या पाप का प्रतिनिधित्व करती है। बपतिस्मा में हम "बूढ़े आदमी" या पाप के प्रति मरने के प्रतीक के रूप में पानी के नीचे जा रहे हैं। एक बार जब इब्राहीम ने उस आज्ञा का पालन किया (जो उसने तुरंत किया), तो सारा के गर्भवती होने में ज्यादा समय नहीं लगेगा।

• कई साल पहले की शिक्षाएं हैं कि अध्याय 18, वचन 1 इब्राहीम के खतना के तुरंत बाद हुआ था। "तब" के लिए हिब्रू शब्द ऐसा है कि यह उस समय के बीच कोई महत्वपूर्ण अंतर नहीं रखता है जब आखिरी बार चर्चा हुई थी (जो कि खतना था) और वर्तमान क्षण के बीच। यह अधिक

तात्कालिक है. इसलिए, जैसा कि शिक्षाओं से पता चलता है, इब्राहीम ने पद दो में ऊपर देखने का कारण यह बताया कि वह दर्द में नीचे देख रहा था। इसके आधार पर, यहोवा ने एक चमत्कारी कार्य किया जिससे वह "तम्बू के द्वार से दौड़कर (तीनों व्यक्तियों का) स्वागत करने" और यहां तक कि उनके सामने जमीन पर झुकने में सक्षम हो गया। हम फिर से श्लोक सात में देखते हैं कि वह "झुंड की ओर दौड़ा और एक कोमल और अच्छा बछड़ा ले आया, जिसे उसने एक जवान आदमी को तैयार करने के लिए दे दिया।" यहाँ तक कि जब तक वे खाना खाते रहे, वह पूरे समय खड़ा रहा! [वचन 8]

उत्पत्ति 18:9-15 --- आने वाले पुत्र की घोषणा

• इस अध्याय के पहले श्लोक से, हर जगह यहोवा की अभिव्यक्ति का प्रमाण है जो पिता नहीं हो सकता। क्योंकि याकूब ने उत्पत्ति 32:30 में कहा, "...मैंने परमेश्वर को आमने-सामने देखा है, और मेरा प्राण सुरक्षित है।", और निर्गमन 33:20 में यहोवा ने मूसा से कहा, "...तुम मेरा चेहरा नहीं देख सकते; क्योंकि कोई मुझे देखकर जीवित न रहेगा।" तो हम जानते हैं कि यह पुत्र की अभिव्यक्ति थी। (याद रखें, "याहवे" उन दोनों के लिए "पारिवारिक नाम" है, जबकि यहुशुआ (अर्थ: याहवे का उद्धार) पुत्र का जन्म (या दिया गया) नाम है, जब वह शरीर में पैदा हुआ था। इसलिए, यह मुश्किल हो सकता है यह बताने के लिए कि पुराने नियम में "याहवे" नाम किसका उल्लेख कर रहा है। कभी-कभी यह संदर्भ से स्पष्ट होता है और कभी-कभी नहीं।) लेकिन यहूदी लोगों में से जिन लोगों ने येशुआ के प्रति अपनी आँखें नहीं खोली हैं, वे आपको यह बताने का प्रयास करेंगे। इब्राहीम से बोलना और प्रकट होना एक स्वर्गदूत था। समस्या यह है कि श्लोक तेरह में उसे यहोवा कहा गया है और श्लोक चौदह में वह स्वयं को यहोवा कहता है! अंतिम, लेकिन कम से कम, वह यह जानने में सक्षम था कि सारा "अपने भीतर" (अपने मन में) हँसी थी, और जो उसने अपने मन में कहा था उसे उद्धृत किया। मुझे एक भी जगह याद नहीं है जहां कोई देवदूत किसी इंसान के मन की बात "सुन" सके।

उत्पत्ति 18:16-33---इब्राहीम सदोम के लिए मध्यस्थता करता है

• बनाम 16-19---इब्राहीम का "उन्हें विदा करने के लिए उनके साथ जाने" का निर्णय स्पष्ट रूप से भावना प्रेरित था! यदि वह, 99 वर्ष की उम्र में और हाल ही में खतने से गुज़रने के बाद, अपने तम्बू में वापस जाकर झपकी लेने का फैसला करता, तो वह ब्रह्मांड के निर्माता के साथ बातचीत करने का अवसर चूक जाता! इसके बजाय वह यहोवा (येशुआ) द्वारा दो स्वर्गदूतों से उसके बारे में कही गई बातें सुनकर अविश्वसनीय रूप से धन्य हो गया! श्लोक 19 वह है जिसे हममें से हर कोई अपने बारे में सुनना पसंद करेगा..."क्योंकि मैं उसे जानता हूं..." लेकिन क्या आपने यह समझा कि उसे पहचाने जाने के लिए क्यों चुना गया था? "ताकि वह अपने वंश और अपने घराने को यह आज्ञा दे, कि वे यहोवा के मार्ग पर चलते रहें, और धर्म और न्याय करते रहें..." यह हम में से हर एक के लिए यहोवा की इच्छा है।

बनाम 20-33---अब हम इब्राहीम के चरित्र का एक पक्ष देखते हैं जो काफी हद तक मूसा जैसा है। माना कि वह सदोम में नहीं रहता था, इसलिए संभवतः उसे नहीं पता होगा कि कितने प्रतिशत लोग वास्तव में दुष्ट थे और उन्हें नष्ट करने की आवश्यकता थी। यह एक अद्भुत काम है जो उसने उस व्यक्ति के साथ किया जो जीवन देता है और जीवन लेता है। वह कितना साहसी था जब उसने संख्याओं का आदान-प्रदान जारी रखा! हम जानते हैं कि हमें सर्वशक्तिमान के सामने अत्यधिक विनम्र होने की आवश्यकता है, लेकिन दूसरी ओर, जैसा कि लेखक ने इब्रानियों 4:16 में लिखा है:

"आइए हम साहसपूर्वक अनुग्रह के सिंहासन पर आएं..."

उत्पत्ति 19:1-11---सदोम की दुष्टता

• वी. 8---तुरंत हमें लूत के चरित्र में क्या ग़लत नज़र आता है? जब वे लोग उस पर दबाव डाल रहे थे कि वह उन दोनों व्यक्तियों को बाहर लाए ताकि वे उन पर अत्याचार कर सकें, तो लूत ने क्या कहा? कि वह इसके बदले उन्हें अपनी दोनों कुँवारी बेटियाँ दे देगा, कि वे उनके साथ जो चाहें करें!

➢ न्यायाधीशों 19:22-24 की इससे तुलना करें--वे लगभग समान हैं!

• पद 11---यह श्लोक दर्शाता है कि ये दुष्ट लोग अपनी वासना में कितने प्रेरित थे, कि भले ही वे सचमुच अंधे हो गए थे, फिर भी वे तब तक दरवाजा खोजने की कोशिश करते रहे जब तक वे थक नहीं गए!

➢ "तब पांचवें स्वर्गदूत ने अपना कटोरा उस पशु के सिंहासन पर उंडेल दिया, और उसका राज्य अंधकार से भर गया; और उन्होंने दर्द के कारण अपनी जीभें चबायीं। उन्होंने दर्द और घावों के कारण स्वर्ग के परमेश्वर की निन्दा की, और
अपने कामों से पश्चाताप नहीं किया।" [प्रकाशितवाक्य 16:10-11]

उत्पत्ति 19:12-29 ---सदोम और अमोरा नष्ट हो गए

• श्लोक आठ, जो कहता है कि लूत की बेटियाँ किसी पुरुष को नहीं जानती थीं, श्लोक 14 का खंडन करता प्रतीत होता है जो कहता है कि वे विवाहित थे। लेकिन इब्राहीम के समय में भी, यदि किसी युवक की मंगनी किसी युवा महिला से हो जाती थी (युवावस्था में भी), तो मंगनी को विवाह के समान दर्जा प्राप्त होता था और कानूनी तलाक के अलावा इसे तोड़ा नहीं जा सकता था। विवाह की परिणति अंतिम चरण थी, लेकिन सगाई के बाद से युवक और युवती को अभी भी विवाहित माना जाता था।

• दामाद कितने मूर्ख थे, यह सोच कर कि लूत मज़ाक कर रहा है। आज कई लोगों का उपहास करना कितना सच है जब दूसरे उन्हें आने वाले फैसले के बारे में चेतावनी देने की कोशिश करते हैं जो आना ही चाहिए...[यहूदा 17, 18] :

➢ "लेकिन... उन शब्दों को याद करो जो प्रेरितों द्वारा पहले कहे गए थे... उन्होंने तुमसे कैसे कहा था कि आखिरी समय में ठट्ठा करने वाले होंगे जो अपनी अधर्मी अभिलाषाओं के अनुसार चलेंगे।"

• बनाम 16-22---ये अगले सात छंद लूत को एक कमजोर और भिखारी व्यक्ति के रूप में दिखाते हैं। जब दो स्वर्गदूतों ने उससे कहा तो वह अपने परिवार के साथ नहीं भागेगा, इसलिए उन्हें उन चारों का हाथ पकड़ना पड़ा और उन्हें बाहर ले जाना पड़ा - धर्मग्रंथ स्वयं यह दर्ज करते हैं कि यहोवा को उसके प्रति दयालु होना था। और फिर, उस स्थान पर पहुंचने पर जहां उन्होंने उसे पहाड़ों पर जाने के लिए कहा था, वह इतना भयभीत था कि उन्होंने जो कहा वह नहीं कर सका, लेकिन उसने उनसे शरण लेने के लिए "छोटे शहर" को छोड़ने की विनती की।

उत्पत्ति 19:30-38 --- लूत के वंशज

• यदि कभी किसी कहानी में कमजोरी के पतन को चित्रित किया जाता है, तो यह कहानी ऐसा करती है। लूत की पत्नी इतनी कमजोर थी कि उसने सदोम के पाप के परिणामों को पीछे मुड़कर नहीं देखा, इसलिए वह एक अजीब मौत मर गई (नमक के खंभे में बदल गई?) फिर लूत शहर में रहने के डर से बहुत कमजोर हो गया, उसने रहने की अनुमति देने की भीख मांगी में, और अपनी दो युवा बेटियों को पहाड़ों में ले गया और जहां उन्हें एक गुफा में रहना पड़ा, बाकी मानवता से पूरी तरह से अलग। वे वहाँ कुछ ही समय से अधिक समय तक रहे होंगे, क्योंकि जब वे चले गए तब वे विवाह संपन्न करने के लिए पर्याप्त बूढ़े नहीं थे, अब वे एक बच्चे को जन्म देने के लिए पर्याप्त बूढ़े हो गए थे। यह घृणित निर्णय लेने में कि बच्चे को जन्म देने का एकमात्र मौका उनके पिता के माध्यम से था, वही व्यक्ति जो उन्हें "भेड़ियों के सामने" फेंकने के लिए तैयार था, अब प्रत्येक बेटी से एक बेटे का पिता बनने के लिए धोखा दिया जा रहा था। इस अधर्मी कृत्य से जो लोग आएंगे वे पूरे इतिहास में एक समस्या बने रहेंगे। मोआब और अम्मोन दोनों आज जॉर्डन में हैं, जिसका राजधानी अम्मान शहर है। व्यवस्थाविवरण में मोआबियों और अम्मोनियों द्वारा लाई गई समस्याओं के कई पुनर्कथन हैं, जिनमें से सबसे तीखी कविता व्यवस्थाविवरण 23:3 है - "कोई अम्मोनी या मोआबी यहोवा की सभा में प्रवेश नहीं करेगा; यहां तक कि दसवीं पीढ़ी तक भी उसके वंशजों में से कोई भी प्रवेश नहीं करेगा।" यहोवा की सभा में सदा के लिये प्रवेश करूंगा..."

➢ बाइबिल में यहोवा के इस आदेशित कथन का एकमात्र अपवाद रूथ था। विद्वानों का अनुमान है कि अपनी सास, अपने लोगों और अपने ईश्वर के प्रति उसकी निडर प्रतिबद्धता के बीच, उसे, यहाँ तक कि यहोवा द्वारा, मुक्तिदाता रिश्तेदार बोअज़ से उसकी शादी के माध्यम से "याहवे की सभा" में शामिल होने की अनुमति दी गई थी। .और यहां तक कि राजा डेविड की परदादी और येशुआ की वंशावली का हिस्सा बनने के लिए भी!

उत्पत्ति 20:1-18---अब्राहम ने सारा के बारे में फिर से झूठ बोला

"और इब्राहीम वहां से कूच करके दक्खिन की ओर चला, और कादेश और शूर के बीच में रहकर गरार में रहने लगा।"

• ऐसा लगता है कि इब्राहीम के लिए इसे उठाने और आगे बढ़ने का निर्णय लेने का यह अजीब समय है। वह और सारा लगभग बीस वर्षों तक हेब्रोन में रहे थे और यहोवा ने उन्हें बताया था कि एक वर्ष के भीतर उनके एक बच्चा होगा--जिसका अर्थ था कि यह उन्यासी वर्षीय महिला तीन महीने के भीतर गर्भवती हो जाएगी। लेकिन उसने ऐसा किया.

• उसने जो स्थान चुना, गेरार, कनान में था, जिस पर राजा अबीमेलेक का शासन था। इब्राहीम के नाम की तरह हिब्रू में "बी" "वी" होगा। "अव" हिब्रू में "पिता" का अर्थ है। "अवराम" (17:5 में बदले जाने से पहले) का अर्थ था "उत्कृष्ट पिता"। लेकिन यहोवा ने इसे बदलकर "अब्राहम" कर दिया, जिसका अर्थ है "कई राष्ट्रों का पिता"। "अवि" का अर्थ है "मेरे पिता" और "मेलेक" का अर्थ है "राजा" --- इसलिए, उसके नाम, अविमेलेक का अर्थ है "मेरे पिता राजा हैं"। दिलचस्प।

• अब हम समझने में कठिन भाग पर आते हैं। इब्राहीम ने वही झूठ क्यों बोला जिसके कारण वह मिस्र में इतनी मुसीबत में पड़ गया, जबकि यहोवा अभी-अभी उसके सामने प्रकट हुआ था और उसे अपना वचन दिया था कि एक वर्ष के भीतर उसके दिल की सबसे बड़ी इच्छा होगी...वादे का पुत्र? मेरे लिए इसे समझना सचमुच कठिन है। इस बार-बार किए जाने वाले पाप में मुझे जो एकमात्र सांत्वना मिलती है, वह यह पुष्टि है कि हम सभी कभी-कभी कमजोर होते हैं। हम सभी पाप करते हैं और परमेश्वर की महिमा से रहित हो जाते हैं, जैसा कि पॉल ने रोमियों 3:23 में कहा है। लेकिन, यदि हम उसके हैं...और इब्राहीम निश्चित रूप से था...वह क्षमा करने के लिए दयालु और वफादार है। निश्चित रूप से उसने अबीमेलेक से जो "जीभ की मार" खाई थी, वह उचित थी। लेकिन पिता ने अबीमेलेक को उसके पाप के बावजूद अब्राहम को आशीर्वाद देने के लिए आगे बढ़ाया, क्योंकि उसने, फिरौन की तरह, उसे मवेशी, नौकर और बहुत सारी चाँदी दी थी जब उसने उसे छोड़ दिया था। इब्राहीम ने प्रार्थना की कि यहोवा अबीमेलेक के घर की स्त्रियों के गर्भ को पुनर्स्थापित करेगा... और उसने ऐसा किया।

उत्पत्ति 21:1-7---इसहाक का जन्म हुआ

• बनाम 1-3---कितना महान चमत्कार!! सारा और इब्राहीम ने अपने बेटे का नाम "इसहाक" रखा, जिसका अर्थ है "हँसी", क्योंकि सारा तंबू में कैसे हँसी थी जब यहोवा ने कहा था कि वह अभी भी एक बच्चे को जन्म देगी !

वचन 4-7---छठवाँ वचन इसहाक के नाम के शाब्दिक अर्थ - "हँसी" से कहीं अधिक गहरा कुछ कहता है। यहाँ सारा ने कहा, "भगवान ने मुझे हँसाया है, और जो कोई सुनेगा वह मेरे साथ हँसेगा।" "भगवान ने मुझे हँसाया" के सामने एक छोटा सा "1" है जो आपको केंद्र संदर्भ पर ले जाता है। यहाँ यह कहता है, "मेरे लिए हँसी बनाई"। इससे यह जानकारी मिलती है कि संभवतः सारा के पिछले वर्षों में बहुत कम या कोई हँसी नहीं थी। वह जीवन भर बंजर रही। एक गैर-यहूदी महिला, जिसने अपने पति से एक बेटे को जन्म दिया था, ने इसका इस्तेमाल उसका और भी अधिक उपहास करने के लिए किया था...उस पर "प्रभुत्व" जताने के लिए। यहाँ तक कि उसके पति ने भी उसे दो बार त्याग दिया था और उसे दो अलग-अलग गैर-यहूदी राजाओं द्वारा बंदी बना लिया था। बाइबल इसके बारे में कभी नहीं बताती, लेकिन उसके अवसाद का स्तर बहुत बड़ा रहा होगा। उसे स्वयं संदेह के स्तर तक पहुँचना पड़ा होगा कि यहोवा उनके लिए एक पुत्र का अपना वादा निभा सकता है, यहाँ तक कि वह तम्बू में बैठी थी जब इब्राहीम उससे बात कर रहा था !! और फिर उन्होंने वादा किया कि यह वर्ष के भीतर होगा---और वह हँसे! शायद वर्षों में पहली बार!! और हँसी (खुशी) उसके अंदर से लगातार बहती रही होगी!! मुझे अच्छा लगा कि यह मध्य संदर्भ में कहता है, "(उसने) मुझे हँसाया"। इसहाक के जन्म के समय उसका चेहरा उदासी और शर्म से बदल कर अत्यधिक खुशी में बदल गया था। भजन 30:5---
“उसका क्रोध क्षण भर के लिये है, उसकी कृपा जीवन भर के लिये है;
रोना रात भर सह सकता है, परन्तु आनन्द भोर को आता है।”

उत्पति 21:8-21---हागर और इश्माएल प्रस्थान

• बनाम 8-16---यहूदी परंपरा यह है कि एक बच्चे को तीन साल की उम्र में उसकी माँ का दूध छुड़ा देना चाहिए। यदि इसहाक के मामले में यह सच था,
(और शायद यह कम से कम करीब था), तब इश्माएल सत्रह वर्ष का रहा होगा। हमें स्ट्रॉन्ग कॉन्कॉर्डेंस के माध्यम से भी गुमराह किया गया है, कि इसहाक के दूध छुड़ाने के जश्न के दौरान वास्तव में क्या हुआ था। मेरी न्यू किंग जेम्स बाइबिल कहती है कि इश्माएल इसहाक का "उपहास" कर रहा था। मध्य संदर्भ में "हँसना" लिखा है, और किंग जेम्स बाइबिल में "उपहास करना" लिखा है। द स्ट्रॉन्ग का नंबर #6711 है और कहता है--"खुश होकर हंसना (मजाक में या तिरस्कार में), मजाक करना, खेलना, खेल"। लेकिन क्या इनमें से किसी ने हाजिरा और इश्माएल को घर से बाहर निकालने की गारंटी दी होगी? सिर्फ इसलिए कि बड़ा भाई छोटे भाई को चिढ़ा रहा था? जब सारा ने "देखा" (उसने सुना नहीं) कि इश्माएल क्या कर रहा था तो वह तुरंत इब्राहीम के पास गई और दोनों की मांग की इश्माएल और उसकी माँ को "निष्कासित" कर दिया जाए (पद 10)---जिसका अर्थ न केवल घर से निकाल दिया जाए, बल्कि उन्हें पूरी तरह से निकाल दिया जाए। ग्यारहवीं आयत में कहा गया है, "और यह बात इब्राहीम को अपने पुत्र के कारण बहुत बुरी लगी।" केंद्र संदर्भ में "नाराजगी" शब्द की दूसरी परिभाषा है, जो "परेशान करने वाला" है। इब्राहीम सारा की मांग से खुश नहीं था। इससे कोई फर्क नहीं पड़ता कि इश्माएल क्या गलत कर रहा था, वह अभी भी इब्राहीम का पहला बेटा था और उनके बीच सत्रह साल का रिश्ता था। लेकिन श्लोक 12 में, भगवान (ध्यान दें कि इस बार यह "प्रभु" (याहवे) नहीं कहता है, जिसका अर्थ यह हो सकता है कि यह परमेश्वर पिता था जो उससे बात कर रहा था)...वह इब्राहीम से सारा की बात सुनने के लिए कहता है...कि इसहाक के द्वारा ही इब्राहीम का वंश बुलाया जाएगा। यहाँ तक कि पिता ने भी उससे कहा कि सारा सही थी - इश्माएल और हाजिरा को जाना होगा। इतनी कठोर कार्रवाई करने का क्या औचित्य होगा? निश्चित रूप से मज़ाक नहीं उड़ाया जा रहा।

• यहां इस्तेमाल किया गया वही हिब्रू शब्द उत्पत्ति 26:8 में इस्तेमाल किया गया वही हिब्रू शब्द है, जब अबीमेलेक ने इसहाक और रिबका को एक खिड़की के माध्यम से एक दूसरे के साथ "खेल" (केजेवी) करते हुए देखा था और जानता था कि वे भाई और बहन नहीं हो सकते। यह वही हिब्रू शब्द है जिसका उपयोग निर्गमन 32:6 में किया गया है, जब इस्राएल के बच्चे सुनहरे बछड़े के चारों ओर "खेलने के लिए उठे"। मिस्र में बुतपरस्त पूजा के बारे में हम जो जानते हैं, जहां से उन्हें सोने का बछड़ा बनाने का विचार आया, वह यह था कि इसमें हमेशा सूर्य देवता का सम्मान करने के लिए यौन संपर्क शामिल होता था। तीनों स्थानों पर एक ही हिब्रू शब्द का प्रयोग किया गया है। प्रत्येक हिब्रू विद्वान और ऋषि ने जो लिखा है वह यह है कि इश्माएल इसहाक के खिलाफ यौन उन्नति का प्रयास कर रहा था...वादा किए गए वंश का अपवित्रीकरण। सारा ने यही देखा। यही कारण है कि इब्राहीम ने भी इश्माएल और हाजिरा को केवल कुछ रोटी और पानी की एक खाल देने और उन्हें बेर्शेबा (नेगेव रेगिस्तान) के रेगिस्तान में "बाहर निकालने" का फैसला किया। मैं वहां जा चुका हूं। यह आज भी एक विशाल, अत्यंत गर्म रेगिस्तान है।

• एक बात जो भ्रमित करने वाली है वह यह है कि नए राजा जेम्स ने इश्माएल को तीन बार एक लड़के के रूप में और तीन बार एक लड़के के रूप में संदर्भित किया है। किंग जेम्स "लड़के" के स्थान पर "बच्चा" शब्द का प्रयोग करते हैं। लेकिन इश्माएल कोई "लड़का" या "बच्चा" नहीं था, हालाँकि उसे "लड़का" कहा जा सकता था। जब इश्माएल का खतना किया गया तब वह तेरह वर्ष का था। तब यहोवा ने इब्राहीम से कहा कि अगले वर्ष उसका और सारा का एक पुत्र होगा जब इसहाक का जन्म हुआ तो इश्माएल को चौदह वर्ष का रखा जाएगा। यदि दूध छुड़ाने के समय इसहाक तीन वर्ष का था, तो इश्माएल सत्रह वर्ष का होता। भले ही इसहाक केवल दो वर्ष का था, इश्माएल अभी भी सोलह वर्ष का होता - न तो बच्चा, न ही इतना छोटा लड़का कि हागर उसे "झाड़ियों में से एक" के नीचे "रख" सके (पद 15)। इस शब्द के कारण हमें विश्वास हो गया है कि वह इतना छोटा था कि वह उसे "छोटी झाड़ी" में ले जा सकती थी और उसके नीचे रख सकती थी। यह बिल्कुल असंभव था, जब तक

कि वह अपनी उम्र के हिसाब से बहुत छोटा न हो और वह बेहद मजबूत न हो। अधिक संभावना है, रेगिस्तान की गर्मी और प्यास से उनकी अब कमजोर स्थिति में, उसने इश्माएल को छोटी झाड़ी में "रखा" दिया होगा, और उसे वहीं रहने के लिए कहा होगा ताकि वह खुद को उससे दूर रख सके और उसे न देख सके। मरना। ध्यान रखने वाली मुख्य बात यह है कि जब उसने इसहाक के साथ जो करने की कोशिश की तो वह बच्चा नहीं था। वह या तो सोलह या सत्रह वर्ष का था।

• बनाम 17-21---यहां हम परमेश्वर की महान विश्वासयोग्यता और दया देखते हैं। उसने पहले ही वादा किया था कि चूँकि वह इब्राहीम के वंश से है, इसलिए वह इश्माएल को भी एक महान राष्ट्र बनाएगा। जब उसने हाजिरा से बात की और उसने अपनी आँखें खोलीं, तो अचानक वहाँ पानी का एक कुआँ था जिसमें से वह और इश्माएल पी सकते थे! यह उस व्यक्ति के प्रति असाधारण करुणा है जो अरबियों का वाहक बनेगा जो अंततः मुसलमान बन जाएंगे। जिन मुट्ठी भर मुसलमानों को मैं जानता हूं, उन्होंने मुझे बताया है कि उन सभी की जड़ें इश्माएल से जुड़ी हैं, साथ ही उन सभी चीज़ों से भी, जिनका मैंने अध्ययन किया है। परन्तु श्लोक बीस कहता है कि जब वह जंगल (रेगिस्तान) में बढ़ता गया तो परमेश्वर उसके साथ था।

उत्पत्ति 21:22-33---अबीमेलेक के साथ एक वाचा

• इस मार्ग में सबसे सुंदर बात श्लोक एक में है... जहां अबीमेलेक और उसकी सेनाओं के कमांडर इब्राहीम के पास इस गवाही के साथ आते हैं कि वे जानते हैं कि भगवान उसके साथ हैं - विशेष रूप से उस अपमान के बाद जो इब्राहीम ने अबीमेलेक के साथ सहा था। क्या यह संयोग है कि इब्राहीम द्वारा खुद को, सारा और इसहाक को हाजिरा और इश्माएल से अलग करने के कठिन निर्देश का पालन करने के कुछ समय बाद ऐसा हुआ? या क्या यहोवा ने इब्राहीम को अबीमेलेक द्वारा दिखाए गए सम्मान और इस बात की पुष्टि के रूप में उनके रिश्ते की बहाली का आशीर्वाद दिया था कि उसने सही काम किया था? इब्राहीम को कम ही पता था कि उसकी सबसे बड़ी परीक्षा अभी बाकी थी।

उत्पत्ति 22:1-19---इसहाक का निकट-बलिदान

• पद 2---तब उसने कहा, "अपने पुत्र, अर्थात् अपने एकलौते पुत्र इसहाक को, जिस से तू प्रेम रखता है, संग ले, और मोरिय्याह देश में जा, और वहां उसे उन पहाड़ों में से एक पर होमबलि करके चढ़ा, जहां से मैं तुम्हें बताऊंगा।"

1. भले ही इब्राहीम के दो बेटे थे, पहला बच्चा, इश्माएल (और उसकी माँ), कुछ साल पहले परिवार से बाहर निकाल दिया गया था और इसलिए, इस समय इसहाक एक इकलौते बेटे की तरह था... जिसे यहोवा जानता था कि इब्राहीम बहुत प्यार करता था .
2. मोरिया का भविष्य में बहुत महत्व था, इसलिए यहोवा ने इसे इसहाक के निकट-बलिदान के स्थान के रूप में चुना होगा---

• 1 इतिहास 21:18, 28; 22:1---"18इसलिये यहोवा के दूत ने गाद को दाऊद से यह कहने की आज्ञा दी, कि दाऊद जाकर यबूसी ओर्नान के खलिहान पर यहोवा के लिये एक वेदी बनाए।" 28उसी समय जब दाऊद ने देखा, कि यहोवा ने यबूसी ओर्नान के खलिहान में मेरी सुन ली है, तो उस ने वहीं बलिदान किया। 22:1-तब दाऊद ने कहा, यह यहोवा परमेश्वर का भवन है...

• 2 इतिहास 3:1---अब सुलैमान ने यरूशलेम में मोरिय्याह पर्वत पर यहोवा का भवन बनाना आरम्भ किया, जहां यहोवा ने उसके पिता दाऊद को दर्शन दिया था, उस स्थान पर जिसे दाऊद ने यबूसी ओर्नोन के खलिहान पर तैयार किया था।

• जिस स्थान पर इब्राहीम ने इसहाक को रखने के लिए वेदी बनाई थी, वह ठीक वही स्थान था जहाँ बाद में दाऊद ने एक वेदी बनाई और एक अन्यजाति से भूमि का टुकड़ा खरीदा, जो तब वही स्थान होगा जहाँ दाऊद के पुत्र, सुलैमान ने, पहला मंदिर बनाएंगे. यह बिल्कुल वही स्थान होगा जहां फसह के लिए मेमनों की बलि दी गई थी, जिसमें वह वर्ष भी शामिल था जब उन्होंने येशुआ को क्रूस पर चढ़ाया था। आज इसे टेम्पल माउंट कहा जाता है। लेकिन हर यहूदी मूल नाम, मोरियाह जानता है।

• बनाम 3-7---ध्यान दें (v.3) कि इब्राहीम अगली सुबह जल्दी चला गया---उसने इंतजार नहीं किया और इसके बारे में नहीं सोचा। यहोवा ने कहा और इब्राहीम ने उसकी आज्ञा मानी।

• यात्रा के तीसरे दिन उसने देखा और पहाड़ देखा। इज़राइल के यहूदी उस स्थान को जानते हैं जहाँ से इब्राहीम ने पहली बार मोरिया पर्वत देखा होगा। वे जानते हैं कि उसने बेर्शेबा (21:33) उत्तर से मोरिया तक किस दिशा की यात्रा की होगी। मैं वहीं खड़ा हूं जहां वह खड़ा था और परिदृश्य की ओर देखता रहा कि क्या है आज टेम्पल माउंट.

यह कोई छोटी दूरी नहीं है. यह उस पहाड़ी के नीचे है जिस पर आप खड़े हैं, एक बड़ी घाटी के पार, और दूसरी पहाड़ी के ऊपर। इसलिए छंद छह से हम जानते हैं कि इसहाक (हालाँकि उसे "लड़का" कहा जाता था) एक जवान लड़का नहीं था, बल्कि एक जवान आदमी था। आयत पाँच में कहा गया है कि इब्राहीम ने गधे को उन जवानों के पास छोड़ दिया जो उनके साथ आए थे। श्लोक छह में कहा गया है कि उसने अपने पुत्र इसहाक पर जलाऊ लकड़ी रखी। अपनी पीठ पर जलाऊ लकड़ी ढोने का यह एक लंबा रास्ता था। ऐसा कोई संभावित तरीका नहीं है जिससे कोई किशोर इसे कर सके, जैसा कि हमारे इज़राइली मार्गदर्शकों और बाइबिल शिक्षकों ने हमें आश्वासन दिया था। कई यहूदी विद्वानों का मानना है कि इसहाक की उम्र सैंतीस वर्ष रही होगी, क्योंकि उसकी माँ, जो उसके जन्म के समय नब्बे वर्ष की थी, जब उसकी मृत्यु हुई तब वह एक सौ सत्ताईस वर्ष की थी। धर्मग्रंथ के अनुक्रम से ऐसा प्रतीत होता है कि इब्राहीम द्वारा अपने एकमात्र बच्चे का बलिदान देने के लिए ईश्वर की पुकार का पालन करने के तुरंत बाद सारा की मृत्यु हो गई। उनका मानना है कि जब इब्राहीम उसे मोरिया ले गया और टूटे हुए दिल से

उसकी मृत्यु हो गई तो उसे विश्वास का संकट हो सकता था। निश्चित रूप से वह उनके साथ नहीं गई थी और हम पाते हैं, तेईसवें अध्याय की एक कविता में, कि जब सारा की मृत्यु हुई तो वह फिर से हेब्रोन में रह रही थी। फिर भी मोरिया पर्वत पर इसहाक के लगभग बलिदान के बाद, इब्राहीम बेर्शेबा गया और वहां रहने लगा, जब सारा की मृत्यु हो गई तो उसके लिए शोक मनाने के लिए उसे हेब्रोन जाना पड़ा। तो निश्चित ही अलगाव था. लेकिन यह नहीं कहता है कि इसहाक के दैवीय आदेश वाले बलिदान के आघात के तुरंत बाद सारा की मृत्यु हो गई, इसलिए जब ऐसा हुआ तो इसहाक के लिए 37 वर्ष की आयु के दावे को पूरी तरह से मान्य नहीं किया गया। लेकिन 33 वर्ष की आयु का दावा अधिक संभावित है और निश्चित रूप से इसहाक और येशुआ के बीच समानता का अनुसरण करेगा। अन्य समानताएँ हैं:

• बनाम 3-10---इसहाक अपने पिता का आज्ञाकारी था
* येशुआ अपने पिता का आज्ञाकारी था
• पद 6---इसहाक ने अपने बलिदान के लिए लकड़ी अपनी पीठ पर रखी
*येशुआ ने क्रूस को अपनी पीठ पर उठाया
• बनाम 6, 8---दो बार यह कहा गया है कि इसहाक और उसके पिता एक साथ चले
*येशुआ और उनके पिता अपनी यात्रा पर एक साथ चले
• पद 9---इसहाक को बाँधकर वेदी की लकड़ी पर लिटा दिया गया
*येशुआ को लकड़ी (क्रॉस) पर लिटाया गया और उससे बांध दिया गया
• पद 9---इसहाक को मारा जाना था, फिर जला दिया जाना था
*येशुआ मर गया, फिर नरक की आग में उतर गया

वचन पाँच से पता चलता है कि इब्राहीम को पूरा विश्वास था कि किसी तरह यहोवा या तो उसके बेटे की मृत्यु को रोक देगा, या किसी तरह उसे वापस उठा देगा, जैसा कि उसने उन दो युवकों से कहा था जो उनके साथ गए थे..."यहाँ गधे के साथ रहो ; लड़का (यहां "लड़का" शब्द के लिए केंद्रीय मार्जिन प्रतिस्थापन "युवा आदमी" है) और मैं वहां जाऊंगा और पूजा करूंगा, और हम आपके पास वापस आएंगे।"

• वचन आठ भी इब्राहीम के विश्वास की पुष्टि करता है जब उसका बेटा पूछता है कि बलिदान के लिए मेमना कहाँ था और इब्राहीम का जवाब था, "मेरे बेटे, भगवान होमबलि के लिए मेमने का प्रबंध स्वयं करेंगे।" ओह, उस स्तर की परीक्षा में हमारा अपना विश्वास इतना मजबूत होता!

• इब्राहीम क्या सोच रहा होगा और क्या महसूस कर रहा होगा जब उसने वेदी बनाई, लकड़ी को जगह पर रखा, अपने बेटे को बांधा, और उसे लकड़ी पर लिटाने में मदद की... चाकू उठाया और काम करने के लिए उसे ऊपर उठाया! इसहाक उस सब के दौरान क्या सोच रहा होगा?!! हमें इसहाक द्वारा इसे रोकने के लिए एक शब्द भी कहने का कोई सबूत नहीं मिला! उसके जीवन के लिए एक भी चीख नहीं! इसकी ध्वनि किसके सदृश्य है?

• इस कहानी का येशुआ से एक और खूबसूरत कनेक्शन। जब मेढ़े की खोज की गई, तो उसके सींग - उसका सिर - झाड़ियों में उलझा हुआ था। झाड़ियों में कांटे होते हैं। येशुआ का सिर किसमें उलझा हुआ था? कांटे!! यहोवा को उस मेढ़े का उसी समय, उसी घने जंगल में पीछा करना था, उसी उद्देश्य के लिए - प्रतिज्ञा के पुत्र को बचाने के लिए! इब्राहीम के वंश, इसराइल और अंततः स्वयं मसीहा को बचाने के लिए - वही जिसने अपने कदम उस घने जंगल में रखे थे! ऐसी कहानी दुनिया का कोई लेखक नहीं बुन सका! कोई भी कवि इतने सुन्दर शब्द नहीं बोल सकता! वह मेढ़ा जो दुनिया के अच्छे बीज को बचाने के लिए मारा गया था, ऐसा करके उसने उस व्यक्ति के बीज को बचा लिया जो दुनिया के हर अच्छे बीज को सृष्टि से बचाएगा!

• पद 14---और इब्राहीम ने उस स्थान का नाम रखा, यहोवा प्रदान करेगा; जैसा कि आज तक कहा जाता है, "यहोवा के पर्वत पर यह प्रदान किया जाएगा।" तथास्तु!

• पद 18---"पृथ्वी की सारी जातियाँ तेरे वंश के कारण धन्य होंगी, क्योंकि तू ने मेरी बात मानी है।"

• हममें से कितने लोग यह सुनना पसंद करेंगे? हम इब्राहीम नहीं हैं. हमें उन चीज़ों के लिए नहीं चुना गया जिनके लिए उसे चुना गया था। लेकिन हम सभी उसके चुने हुए हैं। हम सभी को उसकी आज्ञा मानने के लिए बुलाया गया है। [यूहन्ना 15:10]

हफ़्तारा

2 राजा 4:1-37

2 राजा 4:1-37---एलीशा के माध्यम से किए गए दो महान चमत्कार

2 राजा 4:1-7---विधवा का तेल

किसी भी हफ़्ता को पढ़ते समय मेरा पहला विचार यह होता है, "यह टोरा भाग से कैसे जुड़ता है?" यह आसान है, क्योंकि "विधवाओं का तेल" का मुख्य संदेश ईश्वर द्वारा निराश्रित विधवा को प्रदान करना है, और वह स्थान जहां इसहाक को वेदी पर रखा गया था और झाड़ियों में फंसे एक मेढ़े द्वारा बचाया गया था, उसे तब "याहवे यिरेह" कहा जाता था। या "यहोवा प्रदान करेगा"। लेकिन क्या इसका कोई गहरा संबंध है? संभवतः बहुत सारे हैं, लेकिन अभी एक ऐसा है जो मेरे सामने स्पष्ट रूप से आया है। झूठे "समृद्धि सिद्धांत" के विपरीत, कि यदि आपके

पास पर्याप्त विश्वास है तो आप जो कुछ भी प्रार्थना करते हैं उसे प्राप्त कर सकते हैं, मैं उन लोगों के जीवन में कुछ अलग देखता हूं जिन्हें पिता ने वास्तव में आशीर्वाद दिया है।

इससे पहले कि इब्राहीम वादा किए गए देश के वादे का कोई सबूत देख पाता, उसे कई बार बहुत काम और निराशा से गुजरना पड़ा। दरअसल, वह अपने जीवनकाल में कभी भी उस वादे को पूरा होते नहीं देख पाएंगे। लेकिन "वादे के बेटे" के माध्यम से उसे यह एहसास होना शुरू हो जाएगा कि उसकी सारी मेहनत और इंतजार (भरोसा) का परिणाम वादों को पूरा करने में मिलने वाला था। यहां तक कि अंतिम पुष्टि प्राप्त करना कि पिछले सभी वादे सच्चे थे (अपने प्यारे बेटे को त्यागने के लिए तैयार होकर), कठिन काम था। जब विधवा हताश हो गई तो एलिजा ने कहा, "ठीक है - बस अपना मुंह खोलो और हंसो और मैं तुम पर सोने की धूल डालूंगा।" नहीं! दरअसल, उसने उसे कुछ काम करने को दिया था। तब परमेश्वर ने उसका काम लिया और उसे बढ़ाया! भगवान सांता क्लॉज़ नहीं है. न ही वह लॉटरी है. वह आराम के एक अद्भुत दिन का देवता है, लेकिन वह व्यवस्था और कार्य का भी देवता है। बगीचे से ही, परमेश्वर का इरादा था कि मनुष्य उसके प्रावधान के लिए काम करे। ऐसा करने की शक्ति और बुद्धि के लिए प्रार्थना करना। और प्रार्थना करने के लिए कि जब चीजें कम हो रही हों, तो वह स्वयं आगे आएगा और किसी और पर दया करके, या जो कुछ हमारे पास है उसे बढ़ाने के लिए हमें रास्ता प्रदान करेगा, या बेहतर नौकरी के लिए दरवाजा खोलेगा। वह इसे कई अलग-अलग तरीकों से कर सकता है।

2 राजा 4:8-37---एलिय्याह शूनेमिन के पुत्र को उठाता है

यह अद्भुत कहानी लंबे समय से प्रतीक्षित टोरा के साथ जुड़ी हुई है

बच्चा (एक बेटा), माँ के लिए एक ऐसा उपहार है, जिसकी वजह से वह कम उम्र में ही मर जाता है। एक बार फिर यह सब विश्वास और दृढ़ता के बारे में है। एलीशा, यहोवा की शक्ति के माध्यम से, बच्चे को पुनर्जीवित करने में सक्षम था। हालाँकि, श्लोक 14-17 में एक शांत चमत्कार है। जब एलीशा को पहली बार बताया गया कि एक बच्चा महिला के दिल की सबसे बड़ी इच्छा थी, तो उसे तुरंत बताया गया "लेकिन उसका पति बूढ़ा है"। दूसरे शब्दों में, बहुत पुराना!! लेकिन एलीशा ने फिर भी उससे कहा कि वह इस वर्ष के भीतर बच्चे को जन्म देगी...और उसने जन्म दिया! यह सचमुच एक चमत्कार था!!

ब्रित हादाशाह / नई वाचा
नया करार
लूका 1:26-38, 24:36-53; 2 पतरस 2:4-11

ल्यूक 1:26-38---मैरी को मसीहा के जन्म की घोषणा की गई

अब हम तीन लंबे समय से प्रतीक्षित, चमत्कारिक रूप से गर्भ धारण करने वाले पुत्रों को देखेंगे। उनमें से दो बड़े पैमाने के "वादे के पुत्र" हैं। दूसरा (शूनेमाइट महिला का बेटा) ऐसा लग रहा है कि वह भी बेदाग गर्भाधान के माध्यम से हुआ होगा, या, कम से कम, उसके पति की अलौकिक मजबूती के माध्यम से हुआ होगा! परन्तु किसी अन्य को मरियम के पुत्र जैसा नाम नहीं दिया गया। किसी अन्य ने संकेत और चमत्कार नहीं किए, इतने सारे लोगों को ठीक नहीं किया, जिस तरह से वह सिखा सकता था, सिखाया, या जीवन को उस तरह से नहीं बदला जैसा उसने किया। अंततः, कोई अन्य पापों को क्षमा नहीं कर सकता, टूटे हुए को उठा नहीं सकता, अनन्त जीवन नहीं दे सकता। केवल यहुशुआ मसीहा। येशुआ उद्धारकर्ता. भगवान का हमारा अनमोल मेम्ना। परमेश्वर का पुत्र.

ल्यूक 24:36-53---येशुआ का अंतिम रूप और स्वर्गारोहण

ठीक उसी तरह जब इब्राहीम अपने विश्वास में कमज़ोर हो जाता था और हम उस समय थोड़ा कम दोषी महसूस करते थे जब हम भी अपने विश्वास में कमज़ोर हो जाते थे, यहाँ हम मसीहा के अपने शिष्यों को इतने वर्षों के बाद विश्वास की कमज़ोर स्थिति में देखते हैं जो उनके साथ थे। उसे! वह उनके प्रति कितना कोमल है। कितना प्रेमपूर्ण और उत्साहवर्धक...अपनी आँखें खोलना और धर्मग्रंथों को और भी अधिक समझना।

याद रखें कि अभी तक कोई नया नियम नहीं था। जिन धर्मग्रंथों से वह स्वयं को प्रकट कर रहा था, वे पुराने नियम के थे। जैसा कि वह अभी हमारे साथ कर रहा है, जैसा कि हम उसे टोरा और तनाख (पुराने नियम) के बाकी हिस्सों में खोजते हैं! उस खुशी का आनंद लें जिसे उन सभी ने महसूस किया था जब वे आत्मा के भरने की प्रतीक्षा करने के लिए यरूशलेम के लिए रवाना हुए थे। वह जीवित है और सदैव हमारे साथ मौजूद है!

2 पतरस 2:4-11---झूठे शिक्षकों का विनाश

यहां, टोरा के साथ संबंध सात और आठ श्लोकों में लूत का उल्लेख है। लेकिन सभी आठ छंदों के योग में बड़ा संदेश यह है कि, यदि ईश्वर पाप करने वाले स्वर्गदूतों को नरक में डाल सकता है... और आठ लोगों के एक परिवार को छोड़कर, पूरी पृथ्वी और उस पर मौजूद सभी जीवित चीजों को नष्ट कर सकता है। ..और शरीर की अनियंत्रित विकृतियों के लिए कई शहरों में चार लोगों को छोड़कर सभी को नष्ट कर देता है,

फिर वह जानता है कि धर्मियों को प्रलोभनों से कैसे बचाया जाए (जैसा कि "उसकी बांह बहुत छोटी नहीं है"), और अन्यायी को सजा के तहत सुरक्षित रखता है न्याय के दिन के लिए, विशेषकर उनके लिए जो अशुद्धता की लालसा में शरीर के अनुसार चलते हैं और अधिकार का तिरस्कार करते हैं। आज हम जिस बेहद पतित और अंधकारमय दुनिया में जी रहे हैं, हमें खुद को यह कैसे याद दिलाने की जरूरत है। वह सेनाओं का परम सेनापति, सभी राजाओं का राजा, सभी नामों से ऊपर का नाम है - हमारा उद्धारकर्ता! हेलेलुयाह और स्वर्गीय पिता को धन्यवाद। आमीन!

5

उत्पत्ति 23:1-25:18

उत्पति 23:1-25:18; 1 राजा 1:1-31
मत्ती 1:1-17; 1 कुरिन्थियों 15:50-57
उत्पत्ति 23:1-2---सारा की मृत्यु

अध्याय 22, वचन उन्नीसवें में, हम सीखते हैं कि जैसे ही इसहाक की जान बचाई गई और यहोवा ने वे महान शब्द कहे जो उसने सोलह से अठारह श्लोकों में घोषित किए थे, इब्राहीम उन दो युवकों के पास लौट आया जो गधों के साथ बचे थे, और बेर्शेबा गया। कविता यह कहते हुए समाप्त होती है, "और इब्राहीम बेर्शेबा में रहने लगा।"

उस अध्याय में हमें जो एकमात्र अन्य चीज़ सीखने को मिलती है वह यह है कि उसके भाई नाहोर के कितने बच्चे थे। लेकिन अगले अध्याय (अध्याय 23) के श्लोक एक और दो में, हम सीखते हैं कि सारा की मृत्यु 127 वर्ष की आयु में हेब्रोन में हुई। हैरान करने वाली बात यह है कि इसमें कहीं भी यह नहीं कहा गया है कि इब्राहीम बेर्शेबा से चला गया, और वास्तव में, श्लोक दो कहता है कि सारा की मृत्यु हेब्रोन में हुई और फिर इब्राहीम उसके लिए शोक मनाने और रोने के लिए हेब्रोन आया। अब्राहम और सारा की मृत्यु के समय वे अलग क्यों हो गए थे? यहूदी विद्वानों और संतों का मानना है कि इब्राहीम को अपने इकलौते बच्चे (चमत्कारिक जन्म) की बलि देने की आज्ञा का आघात और दिल का दर्द उसकी सहनशक्ति से कहीं अधिक था और इसके कारण वह इब्राहीम से अलग हो गई और अंततः उसकी शीघ्र मृत्यु हो गई (इब्राहीम की तुलना में जो 175) तक जीवित रहे। यदि ये संत और विद्वान यह मानने में सही हैं कि इसहाक की उम्र तीस से पैंतीस के बीच थी जब उसे बलि देने के लिए मोरिया पर्वत पर ले जाया गया था, तो सारा उस महान क्षण के आघात के बाद केवल चार से सात साल ही जीवित रही होगी। दूसरी बात जिसके बारे में हम निश्चित नहीं हो सकते, वह यह है कि इसहाक का अंत कहाँ हुआ? यह केवल यही कहता है कि इब्राहीम बियर शीबा में रहता था। क्या इसहाक अपनी बूढ़ी माँ की देखभाल में मदद करने के लिए हेब्रोन गया था? क्या वह दोनों के बीच आगे-पीछे होता था? और यह जानने के बाद कि इसहाक ठीक था, वह इब्राहीम के पास वापस क्यों नहीं जाती? हम निश्चित रूप से नहीं जानते। हम जो जानते हैं वह यह है कि इब्राहीम और इसहाक दोनों सारा से प्रेम करते थे। जब इब्राहीम रोया (पद 2 में) तो यह बाइबिल में आंसुओं का पहला उल्लेख था, हाजिरा के अलावा, जो तब रोती थी जब उसे लगता था कि वह और इश्माएल रेगिस्तान में मर जाएंगे।

जब इसहाक के लिए एक दुल्हन ढूंढी गई और वह उसके घर पहुंची, तो यह कहता है कि वह उसे अपनी मां के डेरे में ले गया, और वहां, रिबका के साथ, उसे सांत्वना मिली। [जनरल. 24:67] निश्चय ही वे दोनों सारा से बहुत प्रेम करते थे।

सारा, हमारे विश्वास की "माँ"।

• यदि इब्राहीम "हमारे विश्वास का पिता", "इज़राइल का पिता" और मसीहा का बीज है, तो सारा उसी की माँ है, और मसीहा के बीज की वाहक है।

➢ इब्रानियों 11:11--"विश्वास से सारा को भी गर्भधारण करने की शक्ति प्राप्त हुई, और जब वह वयस्क हो गई, तब उसके एक बच्चा उत्पन्न हुआ, क्योंकि जिस ने प्रतिज्ञा की थी, उस को वह विश्वासयोग्य समझती थी।"

• यहां बीएसएफ (बाइबल स्टडी फेलोशिप) का कहना है: *"सारा पुराने नियम की मैरी है। वह वादे के बीज की मां है और उसमें, सभी विश्वासियों की मां है। वह एकमात्र महिला है जिसकी उम्र दर्ज की गई है धर्मग्रंथ में!"* सारा और मैरी के बीच अन्य समानताएं थीं:

➢ दोनों की कल्पनाएँ चमत्कारी थीं

➢ दोनों को शर्मिंदगी उठानी पड़ी, भले ही मैरी की बात संक्षिप्त थी--

• मैरी ने अपने पति से विवाह के बाहर गर्भधारण किया

• सारा ने कई दशकों तक बांझ होने की शर्म झेली

➢ उनके दोनों बेटों को बलि देने के लिए बुलाया जाएगा (हालाँकि केवल एक ही मरेगा)

उत्पत्ति 23:3-20---सारा का दफ़नाना

एक बार फिर, बीएसएफ टिप्पणी को उद्धृत करने के लिए: *"अब्राहम कनान की इस भूमि में सारा, स्वयं और अपनी भावी पीढ़ी के लिए कब्र के लिए जमीन का यह पहला टुकड़ा खरीदकर अपने विश्वास को मजबूत रूप में व्यक्त नहीं कर सकता था। के लोगों के लिए पूर्व, अपने ही लोगों के बीच दफनाया जाना, ताकि अपने बच्चों के बच्चों के साथ हमेशा के लिए रहना, बहुत महत्वपूर्ण है। ऐसा लेन-देन सबसे सशक्त भाषा में यह कहने के बराबर था कि अब्राहम का मानना था कि यह देश हमेशा के लिए उसका अपना देश रहेगा। बच्चे और लोग। बाइबिल रिकॉर्ड के अनुसार, खरीद के कार्य के अनुसार, यह कनान देश में अचल संपत्ति पर इब्राहीम का पहला कब्ज़ा है। यह संभवतः प्रक्रिया के विवरण और कानूनी औपचारिकता का बाइबिल रिकॉर्ड है इब्राहीम और उसके बच्चों के लिए लेन-देन हमेशा के लिए सुनिश्चित कर दिया गया।

यह इसी कब्र में था इब्राहीम, सारा, इसहाक और रिबका को रखा गया। वहां याकूब ने लिआ को रखा, और वहीं याकूब को भी वहीं दफनाया गया (उत्पत्ति 49:31 और 50:13)। इब्रानियों 11:15 में कहा गया है, "यदि वे उस देश के बारे में सोच रहे होते जिसे वे छोड़ गए थे, तो उन्हें वापस लौटने का अवसर मिला होता।" निश्चित रूप से सारा की मृत्यु ने ऐसा अवसर प्रदान किया होगा, लेकिन इसके बजाय, सारा की मृत्यु ने इब्राहीम के विश्वास का एक और पहलू उजागर किया।"*

उत्पत्ति 24:1-9--इब्राहीम की आस्था की जिम्मेदारी:
इसहाक के लिए दुल्हन ढूंढने के लिए

बीएसएफ को फिर से उद्धृत करने के लिए, *"इब्राहीम के लिए, इसहाक न केवल भगवान के प्यार का चमत्कारी, दो बार दिया गया उपहार था, इसहाक भगवान की वादा की गई विरासत का पहला उत्तराधिकारी भी था। वह उस राष्ट्र का पहला बच्चा था जिसे "भगवान का चुना हुआ" कहा जाएगा राष्ट्र," जिसके माध्यम से सभी राष्ट्रों को आशीर्वाद दिया जाना चाहिए [उत्पत्ति 17:8; 22:18]। क्या परमेश्वर ने पहले से ही इब्राहीम के बारे में नहीं कहा था, "मैंने उसे चुना है, ताकि वह अपने बच्चों और अपने परिवार को अपने पीछे रखने का निर्देश दे। जो सही और न्यायपूर्ण है उसे करने के द्वारा यहोवा के मार्ग पर चलो, ताकि यहोवा इब्राहीम के लिए वह पूरा करे जो उसने उससे वादा किया है" [उत्पत्ति 18:19]? इसलिए, यह कितना महत्वपूर्ण था कि इसहाक की शादी एक ऐसी पत्नी से की जाए जो ईश्वर में विश्वास करती हो और उसके वादे और कौन परमेश्वर के लोगों के साथ "जीवन के बंधन में बंधा" रहना चाहेगा!"* पदन अराम [उत्पत्ति 25:20], जहां वफादार सेवक को इसहाक के लिए दुल्हन खोजने के लिए भेजा जा रहा था, निश्चित रूप से इसके भीतर बुतपरस्ती होती, लेकिन क्योंकि इब्राहीम और उसके नौकर ने अपने विचारों, प्रार्थनाओं और "ऊन" के साथ यहोवा की तलाश की, एलीएजेर (जो ज्यादातर विद्वानों का मानना है कि उत्पत्ति 15: 2 का वफादार सेवक था) का मार्ग तब निर्देशित किया जाएगा ताकि सामना किया जा सके वही जिसे दैवीय रूप से इसहाक की पत्नी नियुक्त किया गया था।

➢ "तू अपने सम्पूर्ण मन से यहोवा पर भरोसा रख, और अपनी समझ का सहारा न लेना; अपने सभी मार्गों में उसे स्वीकार कर, और वह तेरे मार्ग को निर्देशित करेगा।" [नीतिवचन 3:5-6]

उत्पत्ति 24:10-22---रिबका, दिव्य रूप से चुनी गई दुल्हन

• वी. 10---"तब नौकर अपने स्वामी के दस ऊंटों को लेकर चला गया..." दस क्यों? संयोग?.... या दैवीय आयोजन?

मैं अभी संख्या दस के बारे में दो बातें बताऊंगा और फिर इस अध्याय के अंत में इसे इसके चरम पर लाऊंगा:

1. दस पवित्रता की संख्या है...क्यों?
2. क्योंकि दस स्वयं ईश्वर द्वारा लिखी गई आज्ञाओं की संख्या है, इसलिए टोरा का "कैपस्टोन" है - एक वाचा के अर्थ में संपूर्ण टोरा का प्रतिनिधित्व - वाचा/गवाही के सन्दूक के बगल में रखा गया है।

• बनाम.11-15---यह कहता है कि एलीएजेर ने अपने ऊंटों को कुएं पर घुटनों के बल बैठाया, और तुरंत वह प्रार्थना करने लगा! संयोग? श्लोक पंद्रह में कहा गया है कि उसके प्रार्थना समाप्त करने से पहले ही, रिबका अपने कंधे पर घड़ा लेकर आई! वाह---वह कोई पवित्र भूमि थी!

• पद 16--- एलीएजेर ने जिस चीज के लिए प्रार्थना की थी, वह रिबका नाम की इस खूबसूरत युवा महिला में देख रहा था। वह कुंवारी थी, मजबूत थी...कड़ी मेहनत से नहीं डरती थी...और दयालु थी। अंतिम लेकिन महत्वपूर्ण बात, वह सही परिवार से थी, क्योंकि वह इब्राहीम के भाई, नाहोर की पोती थी!

• बनाम 19-20---इब्राहीम के ऊँटों ने पदन अराम तक पहुँचने के लिए रेगिस्तान में चलते हुए बहुत लंबा समय बिताया था। जब रिबका ने उनके पीने के ख़त्म होने तक पानी निकालने की पेशकश की, तो यह एक बड़ा काम होता... बाल्टी को कई बार ऊपर खींचना, प्रत्येक बाल्टी को कुंड तक ले जाना, और प्रत्येक बाल्टी को कुंड में डालना। जब आप गूगल करेंगे कि दस बहुत प्यासे ऊंटों के लिए पानी की मात्रा कितनी होगी, तो यह आपको प्रति ऊंट 135 लीटर (35.66 गैलन) बताएगा - यानी सभी दसों के लिए 1,350 लीटर (356.6 गैलन)! रिबका, उस समय, पवित्र आत्मा की एक छवि थी, जो उन सभी के लिए ताजा, जीवित पानी डाल रही थी, जिन्हें इसकी आवश्यकता थी... पहले एलीएजेर, फिर सभी ऊंटों के लिए।

• वी. 22---मेरी न्यू किंग जेम्स बाइबिल में यह कहा गया है कि एलीएजेर ने रिबका को एक नाक की अंगूठी और दो कंगन दिए। केंद्र संदर्भ

में संकेतन आपको निर्गमन 32:2-3 का संदर्भ देता है, लेकिन वे छंद कान की बाली कहते हैं। बहुत समय पहले, जब अधिक से अधिक ईसाई लड़कियों ने अपनी नाक के निचले हिस्से में दोनों नासिका छिद्रों के बीच उपास्थि के माध्यम से अंगूठी डालना शुरू कर दिया था, मैंने "नाक की अंगूठी" पर एक शब्द अध्ययन किया था। उत्पत्ति 24:22 और निर्गमन 32:2-3 में प्रयुक्त हिब्रू शब्द के लिए स्ट्रॉन्ग की संख्या, दोनों # 5141 → मूल अनिश्चित हैं - नाक या कान की अंगूठी। किंग जेम्स बाइबल तीनों स्थानों पर "इयररिंग" का उपयोग करती है। धर्मग्रंथ में पाँच छंदों में से जिन्हें शायद चुना गया हो एक या दूसरा अनुवाद) "नाक की अंगूठी" का उपयोग करने के लिए, आइए उनकी अधिक बारीकी से जांच करें।

➢ उत्पत्ति 24:22 और 30 --- स्ट्रॉन्ग का # 5141 (कान की बाली के नीचे सूचीबद्ध) → जड़ अज्ञात - नाक या कान की बाली। नए राजा जेम्स "नाक की अंगूठी" का उपयोग करते हैं; किंग जेम्स बाइबिल में "कान की बाली" का उपयोग किया गया है; इंटरलीनियर "रिंग" का उपयोग करता है।

➢ निर्गमन 32:2 और 3---स्ट्रॉन्ग का # 5141→ उपरोक्त के समान; संदर्भ यह स्पष्ट करता है कि ये दोनों छंदों में बालियाँ हैं (हारून उनसे कह रहा है कि "अपने कानों में जो सुनहरी बालियाँ हैं उन्हें तोड़ दो।")

➢ नीतिवचन 11:22---यह श्लोक "एक प्यारी स्त्री जिसमें विवेक की कमी है" को "सूअर के थूथन में सोने की अंगूठी" के बराबर बताया गया है।

➢ यशायाह 3:18-23---"उस दिन ("उस दिन" हमेशा "अंत समय" को संदर्भित करता है) यहोवा छीन लेगा..." अंतिम दिनों में यहोवा इस्राएल से जो चीजें छीन लेगा वह एक है बड़ी सूची. संदर्भ यह है कि इज़राइल (अपने बढ़ते पाप के बीच) वैभव और ऐश्वर्य से भस्म हो गया है, जो उनसे छीन लिया जाएगा। उल्लिखित चीजों में से एक किंग जेम्स और न्यू किंग जेम्स दोनों में "नाक के गहने" हैं। स्ट्रॉन्ग का कॉनकॉर्डेंस नंबर: # 639 इसे इस प्रकार परिभाषित करता है: नाक, नासिका, या माथा, या तो अंगूठी या गहना। जो कुछ भी था, यहोवा उसे उनसे छीन रहा था, जो दर्शाता है कि यह उनके विद्रोह का हिस्सा था, और इसलिए अच्छा नहीं था।

➢ यहेजकेल 16:12--- बारहवें श्लोक में आने वाले धर्मग्रंथों का संदर्भ उपरोक्त यशायाह संदर्भ से बिल्कुल अलग है। इस बार यह यहूदा के दक्षिणी राज्य को बेबीलोन ले जाने से पहले के वर्षों की बात कर रहा है, जब यहोवा ने उन्हें खूबसूरती से सजाया था। इस श्रृंगार के भावपूर्ण वर्णन में, श्लोक बारह कहता है, "और मैं ने तेरी नाक में मणि, और तेरे कानों में बालियां, और तेरे सिर पर सुन्दर मुकुट पहिनाया।" हालाँकि, यह ऊपर जैसा ही कॉनकॉर्डेंस नंबर है (# 639) और इस बार, किंग जेम्स कहते हैं, "मैंने तुम्हारे माथे पर एक गहना रखा है...", जो मुकुट के ठीक नीचे होता।

• निष्कर्षतः, इनमें से किसी भी धर्मग्रंथ में नासिका के निचले हिस्से में एक वलय का समर्थन करने के लिए कोई स्पष्ट प्रमाण नहीं है। जैसा कि मैंने वर्षों से कई युवाओं से कहा है, "उन्हें बैलों और सूअरों के लिए छोड़ देना ही सबसे अच्छा है।"

उत्पत्ति 24:23---विवाह व्यवस्था

• बनाम 23-27---जब रिबका ऊंटों को पानी पिला रही थी, इक्कीसवें पद में यह कहा गया है कि एलीएजेर "यह जानने के लिए चुप रहा कि यहोवा ने उसकी यात्रा को सफल बनाया है या नहीं"। उसे सुंदर सुनहरे आभूषण देने के बाद, उसने अंततः बात की, और पूछा कि वह किसकी बेटी है और क्या उसके पिता के घर में उसके और उसके साथ के लोगों के रहने के लिए पर्याप्त जगह थी। उसके उत्तर बिल्कुल वही थे जो इब्राहीम प्रार्थना कर रहा था कि एलीएजेर अपने बेटे के लिए ढूंढ ले, और मुझे अच्छा लगा कि उसने रिबका के साथ "अपना सिर झुकाया और यहोवा की आराधना की" वहीं उसकी बात सुनने के लिए। भगवान का कितना अद्भुत सेवक है. मुझे अच्छा लगा कि कैसे उसने अपने स्वामी इब्राहीम के साथ-साथ स्वयं के प्रति भी इतना वफादार होने के लिए यहोवा को आशीर्वाद दिया, जब वह रास्ते में यात्रा कर रहा था, और यहोवा ने उसे उसके स्वामी के भाइयों के घर तक पहुँचाया। यह फिर से नीतिवचन 3:5-6 पर वापस आता है।

• पद 33---एलिएजेर को बहुत भूख लगी होगी, लेकिन जब वे सभी खाने के लिए एक साथ बैठे और उसके सामने खाना रखा गया, तो उसने कहा कि वह तब तक नहीं खा सकता जब तक वह "अपने काम के बारे में नहीं बताता"। और यह कितनी सुंदर कहानी और गवाही है! मैं इसे पढ़ते हुए कभी नहीं थकता! इब्राहीम की समृद्धि से लेकर उसके बेटे के चमत्कारी जन्म तक! जैसे ही एलीएजेर इसहाक के लिए दुल्हन ढूंढने के अपने "कार्य" को समझाने के लिए आगे बढ़ा, उसने उन्हें उस युवा महिला के जाने के लिए तैयार न होने के अपने डर के बारे में बताया। इब्राहीम ने अपनी खोज पर निकलने से पहले एलीएजेर से जो कहा, वह मुझे पसंद है, "यहोवा, जिसके सामने मैं चलता हूं, वह तुम्हारे साथ अपना दूत भेजेगा और तुम्हारा मार्ग सफल करेगा..." (v. 40)। यहोवा के चरित्र और प्रेम के बारे में क्या विश्वास, विश्वास और ज्ञान!

• पद 47---यह आखिरी कविता है जो रिबका को दिए गए गहनों के बारे में फिर से बात करती है। इस बार इस्तेमाल किया गया शब्द है "तो मैंने उसकी नाक पर नथ डाल दी।" यह फिर से स्ट्रॉन्ग का #693 है, जिसका अर्थ है "नाक, नासिका, या माथा; या तो अंगूठी या गहना"। किंग जेम्स कहते हैं, "इसलिए मैंने उसके चेहरे पर एक अंगूठी डाल दी", लेकिन क्योंकि वे इस शब्द के बारे में निश्चित नहीं हैं, यह उसके माथे पर लगा एक गहना भी हो सकता है।

• पद 49---बेथुएल और लाबान को हर विवरण को ध्यान से समझाने के बाद कि वे अपनी बेटी और बहन को किससे शादी करने के लिए भेज

रहे हैं, एलीएजेर ने सबसे महत्वपूर्ण सवाल पूछा।...क्या वे इसकी अनुमति देंगे?

• वी. 52---एक बार फिर, यहोवा की उपकारिता और आयोजन करने की शक्ति

उसकी इच्छा पूरी होने की घटनाएँ एलीएजेर के लिए भारी थीं, और बथुएल और लाबान से दी गई अनुमति सुनने के बाद, वह यहोवा के सामने पूजा में गिर गया, इस बार पूरे रास्ते जमीन पर गिर गया।

• पद 53---अब एलीएजेर रिबका को सुंदर वस्तुओं से नहलाता है, और उसकी माँ और भाई को भी बहुमूल्य उपहार देता है। अपने नए घर और दूर स्थित जीवन में जाना उसके लिए और भी अधिक उत्साहवर्धक था।

• बनाम 57-58---पद्य सत्तावन में हम सीखते हैं कि रिबका को "प्रस्ताव" को ना कहने का मौका दिया गया था। ऐसा लगता है कि उसने संकोच नहीं किया, बल्कि जल्दी और आत्मविश्वास से कहा "मैं जाऊँगी"। जब इस बात का सबूत हो कि यहोवा आपके जीवन की अगली यात्रा का नेतृत्व कर रहे हैं, तो कोई झिझक नहीं होनी चाहिए। इसलिए रिबका ने अपने नए घर की लंबी यात्रा शुरू की।

• बनाम 61-67---ये अंतिम सात छंद एक प्रेम कहानी के अंत के रूप में उतने ही सुंदर हैं जितना आप पाएंगे। लेकिन इससे भी बड़ी आध्यात्मिक तस्वीर भी घटित हो रही है। रिबका को कम ही पता था कि वह उस व्यक्ति की माँ बनेगी जो इस्राएल के बारह गोत्रों का पिता बनेगा। उसके बेटे जैकब का नाम वस्तुतः ईश्वर द्वारा बदलकर इज़राइल रखा जाएगा! लेकिन इस समय जब वह इसहाक को मैदान में चलते हुए देखती है और एलीएजेर से पूछती है..."यह कौन है?", वह हम सभी की एक तस्वीर है---मसीह की दुल्हन। कैसे? यह पता चलने पर कि यह उसका मंगेतर, उसका भावी पति है, वह ऊँट से उतर गई और अपने चेहरे पर पर्दा डाल लिया। इसमें एक खूबसूरत तस्वीर है कि हम सभी के लिए आगे क्या होने वाला है। स्मरण रहे कि वहाँ दस ऊँट थे। दस पवित्रता की संख्या है...क्यों?....क्योंकि "दस" दस आज्ञाओं का प्रतिनिधित्व करता है, जो (संविदा के माध्यम से) संपूर्ण टोरा का प्रतिनिधित्व करते हैं। जिस तरह रिबका अपनी पूरी यात्रा में ऊंटों पर सवार थी, जो उसे उसके मंगेतर पति की बाहों में ले जाएगा, जो वादा किए गए देश में उसका इंतजार कर रहा था... अपने प्रिय शिक्षक, मार्गदर्शक और एलीएजेर के रूप में रक्षक के साथ, पाने के लिए वह वहां सुरक्षित है... इसलिए हम अपनी यात्रा में टोरा पर सवार हैं जो हमें हमारे मंगेतर पति की बाहों में ले जाएगा, जो परम वादा किए गए देश में हमारा इंतजार कर रहा है। रिबका के प्रिय एलीएजेर की तरह, हमारे पास भी इस यात्रा में हमें सिखाने, मार्गदर्शन करने और हमारी रक्षा करने के लिए कोई है, जबकि हम टोरा पर "सवारी" करते हैं... वह व्यक्ति पवित्र आत्मा है। लेकिन याद रखें! जब रिबका ने अपनी मंगेतर को अपने पास आते देखा, तो वह ऊँट से उतर गई, और अपने मुँह पर पर्दा डाल लिया। क्या इसका मतलब यह है कि जब येशुआ हमारे लिए आएगा तो हम टोरा पर सवारी करने से "उतर" जाएंगे? हाँ! उसकी वजह यहाँ है:

➢ "देखो, यहोवा की यह वाणी है, ऐसे दिन आते हैं, जब मैं इस्राएल और यहूदा के घरानों से नई वाचा बान्धूंगा, उस वाचा के अनुसार नहीं जो मैं ने उनके पुरखाओं से उस समय बान्धी थी जिस दिन मैं ने उन्हें पकड़ लिया था। अपने हाथ से उन्हें मिस्र देश से निकाल ले आया, जो वाचा उन्होंने तोड़ी, यद्यपि मैं उनका पति था, यहोवा की यह वाणी है, कि जो वाचा मैं उन दिनोंके बाद इस्राएल के घराने से बान्धूंगा वह यही है मैं अपनी व्यवस्था उनके मन में समवाऊंगा, और उसे उनके हृदय पर लिखूंगा; और मैं उनका परमेश्वर ठहरूंगा, और वे मेरी प्रजा ठहरेंगे, और फिर हर एक अपने पड़ोसी को, और अपने भाई को यह न सिखाएगा, कि यहोवा को जानो 'क्योंकि छोटे से ले कर बड़े तक सब मुझे जान लेंगे, यहोवा का यही वचन है, मैं उनका अधर्म क्षमा करूंगा, और उनका पाप फिर स्मरण न करूंगा। [यिर्मयाह 31:31-34]

• हम हमेशा टोरा में चलेंगे क्योंकि यह हमेशा हमारे दिलों में लिखा रहेगा---उसने लिखा है जिसने इसे पहले स्थान पर दिया था! जल्द ही किसी दिन हमें टोरा की किताबों पर "सवारी" नहीं करनी पड़ेगी, क्योंकि हम टोरा देने वाले के साथ एक होकर चलेंगे। लेकिन जैसे ही इसहाक के पास आने पर रिबका ने अपने चेहरे पर घूंघट डाला, उसी तरह हमारे "चेहरे" पर तब तक "घूंघट" रहेगा जब तक हम अपने दूल्हे के साथ दुल्हन कक्ष में नहीं हैं।

➢ "फिलहाल हम दर्पण में धुंधला-धुंधला देखते हैं, लेकिन फिर आमने-सामने देखते हैं। अब मैं आंशिक रूप से जानता हूं, लेकिन फिर मैं वैसे ही जानूंगा जैसे मैं भी जाना जाता हूं।"

[1 कुरिन्थियों 13:12]

उत्पत्ति 25:1-6---इब्राहीम ने कतुरा से विवाह किया

• अब जब इब्राहीम का बेटा शादीशुदा था और अपना जीवन शुरू कर रहा था, तो इब्राहीम ने दोबारा शादी करने का फैसला किया। यदि इसहाक ने रिबका से विवाह करते समय लगभग 40 वर्ष का था, तो इब्राहीम ने जब केतुरा से विवाह किया तो वह लगभग 140 वर्ष का रहा होगा! लेकिन सबसे चौंकाने वाली बात यह है कि वह केतुराह के साथ छह और बेटों का पिता बनेगा।

उत्पत्ति 25:7-18---इब्राहीम की मृत्यु, और इश्माएल के पुत्र

• वि. 7---अब्राहम की मृत्यु 175 वर्ष की आयु में हुई

• वी. 9---इसहाक और इश्माएल अपने पिता को दफनाने के लिए एक साथ आए, संभवतः 17 साल की उम्र में इश्माएल को बाहर निकाले जाने के बाद पहली बार।

• बनाम 13-16--- इश्माएल के बारह बेटे थे (जैसे इसहाक का भावी पुत्र, याकूब होगा), और वे सभी "अपने-अपने राष्ट्रों" के राजकुमार थे (v.

16)

• इसहाक और रिबका के लिए यह एक कठिन सभा रही होगी। निस्संदेह इश्माएल की बेटियाँ भी थीं, लेकिन उसके बारह बेटे और संभवतः बहुएँ और पोते-पोतियाँ थीं। रिबका इस समय भी बंजर थी। अपनी सारी संपत्ति के बाद भी, इसहाक के पास अभी भी सबसे महत्वपूर्ण चीज़ नहीं थी... एक वारिस।

हफ़्तारा

2 राजा 1:1-31

"अच्छे बीज" के राज्य पर कब्ज़ा करने की धमकी देने वाले "बुरे बीज" के आसन्न खतरे में टोरा भाग और इस हफ़्तारा भाग के बीच एक मजबूत संबंध है। टोरा भाग में यह तथ्य है कि इसहाक का सौतेला भाई, इश्माएल, एक शक्तिशाली शक्ति के रूप में विकसित हो रहा है, जो किसी बिंदु पर, इसहाक का प्रतिनिधित्व करने वाले ईश्वर के राज्य में धीमी और छोटी बढ़ती वंशावली और स्थिति के लिए खतरा पैदा कर सकता है। हफ़्तारा में, यह फिर से सुलैमान का सौतेला भाई है जो सिंहासन पर सुलैमान के उचित स्थान को छीनने के लिए खतरा पैदा करता है।

ब्रित हादाशाह / नई वाचा

नया करार

मत्ती 1:1-17; 1 कुरिन्थियों 15:50-57

मत्ती 1:1-17---इब्राहीम से मसीहा तक की वंशावली

1 कुरिन्थियों 15:50-57---हमारी जीत अकेले मसीहा येशुआ में पाई जाती है।

6

उत्पत्ति 25:19-28:9

उत्पत्ति 25:19-28:9; मलाकी 1:1-2:7
रोमियों 9:1-13

उत्पत्ति 25:19-28---याकूब और एसाव का जन्म

• जब इसहाक का जन्म हुआ तब इब्राहीम 100 वर्ष का था।
• सारा 90 वर्ष की थीं.
• जब सारा की मृत्यु हुई तब वह 127 वर्ष की थी, इसलिए, जब उसकी मृत्यु हुई तब इसहाक 37 वर्ष का था।
• उसकी माँ की मृत्यु के तीन साल के भीतर, इसहाक के लिए एक मजबूत, सुंदर पत्नी मिल गई और, जैसा कि हमने पिछले अध्याय के अंतिम श्लोक में पढ़ा, उसने अपने पति को सांत्वना दी।
• लेकिन रिबका 20 साल तक बंजर रही, जिसका मतलब है कि उन्हें बच्चे के लिए लगभग उतना ही इंतजार करना पड़ा जितना इब्राहीम और सारा को तब से करना पड़ा जब भगवान ने पहली बार उनसे यह वादा किया था।
• जीवन में पुत्र के जन्म में देरी (इब्राहीम और इसहाक दोनों के लिए), और केवल एक-एक (अच्छे बीज का) होने के बीच, यह इतना असंभावित लग रहा होगा कि उनके "वंशजों के सितारों के रूप में होने का वादा" स्वर्ग" कभी साकार होगा! उन्हें कम ही पता था कि यह तीसरी पीढ़ी होगी जो इज़राइल के बारह पुत्रों को जन्म देगी - वह राष्ट्र जो दुनिया के अन्य सभी राष्ट्रों को आशीर्वाद देगा। लेकिन जिस तरह मूसा कभी भी "वादे की भूमि" में प्रवेश करने में सक्षम नहीं था, न ही इब्राहीम अपने वंशजों के लंबे समय से वादा किए गए गुणन को देखने के लिए जीवित रहेगा।
• यहां तक कि जब हमें यह देखने की क्षमता नहीं दी जाती है कि यहोवा हमसे अपना वादा कैसे निभाएगा, या वर्षों की प्रार्थनाओं का उत्तर कैसे देगा, तो भी हम विश्वास नहीं खो सकते।

➢ 2 पतरस 3:9ए---"प्रभु अपने वादे के प्रति सुस्त नहीं है, जैसा कि कुछ लोग ढिलाई मानते हैं...।" रोमियों 8:28---"क्योंकि हम जानते हैं, कि जो लोग परमेश्वर से प्रेम रखते हैं, अर्थात जो उस की इच्छा के अनुसार बुलाए हुए हैं, उनके लिये सब वस्तुएं मिलकर भलाई ही उत्पन्न करती हैं।"

• वी. 22---जब रिबका के गर्भ में जुड़वाँ बच्चे संघर्ष करते रहे, तो सलाह के लिए उसे यहोवा की ओर मुड़ते देखना कितना अद्भुत था।
• पद 23--- रिबका को उसके गर्भ में पल रहे जुड़वाँ बच्चों के बारे में दिया गया भविष्यवाणी का वचन, कि एक से आने वाले लोगों का समूह दूसरे से अधिक मजबूत होगा, और बड़ा, एसाव, छोटे, याकूब की सेवा करेगा, है बाइबल के कई विद्वानों का अनुमान है कि वे अंत समय के परिदृश्य का जिक्र कर रहे हैं जब बाइबल उस समय को दर्ज करती है जब इज़राइल अंततः अपने दुश्मनों पर जीत देखेगा और अब "पूंछ" नहीं, बल्कि "सिर" बन जाएगा। निःसंदेह इसका वादा भविष्यवक्ताओं की किताबों, खासकर यशायाह की किताबों में कई बार किया गया है।

वी. 25---पहला जुड़वाँ "कपड़े की तरह लाल और बाल वाला निकला"... इसलिए उनका नाम एसाव रखा गया। "ऐसाव" नाम के आगे "1" आपको मध्य संदर्भ पर ले जाता है, जो कहता है, "बालों वाला"। लेकिन उस शब्द का मूल अर्थ "घास" या "तारेस" है जो इसाव के सार का अच्छा वर्णन करता है!

• बनाम 26-28---जैकब के नाम का अर्थ है "वह जो हिलता है", और केंद्र में संदर्भ "सप्लांटर" जोड़ा गया है। याकूब की चालाकी के कारण अपना फिलौटे का दाहिना हाथ पर, एसाव उसे धोखेबाज़ कहेगा और इसहाक उसे धोखेबाज़ कहेगा। [उत्पत्ति 27:35-36] लेकिन जैकब की ये परिभाषाएँ पूरी तरह से एक मजबूत नियुक्ति नहीं हैं। पहला खोज पद सत्याईस में है, जहां यह कहा गया है कि एसाव एक कुशल शिकारी और मैदान का आदमी बन गया था, जबकि यह कहा गया है कि याकूब एक सौम्य व्यक्ति था (किंग जेम्सः सीधा आदमी), टैंबू में रहता था। यहां हम जैकब के बारे में और भी बहुत कुछ सिखाते हैं।

➢ "माइल्ड" और "प्लेन" के लिए हिब्रू शब्द स्ट्रॉन्ग का #8535 ("तम") है, जिसका अर्थ है: पूर्ण; नैतिक रूप से पवित्र; कोमल; प्रिय; उत्तम; सादा (विनम्र); निष्कलंक; अंततः. इनमें से प्रत्येक शब्द एक धार्मिक व्यक्ति का वर्णन करता है।

➢ जैकब के विवरण के दूसरे भाग में, "तंबू में निवास", शब्द "निवास" स्ट्रॉन्ग का #3427 ("यशाब") है, जिसका अर्थ है "बैठना" --- "निवास करना" या "रहना" नहीं। इसका क्या मतलब है? उत्पत्ति 9:27 में नूह के सबसे छोटे बेटे येपेट के बारे में कहा गया है, "वह शेम के तम्बू में रहे।" इनके रहने का मतलब यह नहीं था. हिब्रू ने यह समझा कि वह व्यक्ति शेम से सीखने के लिए अपनी तंबू में "बैठने" के लिए जाएगा। इस प्रकार, जैकब ने मित्रता से दोस्ती की। वह एक शांत व्यक्ति थे, एक विद्वान व्यक्ति थे, साथ ही "सौम्य" या "सादे (विनम्र)" शब्दों के अन्य सभी धार्मिक वर्णन भी थे।

• इसलिए, इसहाक एसाव अपने खेल के कारण प्रेम करता था, और रिबका याकूब से प्रेम करता था क्योंकि वह भगवान का व्यक्ति था।

उत्पत्ति 25:29-34--एसाव ने अपना जन्मसिद्ध अधिकार बेच दिया

• बनाम 29-30---जैकब स्टू बना रहा था। एसाव "मैदान से" (शिकार से) आया था और "थका हुआ" था--थका हुआ और भूखा था। इसलिए, उसने जैकब से स्टू का कटोरा मांगा।

• पद 31---याकूब ने कहा, "मुझे अपना जन्मसिद्ध अधिकार बेच दो" (इसके लिए)

• पद 32---एसाव ने कहा, "मेरा यह जन्मसिद्ध अधिकार क्या है?"

• पद 33---याकूब ने उससे कहा कि वह इसे उसे बेचने की शपथ ले और एसाव ने वैसा ही किया।

• पद 34---एसाव ने स्टू खाया और चला गया। कविता यह कहते हुए समाप्त होती है, "इस प्रकार एसाव ने अपने पहिलौठे के अधिकार का तिरस्कार किया।" ("तिरस्कार"--स्ट्र. # 959→ तिरस्कार करना; तिरस्कार करना; एक नीच व्यक्ति)

कुछ शिक्षक, टिप्पणीकार, पादरी और पादरी इस परिच्छेद का उपयोग यह मामला बनाने के लिए करेंगे कि जैकब एक षडयंत्रकारी और धोखेबाज़ से अधिक कुछ नहीं है। इस पर मेरी राय यह है कि यदि जैकब के चरित्र का वर्णन करने में "सौम्य" या "सादा" शब्द का जो अर्थ है उसकी परिभाषा में सब कुछ सच था, तो उसके लिए ये चीजें चरित्र से बाहर होंगी। क्या मैं सुझाव दे सकता हूं कि यदि एसाव एक धर्मात्मा और धर्मी व्यक्ति होता तो याकूब को जन्मसिद्ध अधिकार प्राप्त करने में कोई समस्या नहीं होती। पहले बच्चे का "जन्मसिद्ध अधिकार" केवल भौतिक संपदा की एक बड़ी विरासत के बारे में नहीं था। इसमें अधिकार का एक स्तर था - विशेष रूप से आध्यात्मिक अधिकार - जो अगली पीढ़ी तक, या जब तक मनुष्य जीवित था, तब तक चलता रहता था। इसके साथ एक बड़ी जिम्मेदारी जुड़ी हुई थी. उसे चरित्र और आध्यात्मिक दोनों दृष्टि से परिवार की "चट्टान" बनना था। याकूब, विद्वान और धर्मी व्यक्ति यह जानता होगा। मेरा मानना है कि वह आत्मा के नेतृत्व वाला था। यह स्थिति याकूब के "चालाक" प्रस्ताव पर एसाव की प्रतिक्रिया से साबित होती है, और विशेष रूप से अंतिम कविता से जिसमें कहा गया है कि उसने अपने जन्मसिद्ध अधिकार का तिरस्कार किया। यदि एसाव इब्राहीम के परिवार के आध्यात्मिक शासन के साथ समाप्त हो गया होता तो हम वहां नहीं होते जहां हम आज हैं। इसहाक दुख की बात है कि वह एसाव और खेल से बने "स्वादिष्ट" भोजन के प्रति आसक्त हो गया था, जिसे वह नियमित रूप से घर लाता था।

उत्पत्ति 26:1-5---इब्राहीम ने "मौखिक" टोरा रखा

• बनाम 1-2--देश में अकाल पड़ा, इसलिए इसहाक गरार में अबीमेलेक के पास गया। यहाँ यहोवा पहली बार इसहाक को दिखाई देता है और उसे विशेष रूप से मिस्र नहीं जाने के लिए कहता है, बल्कि उस देश में रहने के लिए कहता है जो वह उसे बताएगा। दूसरे शब्दों में, उसकी आवाज़ का पालन करें।

बनाम 3-5---यहोवा ने पहले इसहाक से कहा कि यदि वह उसकी बात मानेगा तो वह उसके साथ रहेगा और उसे आशीर्वाद देगा, और उसे और उसके वंशजों को "ये सभी भूमि" देने का वादा करेगा। फिर वह इब्राहीम को दी गई शपथ को निभाने का वादा करता है। लेकिन श्लोक चार और पाँच, शुरू में इसहाक के पिता से किए गए वादों को दोहराते हुए, श्लोक पाँच में एक गहन कथन के साथ समाप्त होते हैं। "...क्योंकि इब्राहीम ने मेरी बात मानी और मेरे आदेश, मेरी आज्ञाएँ, मेरी विधियां, और मेरे नियम माने।"

➢ "मेरी बात मानी"---एक आज्ञाकारी हृदय और आत्मा

➢ "अपना कार्यभार संभाला"---आदेशों का पूर्णतः पालन किया

➢ "मेरी आज्ञाएँ"---अतीत और वर्तमान की आज्ञाएँ

➢ "मेरी क़ानून"---"क़ानून"→स्ट्रॉन्ग का # 2706--समय की नियुक्ति; एक निर्धारित समय; एक रीति ("तब वह नाज़रेथ आया, जहाँ उसका पालन-पोषण हुआ था। और उसकी रीति के अनुसार, वह सब्त के दिन आराधनालय में गया...") [लूका 4:16]

➢ "मेरे कानून"--"कानून"→स्ट्रॉन्ग के #8451--तोराह--आदेशों, निर्देशों, कानूनों और साक्ष्यों सहित

इसे पकड़ो! टोरा मूसा और सिनाई पर्वत तक नहीं दिया गया था! तो फिर यहोवा ने ऐसा क्यों कहा कि इब्राहीम ने आज्ञाओं, विधियों और तोराह का पालन किया? अपने शिक्षण, "द टोरा फ्रॉम द बिगिनिंग एंड फॉरएवरमोर" में, मैंने इस सूत्र का पता लगाया कि सिनाई पर्वत पर

लिखित टोरा देने के माध्यम से सृजन से कितनी आज्ञाएँ, क़ानून, साक्ष्य और कानून मौखिक रूप से दिए गए थे। मैं अभी केवल मूल बातें सूचीबद्ध करूंगा:

1. सातवें दिन सब्त का दिन सृष्टि के छह दिनों के अंत में बनाया और पवित्र किया गया था और इसे हमेशा के लिए रखा जाना था।

2. येशु ने स्वयं आदम और हव्वा की निर्दोष नग्नता को छुपाने के लिए पाप के लिए पहला बलिदान दिया था।

3. कैन और हाबिल बलिदान दे रहे थे।

4. यीशु हनोक और नूह दोनों के साथ चला, जिसका अर्थ था कि वह उन्हें निर्देश दे रहा होगा। (तोराह की परिभाषा "कानून" नहीं है, बल्कि "जीवन के लिए निर्देश" है - "निर्देश" शब्द और यहां तक कि "जीवन" शब्द पर भी दैवीय जोर दिया गया है।)

5. नूह को "स्वच्छ" और "अशुद्ध" जानवरों के बीच का अंतर पता था। जब वह जहाज़ से उतरने में सक्षम हुआ तो उसने सबसे पहला काम एक वेदी बनाना और हर साफ़ जानवर में से एक की बलि देना था। [उत्पत्ति 8:20]

6. नूह के जन्म से लगभग साठ साल पहले हनोक को "उठाया" गया था, लेकिन...

7. हनोक का बेटा, मतूशेलह, और पोता, लेमेक, दोनों बाढ़ से ठीक पहले तक जीवित रहे, जिसका अर्थ है कि उन्होंने "ओरल टोरा" सीखा होगा, जिसे येशुआ ने हनोक को सिखाया था, जिसने इसे उन्हें दिया था। लेमेक नूह का पिता था और, फिर से, बाढ़ से ठीक पहले तक जीवित रहा। यही कारण है कि नूह को यहोवा ने "एक धर्मी मनुष्य, अपनी पीढ़ियों में परिपूर्ण" कहा था। उनके पास सीखने के लिए दो बहुत ही नेक व्यक्ति थे, उनके पिता और दादा। साथ ही, यह कहता है कि नूह स्वयं परमेश्वर के साथ चला। [उत्पत्ति 6:9] नूह के तीन पुत्रों में से शेम अच्छा वंश था। शेम ने न केवल अपने पिता से सीखा होगा, बल्कि वह और उसके भाई बाढ़ से काफी पहले पैदा हुए थे, क्योंकि तब तक उन सभी की शादी हो चुकी थी, इसलिए वे मतूशेलह और लेमेक से भी कुछ सीखने में सक्षम थे... निस्संदेह इस बात से अवगत होने के अलावा कि उनके पिता " भगवान के साथ चला"। अब हम यह सब वापस इब्राहीम से जोड़ देंगे। जब सन्दूक उतरा और बेटे अलग-अलग दिशाओं में चले गए, तो यह कहा गया कि शेम पूर्व के पर्वत सेफ़र के पास रहता था। [उत्पत्ति 10:30] जिस क्षेत्र में शेम और उसका परिवार बसा था, उसका नाम उसके पहले जन्मे बेटे, एलाम के नाम पर रखा गया था, और यह अधिकांश बाइबिल मानचित्रों पर "उत्पत्ति 10 के राष्ट्र" शीर्षक से है। उसी क्षेत्र को बाद में इतिहास में "द उर ऑफ द कलडीन्स" के नाम से जाना जाने लगा!! इसलिए, वह इब्राहीम के समान क्षेत्र में था! साथ ही, शेम इब्राहीम के 110 वर्ष की आयु तक जीवित रहा। इसलिए, चूँकि इब्राहीम ने शायद 70 वर्ष की आयु तक कसदियों के उर को नहीं छोड़ा था, यदि वह इच्छुक होता तो उसे "शेम के तम्बुओं में बैठने" का भरपूर अवसर मिलता। . भले ही हम धर्मग्रंथों से जानते हैं कि उनके पिता एक मूर्तिपूजक थे, प्राचीन यहूदी संतों के साथ-साथ आधुनिक धर्मशास्त्रियों द्वारा भी बहुत कुछ लिखा गया है, कि इब्राहीम को संभवतः शेम की शिक्षाओं से अवगत कराया गया था... ओरल टोरा और वन की समझ सच्चा भगवान. इतनी बड़ी महत्वपूर्ण भूमिका के लिए चुने जाने के पीछे उनमें कुछ अलग बात तो होगी ही। दूसरी पुष्टि वही श्लोक है जिसे हम अभी देख रहे हैं। यह कहता है, "क्योंकि इब्राहीम ने मेरी बात मानी, और मेरे आदेश, मेरी आज्ञाओं, मेरी विधियों (यह निश्चित रूप से सब्त का दिन होता), और मेरे नियमों का पालन किया" - जो हिब्रू में टोरा है। अन्यथा उसे कैसे पता चलता? यहोवा ने इब्राहीम को केवल तीन बार दर्शन दिए थे जब उसने इसहाक से यह बात कही थी, और हमें इस बात का कोई सबूत नहीं मिला कि यहोवा ने इब्राहीम को व्यक्तिगत रूप से सिखाया था।

उत्पत्ति 26:6-35---इसहाक और अबीमेलेक

• बनाम 6-11---इसहाक ने रिबका के साथ अपने रिश्ते के बारे में झूठ बोला, जैसे उसके पिता ने सारा के साथ किया था। लेकिन इसहाक का झूठ अधिक स्पष्ट था, क्योंकि रिबका इसहाक की सौतेली बहन भी नहीं थी, क्योंकि सारा अब्राहम की सौतेली बहन थी। इसहाक ने उसकी रक्षा करने की यहोवा की क्षमता में विश्वास की यही कमजोरी क्यों की, जबकि वह पहली बार उसके सामने प्रकट हुआ था और उसने ये शब्द कहे थे, "मैं तुम्हारे साथ रहूंगा और तुम्हें आशीर्वाद दूंगा।" साथ ही, जब इब्राहीम उन्हें गरार ले गया तो देश में अकाल पड़ा। याकूब और एसाव की अभी तक शादी नहीं हुई थी, इसलिए जब अकाल पड़ा तो इसहाक और रिबका ने उन्हें देश के दूसरी ओर नहीं छोड़ा होगा। इसलिए, वे एक परिवार के रूप में एक साथ रह रहे होंगे! श्लोक आठ में कहा गया है कि अबीमेलेक को यह पता चलने से पहले कि वे भाई और बहन नहीं हो सकते, वे "लंबे समय" से वहां रह रहे थे। यह दिलचस्प है कि (1)--उसने "अपने सभी लोगों" को मौत की पीड़ा होने पर उनमें से किसी को भी नहीं छूने के लिए कहने के बजाय इसहाक को जवाबदेह ठहराया; और (2)--उसने इसहाक को धोखा देने के कारण उसे अपनी भूमि से बाहर नहीं निकाला।

• परन्तु यहोवा ने उस पर दया की और उसे बहुत समृद्ध करना आरम्भ किया।

• श्लोक 14 कहता है कि जैसे-जैसे इसहाक की संपत्ति बहुत बढ़ती गई, पलिश्ती उससे ईर्ष्या करने लगे।

• बनाम 15-23---हालांकि पलिश्तियों और इसहाक और उसके लोगों के बीच कभी भी खुला युद्ध नहीं हुआ था, ईर्ष्या और गुस्सा था। पलिश्ती चरवाहों ने पहले ही इब्राहीम के कुओं को गंदगी से भर दिया था, और अब इसहाक के आदमियों ने पहले दो कुओं को खोदा और उनमें पानी पाया, पलिश्तियों ने उनका विरोध किया। अंततः अबीमेलेक ने इसहाक से कहा कि उसे "आगे बढ़ना" होगा, और पद 17 में हमने पढ़ा कि इसहाक केवल "गेरार की घाटी" तक गया था, जिससे कोई यह सोच सकता था कि यह बहुत दूर नहीं हो सकता था। लेकिन इज़राइल के उस

हिस्से में रहने के बाद, मैंने देखा है कि उनकी घाटियाँ कितनी अविश्वसनीय रूप से लंबी हो सकती हैं। इसलिए, वह कुछ समय के लिए वहीं बस गया, लेकिन यहीं पर दो सफल कुओं पर पलिश्ती चरवाहों ने विवाद किया। अंततः इसहाक ने एक कुआँ खोदा जिसका कोई विरोध नहीं हुआ खत्म हो गया, लेकिन फिर भी बीयर शीबा में जाने का फैसला किया

उत्पत्ति 26:24-34---शांति की शपथ

• पद 24---"और उसी रात यहोवा ने उसे दर्शन देकर कहा, 'मैं हूं
तुम्हारे पिता इब्राहीम का परमेश्वर; मत डर, क्योंकि मैं तेरे साथ हूं।
मैं तुम्हें आशीर्वाद दूंगा और अपने सेवक इब्राहीम के कारण तुम्हारे वंशजों को बढ़ाऊंगा।'' इब्राहीम और इसहाक के बीच, यहोवा ने कई बार इस वाचा की बात कही है। तथ्य यह है कि वह उन दोनों को दिखाई दिया, यह साबित करता है कि यह एक अभिव्यक्ति होनी चाहिए थी पूर्वअवतरित येशुआ। निर्गमन 33:20 को याद करें, जहाँ मूसा से कहा गया था, "तू मेरा मुख नहीं देख सकता; क्योंकि कोई मुझे न देखेगा और न जीवित रहेगा।" पिता को हमारे महिमामय राज्य के बाहर नहीं देखा जा सकता है। इसलिए, टोरा में यहोवा की प्रत्येक अभिव्यक्ति यीशु है। * यही कारण है कि "याहवे" को "वाचा का नाम" कहा जाता है। प्रत्येक वाचा इस नाम में कहा गया था। "यहोवा" "परिवार" का नाम है, और उन दोनों का प्रतिनिधित्व करता है, लेकिन जब यह प्रकट हुआ, तो यह हमेशा हमारे दिमाग में था कि वह इज़राइल का भविष्य का राजा था इब्राहीम से अपना राज्य बनाना।

• पद 25--"तब उस ने वहां एक वेदी बनाई, और यहोवा से प्रार्थना की, और उस ने वहां अपना तम्बू खड़ा किया; और वहां उसके सेवकों ने एक कुआं खोदा।" मैंने वह सब उजागर और रेखांकित एक कारण से किया और इब्राहीम और अबीमेलेक के बीच ली गई शपथ को देखने के बाद इस पर वापस आऊंगा।

• बनाम 26-33---इस तथ्य से कि अबीमेलेक बीयर शीबा में इसहाक की तलाश करने आया था, उन्होंने एक साथ ली गई शपथ को अंतिम रूप देने तक, लगभग समान विवरणों को देखना दिलचस्प है जो तब सामने आए जब उसने ऐसा किया था ठीक उसी स्थान पर इब्राहीम के साथ भी यही बात है!

1. अबीमेलेक और उसकी सेना का प्रधान पीकोल इब्राहीम और इसहाक दोनोंके पास आए। [जनरल. 21:22; 26:26]
2. वे बीयर शीबा में दोनों से मिलने आते हैं [जनरल। 21:31; 26:33]
3. वे इब्राहीम और इसहाक दोनों से कहते हैं, कि परमेश्वर उनके साथ है---(उन्होंने प्रमाण देखा है) [उत्प. 21:22, 29; 26:28]
4. वे एक साथ अनुबंध करने और शपथ लेने के लिए सहमत हैं [जनरल। 21:27,31; 26:28]
5. इब्राहीम के वृत्तान्त में यह कहा गया है, कि उस ने अबीमेलेक को 7 भेड़ के बच्चे इस बात की गवाही देने के लिये दिए, कि उस ने कुआं खोदा था, "इसीलिए उस ने उस स्थान का नाम बेर्शेबा रखा"। [जनरल. 21:31]

"शीबा" (या हिब्रू में "शेवा") का अर्थ है "सात"। "बीयर" का मतलब अच्छा है. इसलिए "बेर्शेबा" का अर्थ है "सात का कुआँ", जो सात भेड़ के मेमनों की याद दिलाता है। लेकिन इसे इब्राहीम और पलिश्तियों के राजा अबीमेलेक के बीच की शपथ को यादगार बनाने के लिए "शपथ का कुआँ" भी कहा जाता है। पद 26:33 में इसहाक द्वारा "बेर्शेबा" नाम पर फिर से जोर दिया जाएगा।

. वास्तव में, वह विशेष रूप से "शेबा", "सात" पहलू पर जोर देता है, जिससे मुझे आश्चर्य होता है कि क्या सात भेड़ के मेमनों का फिर से आदान-प्रदान हुआ था, हालांकि इसका उल्लेख नहीं किया गया है। चाहे वहाँ था या नहीं, इब्राहीम द्वारा खोदा गया मूल कुआँ किसी समय दूसरों की तरह बंद कर दिया गया था, क्योंकि इसहाक के लोगों को वहाँ एक नया खोदना था। और अब मैं उन सभी समयों पर वापस आ गया हूँ जब हम श्लोक 25 में "वहाँ" शब्द देखते हैं! "तब उस ने वहां एक वेदी बनाई, और यहोवा से प्रार्थना की, और वहां अपना तम्बू खड़ा किया; और उसके सेवकों ने वहां एक कुआं खोदा।" ये काम इसहाक ने अबीमेलेक के पास वाचा और शपय खाने को आने से पहिले किए। अबीमेलेक का आगमन इसहाक की आज्ञाकारिता व्यक्त होने के साथ-साथ उसकी शारीरिक प्रतिक्रियाओं के माध्यम से दिखाए जाने के तुरंत बाद हुआ। एक बार जब उसने अबीमेलेक के साथ अपनी शपथ पूरी की, जिसके बारे में लिखा है, "शांति से चला गया", तो श्लोक 32 कहता है कि उसी दिन इसहाक के नौकर आए और उसे बताया कि उन्होंने जो कुआँ खोदा था उसमें उन्हें पानी मिला है!!! भगवान हमारी आज्ञाकारिता को आशीर्वाद देना पसंद करते हैं।

• वी. 34-35---चालीस साल की उम्र में एसाव का असली रंग तब सामने आता है जब वह दो गैर-यहूदी (हित्ती) महिलाओं को पत्नियों के रूप में लेता है, जो वास्तव में भयानक रही होंगी, क्योंकि यह कहती है कि वे दोनों इसहाक के लिए मानसिक दुःख थे और रिबका.

उत्पत्ति 27--याकूब के बदले एसाव को आशीर्वाद देने की इसहाक की योजना विफल हो गई

• बनाम 1-4---जिस प्रकार एसाव को उसका जन्मसिद्ध अधिकार बेचने के लिए "धोखा" देने के लिए याकूब के खिलाफ बहुत सारी टिप्पणियाँ हैं, उसी प्रकार और भी ऐसी टिप्पणियाँ हैं जो इस भ्रामक तरीके का उपयोग करती हैं कि याकूब ने इसहाक के बिस्तर से आशीर्वाद प्राप्त किया था। एसाव के बजाय. लेकिन इससे पहले कि हम अपनी सोच को उनके साथ जोड़ दें, यहां कुछ बातों पर विचार करना होगा:

➢ उस समय इसहाक की स्थिति के वर्णन से, जब उसने आशीर्वाद देने के लिए प्रेरित महसूस किया, तो ऐसा लगता है कि उसने सोचा कि

वह "मृत्यु के द्वार पर" था (व.4--इसहाक बोल रहा है..."और मेरे लिए स्वादिष्ट भोजन बनाओ, जैसे मैं प्रेम करो, और इसे मेरे पास ले आओ कि मैं खाऊं, कि मरने से पहले मेरी आत्मा तुम्हें आशीर्वाद दे। , विश्वास था कि वह जल्द ही मरने वाला था। इसलिए, भले ही उसकी मृत्यु तुरंत हुई हो या नहीं, यह पितृसत्ता द्वारा पुत्रों पर, मृत्यु के समय या उसके निकट, पहलौठे से शुरू करके किया गया आशीर्वाद होगा। पहले जन्मे बच्चे का आशीर्वाद आम तौर पर बड़ा आशीर्वाद होता है, हालाँकि हमें याद है कि याकूब ने भी यूसुफ के दोनों बेटों को अपना "मृत्युशय्या आशीर्वाद" देते समय उनके सिर पर हाथ फेरा था [उत्पत्ति 48:14]।

➢ इसहाक को सुनकर, और यह जानकर कि वह एसाव के साथ क्या करने वाला था, रिबका को बहुत तेज़ और कठिन निर्णय लेना पड़ा। वह या तो इसे जाने दे सकती थी और शाश्वत परिणाम का आशीर्वाद गलत बेटे के पास ले सकती थी, या इसे रोकने के लिए मामले को अपने हाथों में ले सकती थी। मैंने वह टिप्पणी पढ़ी है जिसमें सवाल किया गया है कि वह एसाव के जाते ही अंदर क्यों नहीं गई और इसहाक का मन बदलने की कोशिश क्यों नहीं की, लेकिन उत्पत्ति 25:28 से यह स्पष्ट है कि इसहाक का दिल कहाँ था..."और इसहाक एसाव से प्यार करता था क्योंकि वह खाता था उसका खेल..." उन टिप्पणीकारों को सुनने के बजाय जो उस विवाह के अंदर नहीं रहते थे, मैंने यह विश्वास करना चुना कि रिबका, जो उसके बारे में हम जो कुछ भी जानते हैं, वह एक धर्मपरायण महिला थी, अपने पति को अच्छी तरह से जानती थी कि क्या वह ऐसा करेगा उसके अनुरोध को सुनो कि वह एसाव के बजाय याकूब को आशीर्वाद दे या नहीं। यदि वह उससे इस बारे में बात करने गई होती और उसने मना कर दिया होता, तो "स्विच" करने का कोई मौका नहीं होता। उसे सावधान रहने की जरूरत थी और वह यह जानती होगी। जैकब वह व्यक्ति नहीं है जिसने इसके बारे में सोचा और इसके साथ आगे बढ़ने का निर्णय लिया। वास्तव में, श्लोक 12-13 में, जैकब ने अपनी माँ से इस बारे में बात करने की कोशिश की। लेकिन वह दृढ़ रहीं और यहां तक कहा, "तुम्हारा श्राप मुझ पर पड़े मेरे बेटे..." वाह! अब वह एक शक्तिशाली प्रेम है!

➢ तो, हाँ, यह भ्रामक था। हाँ, पिता को झूठ से नफरत है। लेकिन क्या धर्मग्रंथ में कोई अन्य जगह है जहां धोखे का इस्तेमाल किया गया हो? कैसा रहेगा जब राहाब ने उन सैनिकों से झूठ बोला जो उन दो जासूसों की तलाश कर रहे थे जिन्हें यहोशू ने भेजा था [यहोशू 2], जबकि वास्तव में वे उसकी छत पर सन के ढेर के नीचे छिपे हुए थे।

या, तब कैसा रहेगा जब अबीगैल को अपने पति की पीठ पीछे दाऊद और उसके आदमियों को चुपचाप खाना खिलाना पड़ा क्योंकि उसने दाऊद के आदमियों की निन्दा की और उन्हें भगा दिया। [1 शमूएल 25:14] और उन सभी धर्मी अन्यजातियों के बारे में क्या, जिन्हें नाजी शासन के दौरान यहूदियों को छिपाने के लिए लगातार झूठ बोलना पड़ता था? भगवान निश्चित रूप से सामान्य तौर पर झूठ बोलने को माफ नहीं करते हैं (इस प्रकार 9वीं आज्ञा), लेकिन जब जीवन को संरक्षित करने की बात आती है या, इस मामले में, एक गलत आशीर्वाद जो अनंत काल तक प्रभावित होता है, तो अपवाद भी हैं।

➢ बस उस आशीर्वाद के अंतिम भाग को देखें जो इसहाक ने एसाव को दिया होगा - वह पुत्र जिसने उसके पहिलौठे के अधिकार का तिरस्कार किया था; जिसने अन्यजाति (बुतपरस्त) विरासत की दो महिलाओं से शादी की, जो इतनी भयानक थीं कि उन्होंने इसहाक और रिबका को मानसिक रूप से दुःख पहुँचाया!

• "देश देश के लोग तुम्हारी सेवा करें, और जाति जाति के लोग तुम्हारे आगे झुकें। अपने भाइयों पर प्रभुता करो, और तुम्हारे माता-पिता तुम्हारे सामने झुकें।
शापित हो वह हर कोई जो तुम्हें शाप दे, और धन्य हैं वे जो तुम्हें आशीर्वाद देते हैं।"

➢ मैं कहता हूं कि ऐसा करने का साहस रखने के लिए रिबका धन्य है। याकूब इसके लिए धन्य है। और धन्यवाद, रिबका, केवल याकूब के लिए ही नहीं, बल्कि हमारी खातिर अपने ऊपर श्राप लेने को तैयार होने के लिए। याकूब को वह आशीष प्राप्त हुआ जो परमेश्वर ने उसके लिए चाहा था। उसे परमेश्वर के प्रतिज्ञा किये हुए लोगों का मुखिया बनना था, जो एक समृद्ध भूमि में रहेंगे और अपने शत्रुओं पर विजय प्राप्त करेंगे।

उत्पत्ति 27:5-29---याकूब को सफलतापूर्वक आशीर्वाद प्राप्त हुआ

उत्पत्ति 27:30-40---एसाव का दिव्य रूप से नियुक्त आशीर्वाद

• अपने पहले जन्मे बच्चे को आशीर्वाद देने से पहले एसाव की विस्फोटक प्रतिक्रिया के बाद, वह अपने पिता से भी आशीर्वाद की याचना करता है - जिसका पहला भाग अच्छा है। लेकिन श्लोक 40 में निहित "आशीर्वाद" का दूसरा भाग, एसाव की प्रकृति के बारे में बात करेगा। श्लोक 40:

➢ "अपनी तलवार से तुम जीवित रहोगे..." अरब मुसलमान जो भी पूछेगा उसे बताएंगे कि वे अपनी "जड़ें" इश्माएल और एसाव में खोजते हैं। उनका प्रतीक अर्धचंद्र है, जिसके दोनों सिरों के बीच एक तारा है और नीचे दो पार की हुई तलवारें हैं। लेकिन बाइबिल के समय के बारे में क्या? ब्रिजवे बाइबिल टिप्पणी कहती है:

➢ "ऐसा कहा जा सकता है कि एसाव तलवार के बल पर बहुत जीवित रहा; क्योंकि वह एक चतुर शिकारी और मैदान का आदमी था। उसने और उसके बच्चों ने बल और हिंसा के द्वारा सेईर पर्वत पर कब्ज़ा कर लिया, और वहां से पूर्व निवासियों, होरिट्स को निकाल दिया। बाद में, उन्होंने बेबीलोन की कैद के दौरान यहूदिया के दक्षिण-पश्चिम हिस्सों पर कब्जा कर लिया, और इसके पहले और बाद में वे हमेशा यहूदियों के

साथ युद्ध में रहे; वे हर अवसर पर अपने दुश्मनों के साथ जुड़ने के लिए तैयार थे; नबूकदनेस्सर ने यरूशलेम को घेर लिया, उन्होंने उसे शहर को पूरी तरह से नष्ट करने के लिए प्रोत्साहित किया, और कहा, "इसे उखाड़ फेंको, यहां तक कि इसकी नींव तक उखाड़ दो।"

यहूदियों द्वारा वश में किए जाने के लंबे समय बाद भी, उन्होंने वही मार्शल भावना बरकरार रखी; जोसेफस के लिए अपने समय में उन्हें एक 'अशांत और अव्यवस्थित राष्ट्र' का चरित्र दिया गया था। यरूशलेम की आखिरी घेराबंदी (70 ईस्वी) से थोड़ा पहले, वे कट्टरपंथियों के अनुरोध पर, पुजारियों और लोगों के खिलाफ उनकी सहायता करने के लिए आए थे; और कट्टरपंथियों के साथ मिलकर, अनसुनी क्रूरताएँ कीं, और महायाजक अन्नास की बर्बरतापूर्वक हत्या कर दी, जिसकी मृत्यु से जोसेफस ने शहर के विनाश की तारीख तय की।" निश्चित रूप से "आशीर्वाद" का वह हिस्सा पूरे इतिहास में भविष्यवाणी के रूप में सटीक रहा है।

➢ बाकी आशीर्वाद, "एसाव की गर्दन पर उसके भाई द्वारा डाले गए जुए को तोड़ने" के संबंध में, 636 ईस्वी में यरूशलेम (और जिसे तब फिलिस्तीन कहा जाता था) की उनकी पहली घेराबंदी के समय से हुआ माना जा सकता है। , और बाद में, क्रुसेडर्स के साथ वर्षों की लड़ाई के बाद, 1187 ई. में सलादीन की विजय हुई। यहां तक कि जब 1917 में ब्रिटिशों ने उन पर विजय प्राप्त कर ली और अंततः संयुक्त राष्ट्र ने इज़राइल जैसे छोटे राष्ट्र को नष्ट करने से उनके हाथ बांध दिए, तब भी उन्होंने कभी हार नहीं मानी, और यहूदी राज्य के खिलाफ तीन बड़े युद्ध और कई अन्य छोटे युद्ध शुरू किए। आज उनका जुआ टूट गया है, जैसे कि इज़राइल उन्हें नियंत्रित करने की कोशिश नहीं करता है, लेकिन यहूदी राज्य के विनाश की उनकी खोज कभी बंद नहीं होगी।"

उत्पत्ति 27:41-46---याकूब एसाव से भाग निकला

• पद 41---एसाव को यकीन है कि उसके पिता मरने वाले हैं और शोक के दिन खत्म होते ही वह याकूब को मारने की योजना बना रहा है।

• बनाम 42-43---रिबका को पता चल गया और उसने याकूब को अपने भाई लाबान के पास भाग जाने के लिए कहा

• वी. 44-45--ध्यान दें कि रिबका सोचती है कि जैकब को केवल थोड़े समय के लिए लाबान के साथ रहना होगा, और उससे कहा कि जब चीजें व्यवस्थित और सुरक्षित हो जाएंगी तो वह उसे बुला लेगी। उन्हें क्या पता था कि याकूब बीस साल तक लाबान के साथ रहेगा! इसहाक और रिबका दोनों के लिए यह कितना कठिन रहा होगा।

उत्पत्ति 28:1-9---इसहाक ने याकूब को जाने से पहले आशीर्वाद दिया

• बनाम 1-2---पहले इसहाक ने याकूब को एक आदेश (आदेश) दिया कि उसे "कनान की बेटी" से शादी नहीं करनी है, बल्कि पदान अराम में लाबान की बेटियों में से एक से पत्नी लेनी है।

• बनाम 3-4---फिर इसहाक ने याकूब को एक अविश्वसनीय रूप से सुंदर और भविष्यसूचक आशीर्वाद दिया... और वह चला गया।

• लेकिन रुकिए---इसमें एक दिलचस्प मोड़ है। आयत नौ में कहा गया है कि एसाव ने इश्माएल की बेटियों में से एक को अपनी अगली पत्नी बनाने का फैसला किया। इसमें कहा गया है कि वह इश्माएल के पास गया। लेकिन उत्पत्ति 21:21 में, जहां इश्माएल बसा था, उसके विषय में कहा गया है, "वह पारान के जंगल में रहता था"। अतः याकूब और एसाव एक ही क्षेत्र की ओर जा रहे थे! दिलचस्प!

हफ़्तारा

मलाकी 1:1-2:7

मलाकी 1:1-5---इज़राइल (याकूब) प्रिय है; एसाव (एदोम) से घृणा की जाती है

यद्यपि इस्राएल ने पाप किया है और करता रहेगा, यहोवा उन्हें कभी नहीं छोड़ेगा, न ही वह इब्राहीम के साथ अपनी वाचा को कभी भूलेगा। लेकिन समान तीव्रता और सत्यनिष्ठा के साथ यह कहा गया है, श्लोक चार में, एदोम (एसाव) को वे लोग कहा जाएगा जिनके खिलाफ उसका क्रोध हमेशा बना रहेगा।

मलाकी 1:6-8---इस्राएल की अशुद्ध भेंटें

आज हम इन आयतों को कैसे लागू कर सकते हैं? याजक यहोवा के नाम का "घृणा" कर रहे थे। आख़िर कैसे? इसे अपशब्द के रूप में प्रयोग करके? नहीं, ऐसा कुछ भी स्पष्ट नहीं है। मलाकी के दिनों में यह वेदी पर अपवित्र भोजन चढ़ाने के द्वारा होता था। लेकिन हम कह सकते हैं, "आज हमारे पास कोई वेदी नहीं है। हम बलिदान नहीं लाते।" लेकिन हम करते हैं. यहोवा और दूसरों की सेवा में हम जो कुछ भी करते हैं...यहाँ तक कि हमारी प्रार्थनाएँ और स्वेच्छा से चढ़ावे भी...यदि वे नहीं आ रहे हैं

शुद्ध और निर्मल हृदय से, वे वेदी पर अशुद्ध बलिदान के समान हैं। श्लोक सात, "हमने तुम्हें किस प्रकार अशुद्ध किया है?" यहोवा ने उत्तर दिया, "कहने से, यहोवा की मेज तुच्छ (तिरस्कार योग्य) है।" यहोवा की मेज क्या है? इज़राइल में हमें सिखाया गया था कि इस संदर्भ में "टेबल" शब्द का अर्थ है: टोरा, भोजन के रूप में फैला हुआ। मैं ऐसे चर्चों में था जहां संदेश को बाइबिल के रूप में, मनोरंजन के लिए नाटकों का, हर किसी को दिलचस्प बनाने और बेहतर महसूस कराने के लिए मनोविज्ञान का, उन्हें एक परिवर्तित अवस्था में ले जाने के लिए कुंडलिनी आत्मा का और उन्हें एक परिवर्तित अवस्था में ध्यान करने के लिए चिंतनशील प्रार्थना के रूप में उपयोग किया जाता था...। सब कुछ मसीह, ईसाई धर्म और आत्मा की चाल के नाम पर। यह सब अपवित्र कर दिया गया. फिर भी किसी ने भी इन छंदों को इज़राइल पर उंगली उठाने के अलावा किसी और चीज़ में नहीं पढ़ा।

मलाकी 1:10---दरवाजे बंद करो

इस कार्यक्रम और उस आंदोलन के माध्यम से चर्चों में लाए गए सभी विधर्म और अपवित्रता के कारण, हममें से कुछ लोग ऐसे थे जिन्होंने चेतावनी देने की कोशिश करने के लिए इन विभिन्न आंदोलनों के बारे में लिखी गई तीन पुस्तकों के सैकड़ों सेट देने में सक्षम होने के लिए बहुत निवेश किया था। जो चीजें घटित हो रही हैं उनके लोग। "तुम में से कौन है जो द्वार बन्द करेगा, कि व्यर्थ मेरी वेदी पर आग न जलाए?"
➢ यहेजकेल 33:6--"परन्तु यदि पहरुआ तलवार को आते देखकर नरसिंगा न फूंके, और लोगों को न चिताए, और तलवार आकर उनमें से किसी को मार डाले, तो वह अपने अधर्म में फँसकर मार डाला जाएगा; परन्तु उसके खून का बदला मैं पहरुए से लूंगा।

मलाकी 1:12-13---ओह क्या थकान है!

श्लोक सात में, यहोवा ने लोगों (और पुजारियों) पर यह कहने का आरोप लगाया, "यहोवा की मेज तुच्छ है"। अब, पद बारह में, वह उन पर यह कहने का आरोप लगाता है कि "यहोवा की मेज अशुद्ध हो गई है।" एक बार फिर, यह टोरा का जिक्र कर रहा है। श्लोक तेरह आगे कहता है, "ओह, कैसी थकान है!" और वे इस पर व्यंग्य करेंगे। क्या हम पवित्र चीज़ों की ओर से नाक-भौं सिकोड़ते हैं? क्या टोरा में हम कैसे रहते हैं इसकी तालिका थकावट बन जाती है? यदि ऐसा है, तो हमें इन अंशों को बहुत ध्यान से पढ़ने की आवश्यकता है, क्योंकि यहोवा बदलता नहीं है। क्या हम उसके सामने अपने सर्वोत्तम से कम लाते हैं? क्या हम यह जानकर खुशी और उत्साह के साथ आते हैं कि यह उसे प्रसन्न करता है, यह जानकर कि येशुआ की उपस्थिति वहां होगी? पिता, मैं प्रार्थना करता हूं कि आप हमारे जीवन में आनंद का स्रोत बने रहेंगे। मैं प्रार्थना करता हूं कि हममें से कोई भी आपकी मेज पर कभी भी तिरस्कार के साथ न आये। कृपया हमें आप और आपके तरीकों में मजबूत बनाते रहें... हर आज्ञा को प्यार करते हुए आपने हमें बहुत प्यार से दिया। तथास्तु।

मलाकी 2:1-7---भ्रष्ट पुजारी

• पद 1---ये अंतिम सात श्लोक पुजारियों पर केंद्रित हैं। आज का एप्लिकेशन पादरी, मण्डली के नेताओं, यहां तक कि शिक्षकों को भी हस्तांतरित किया जा सकता है। जो लोग दूसरों को धार्मिकता की ओर ले जाने के लिए जिम्मेदार हैं। जिन्हें अधिक जवाबदेही में रखा गया है।
• पद 2---उन्हें उसके नाम की महिमा करनी है अन्यथा वह उन पर श्राप डालेगा।
उसने उन्हें पहले ही श्राप दे दिया है क्योंकि वे इसे दिल पर नहीं लेंगे!
• पद 3---वह तेरे वंशजों को डांटेगा, और तेरे मुंह पर कूड़ा फैलाएगा, और तेरे पवित्र भोजों का कूड़ा फैलाएगा...और कोई तुझे अपने साथ ले जाएगा।
➢ "गंभीर दावत" हमेशा योम किप्पुर होती है। वह कौन सा योम किप्पुर है जो दुष्ट लोगों को अपने साथ ले जाएगा? क्लेश के अंत में, जब येशु वापस आता है। उस "यहोवा के महान और भयानक दिन" पर दुष्टों को या तो येशुआ की तलवार से मार दिया जाएगा (जैसा कि बोस्रा और आर्मागेडन में), या एक बवंडर द्वारा उठाया जाएगा और बीच हवा में आत्मा द्वारा वध किया जाएगा, जैसा कि यिर्मयाह 25:31 में वर्णित है -33, 23:19-20.
• बनाम 4-5---अब यहोवा धर्मी पुजारियों पर ध्यान केंद्रित करता है, और लेवी के गोत्र को याद दिलाता है कि उसने उन्हें जीवन और शांति की वाचा दी थी...ताकि वे उससे डरें! बचे हुए लोगों ने ऐसा किया और उसके प्रति श्रद्धावान थे।
• वी. 6---जहां यह कहा गया है, "सच्चाई का कानून उसके मुंह में था", "कानून" शब्द "तोराह" (# 8451) के समान ही मजबूत संख्या है।
• वी. 7---जहां यह कहा गया है, "और लोगों को उसके मुंह से कानून की तलाश करनी चाहिए; क्योंकि वह सेनाओं के यहोवा का दूत है"... यह शब्द "कानून" भी "तोराह" (वही मजबूत संख्या) है . यह पुराने नियम के अंतिम भविष्यवक्ता द्वारा लिखा गया था। चार सौ वर्षों तक कोई भविष्यवक्ता नहीं होगा। अगला व्यक्ति जॉन बैपटिस्ट होगा, और वह रेगिस्तान से बाहर आकर चिल्लाएगा, "पश्चाताप! क्योंकि परमेश्वर का राज्य निकट है!" और, "यहोवा का मार्ग तैयार करो!" "रास्ता" क्या था? टोरा! "उसके रास्ते सीधे करो" में "उसके रास्ते" जैसी ही बात। भजन 119:1-16 पढ़ें और याद रखें कि हर बार जब आप "कानून" शब्द देखते हैं तो यह टोरा है। शब्द "रास्ता" इन सभी और कई अन्य धर्मग्रंथों में टोरा के पालन से जुड़ा हुआ है। तो, आप देखिए, यह वास्तव में मलाकी से मैथ्यू तक कोई बड़ी छलांग नहीं है। मलाकी और जॉन एक ही संदेश दे रहे थे!

ब्रित हादाशाह / नई वाच
नया करार
रोमियों 9:1-13

रोमियों 9:1-13---इस्राएल को मुक्ति के सुसमाचार की आवश्यकता है

• वी. 1---पौलुस की यह प्रार्थना, उसके समय से ही, आज भी उतनी ही मान्य है। इज़राइल दुश्मन के साथ हाथ मिलाने वाला है और अपने पवित्र मंदिर को दो महान घृणित वस्तुओं के बगल में रखकर घोषित करेगा कि यह सब एक ईश्वर है। ऐसा इसलिए क्योंकि वे अभी भी येशुआ के प्रति अंधे हैं...उसके बहाए गए रक्त के माध्यम से मुक्ति के सुसमाचार के प्रति अंधे हैं। सच्चे विश्वास से अंधा हो गया। हमें उनके लिए प्रार्थना कैसे करनी चाहिए! इज़राइल के विश्वासी यहूदी हमसे उनके लिए प्रार्थना करने का आग्रह करते हैं।

• पद 4--"क्योंकि मसीह धार्मिकता के लिए कानून का अंत है..." शब्द "कानून" टोरा है। इस वाक्य में वही मसीह कैसे हो सकता है जो कहता है कि वह तोरा का अंत है, वही मसीह कैसे हो सकता है जिसने मत्ती 5:17 में कहा था, "मैं तोरा या भविष्यवक्ताओं को नष्ट करने नहीं आया, मैं नष्ट करने नहीं आया लेकिन पूरा करने के लिए (पूरी तरह से भरने के लिए)"? या, "जब तक स्वर्ग और पृथ्वी टल न जाएँ, तब तक एक भी बात या एक उपाधि भी व्यवस्था से कभी न टलेगी"? यह एक असंभव विरोधाभास है. शब्द "अंत" स्ट्रॉन्ग का #5056 है, जिसका अर्थ है: लक्ष्य; समापन। देखो

1 पतरस 1:9, श्लोक 7 के अंत से आरंभ करते हुए, "...येशु मसीह, जिसे तुमने बिना देखे प्रेम किया। यद्यपि अब भी तुम उसे नहीं देखते, तौभी विश्वास करके, अवर्णनीय और महिमा से परिपूर्ण आनन्द से आनन्दित होकर उसे प्राप्त करते हो आपके विश्वास का अंत--आपकी आत्माओं का उद्धार।" यहाँ शब्द "अंत" वही स्ट्रॉन्ग संख्या है जो रोमियों 10:4 में है। येशुआ हमारे विश्वास के अंत, या हमारी आत्माओं के उद्धार से अधिक टोरा का अंत नहीं था। शब्द "लक्ष्य" सहमति में सूचीबद्ध पहला शब्द है और दोनों स्थानों पर कहीं बेहतर शब्द है।

• बनाम 5-13---पांचवीं पंक्ति को लैव्यव्यवस्था 18:5 और व्यवस्थाविवरण 32:45-47 से जोड़ें। यहां पॉल टोरा की धार्मिकता की पुष्टि कर रहा है। लेकिन बाकी श्लोक मोक्ष के प्रति आस्था और विश्वास की पुष्टि कर रहे हैं। श्लोक 9 में भी, प्रमुख शब्दों में से एक भगवान है। प्रभु (अडोनाई) का अर्थ है स्वामी। मुक्ति की हमारी स्वीकारोक्ति का एक हिस्सा यह है कि हम उसे हमारे ऊपर भगवान होने की घोषणा कर रहे हैं। श्लोक 13 में, भगवान शब्द फिर से सभी बड़े अक्षरों में है, जिसका अर्थ है कि यह यहोवा है।

7

उत्पत्ति 28:10-32:2

उत्पत्ति 28:10-32:2; होशे 12:13-14:9
यूहन्ना 1:19-51

"तब उस ने (याकूब ने) स्वप्न देखा, और क्या देखा, कि एक सीढ़ी पृथ्वी पर बनी हुई है, और उसका सिरा स्वर्ग तक पहुंचा है..." (उत्पत्ति 28:12)

उत्पत्ति 28:10-15---बेथेल में याकूब का सपना

• पद 12---सीढ़ी पृथ्वी से स्वर्ग तक जाती थी, देवदूत उस पर चढ़ते और उतरते थे।

• पद 13---कुछ अनुवाद कहते हैं कि येशुआ इसके (सीढ़ी) के ऊपर खड़ा था, और कुछ कहते हैं कि वह उसके पास (याकूब के बगल में) खड़ा था।

जो यह है?

➢ यदि सीढ़ी पूरी तरह से स्वर्ग तक जाती है, तो इसका कोई मतलब नहीं है कि यीशु सीढ़ी के ऊपर (स्वर्ग में) खड़ा होगा, जबकि वह याकूब से बात कर रहा था। याकूब को कैसे पता चला होगा कि वह खड़ा है? उन्होंने इसका जिक्र क्यों किया होगा?

➢ पद 16 में, जब याकूब जागा, तो पहली बात जो उसने कही वह यह थी कि यहोवा "इस स्थान पर" था...नहीं, "मैंने यहोवा को स्वर्ग में खड़ा देखा"।

➢ जिन अनुवादों में इसे "उसके (सीढ़ी) के ऊपर खड़ा होना" के बजाय "उसके बगल में खड़ा होना" कहा गया है, उनमें से एक जेपीएस तनक है, जिसमें एक कॉलम में हिब्रू और दूसरे में अंग्रेजी है, और जिसका अधिकांश यहूदी उपयोग करते हैं उनकी बाइबिल के रूप में. दूसरी डेविड स्टर्न की "द कम्प्लीट ज्यूइश बाइबल" है। वह यहूदी भी हैं और हिब्रू में अच्छी तरह से शिक्षित हैं। हालाँकि यह कोई बड़ा मुद्दा नहीं है, फिर भी जब आप दोनों के बीच अंतर के बारे में सोचते हैं तो यह आपको अपना सिर खुजलाने पर मजबूर कर देता है।

• बनाम 14-15---याकूब को बेथेल में आशीर्वाद प्राप्त हुआ:

➢ पद 14--"तुम्हारे वंशज पृथ्वी की धूल के समान होंगे..." जब हम दुनिया के यहूदियों के बारे में सोचते हैं, तो वे इस विवरण में फिट नहीं लगते हैं। हम लगभग हर देश में उनकी जेबों के बारे में सोचते हैं, लेकिन निश्चित रूप से पृथ्वी की धूल की तरह नहीं! हालाँकि केवल वही लोग हैं जिन्होंने अपनी पहचान बरकरार रखी है, वे हैं जिनके पूर्वज दक्षिणी राज्य यहूदा (बेंजामिन, यहूदा और लेवी) की जनजातियों से थे...विशेषकर यहूदा और लेवी। वे पुराने नियम से जानते हैं कि मसीहा यहूदा से आएगा और आने वाले राज्य के याजक लेवी से आएंगे, [उत्पत्ति 49:10; यहेजकेल 44:10-11]; इसलिए, 70 ईस्वी में मंदिर के साथ यहूदा और लेवी के रिकॉर्ड नष्ट होने के बाद, परिवारों ने मसीहा के भविष्य के प्रमाण के लिए सावधानीपूर्वक रिकॉर्ड रखना जारी रखा, जिसे यहूदा से और पुजारियों को लेवी से आने की आवश्यकता होगी। मैं व्यक्तिगत रूप से चार लोगों को जानता हूं, एक लेवी से और बाकी तीन यहूदा से, जिनके परिवार सावधानीपूर्वक रिकॉर्ड रखते थे। वे दो जनजातियाँ, और बेंजामिन के मुट्ठी भर लोग आज मुख्य रूप से रूढ़िवादी यहूदी हैं, जो जिस भी देश में रहते हैं, यहूदी समुदायों में रहने की कोशिश करते हैं।

उत्पत्ति 28:10-32:2; होशे 12:13-14:9
यूहन्ना 1:19-51

"तब उस ने (याकूब ने) स्वप्न देखा, और क्या देखा, कि एक सीढ़ी पृथ्वी पर बनी हुई है, और उसका सिरा स्वर्ग तक पहुंचा है..." (उत्पत्ति 28:12)

उत्पत्ति 28:10-15---बेथेल में याकूब का सपना

• पद 12---सीढ़ी पृथ्वी से स्वर्ग तक जाती थी, देवदूत उस पर चढ़ते और उतरते थे।

• पद 13---कुछ अनुवाद कहते हैं कि येशुआ इसके (सीढ़ी) के ऊपर खड़ा था, और कुछ कहते हैं कि वह उसके पास (याकूब के बगल में) खड़ा था।

जो यह है?

➢ यदि सीढ़ी पूरी तरह से स्वर्ग तक जाती है, तो इसका कोई मतलब नहीं है कि यीशु सीढ़ी के ऊपर (स्वर्ग में) खड़ा होगा, जबकि वह याकूब से बात कर रहा था। याकूब को कैसे पता चला होगा कि वह खड़ा है? उन्होंने इसका जिक्र क्यों किया होगा?

➢ पद 16 में, जब याकूब जागा, तो पहली बात जो उसने कही वह यह थी कि यहोवा "इस स्थान पर" था...नहीं, "मैंने यहोवा को स्वर्ग में खड़ा देखा"।

➢ जिन अनुवादों में इसे "उसके (सीढ़ी) के ऊपर खड़ा होना" के बजाय "उसके बगल में खड़ा होना" कहा गया है, उनमें से एक जेपीएस तनक है, जिसमें एक कॉलम में हिब्रू और दूसरे में अंग्रेजी है, और जिसका अधिकांश यहूदी उपयोग करते हैं उनकी बाइबिल के रूप में. दूसरी डेविड स्टर्न की "द कम्प्लीट ज्यूइश बाइबल" है। वह यहूदी भी हैं और हिब्रू में अच्छी तरह से शिक्षित हैं। हालाँकि यह कोई बड़ा मुद्दा नहीं है, फिर भी जब आप दोनों के बीच अंतर के बारे में सोचते हैं तो यह आपको अपना सिर खुजलाने पर मजबूर कर देता है।

• बनाम 14-15---याकूब को बेथेल में आशीर्वाद प्राप्त हुआ:

➢ पद 14--"तुम्हारे वंशज पृथ्वी की धूल के समान होंगे..." जब हम दुनिया के यहूदियों के बारे में सोचते हैं, तो वे इस विवरण में फिट नहीं लगते हैं। हम लगभग हर देश में उनकी जेबों के बारे में सोचते हैं, लेकिन निश्चित रूप से पृथ्वी की धूल की तरह नहीं! हालाँकि केवल वही लोग हैं जिन्होंने अपनी पहचान बरकरार रखी है, वे हैं जिनके पूर्वज दक्षिणी राज्य यहूदा (बेंजामिन, यहूदा और लेवी) की जनजातियों से थे...विशेषकर यहूदा और लेवी। वे पुराने नियम से जानते हैं कि मसीहा यहूदा से आएगा और आने वाले राज्य के याजक लेवी से आएंगे, [उत्पत्ति 49:10; यहेजकेल 44:10-11]; इसलिए, 70 ईस्वी में मंदिर के साथ यहूदा और लेवी के रिकॉर्ड नष्ट होने के बाद, परिवारों ने मसीहा के भविष्य के प्रमाण के लिए सावधानीपूर्वक रिकॉर्ड रखना जारी रखा, जिसे यहूदा से और पुजारियों को लेवी से आने की आवश्यकता होगी। मैं व्यक्तिगत रूप से चार लोगों को जानता हूं, एक लेवी से और बाकी तीन यहूदा से, जिनके परिवार सावधानीपूर्वक रिकॉर्ड रखते थे। वे दो जनजातियाँ, और बेंजामिन के मुट्ठी भर लोग आज मुख्य रूप से रूढ़िवादी यहूदी हैं, जो जिस भी देश में रहते हैं, यहूदी समुदायों में रहने की कोशिश करते हैं।

➢ तो, यदि हम अंत समय में हैं, तो यह "समुद्र की रेत" के समान संख्या तक कैसे पहुंचेगा? यहीं पर इसराइल के उत्तरी राज्य की दस जनजातियाँ आती हैं! जब 721 ईसा पूर्व में इस्राएल को असीरिया में बंदी बना लिया गया तो वे पृथ्वी के चारों कोनों में तितर-बितर हो गए। उन्हें "उनके जबड़ों में काँटे डालकर" खींचकर ले जाया गया था और कई भविष्यवक्ता याद करते हैं कि यह उनकी महान मूर्तिपूजा के कारण था कि अंततः उन पर न्याय थोपा गया। चूँकि उन्होंने अपनी विरासत को बहुत हल्के में लिया, इसलिए वे उन देशों में अंतर्जातीय विवाह करने से नहीं हिचकिचाए जहाँ उन्हें ले जाया गया था। समय के साथ उनकी पहचान ख़त्म कर दी गई, और उन्हें यह याद रखने में मदद करने के लिए कोई रिकॉर्ड नहीं रखा गया कि वे कौन थे। परन्तु बाप जानता है। यही कारण है कि मैथ्यू 24:31 में कहा गया है कि जब येशु वापस आएगा, तो वह दुनिया के चारों कोनों से अपने चुने हुए लोगों (इस मामले में, उसके भाइयों) को इकट्ठा करने के लिए अपने स्वर्गदूतों को भेजेगा। उसे जुबली वर्ष के साथ चलने वाली आज्ञाओं को पूरा करना है, जिनमें से एक मुख्य आज्ञाओं में से एक है मूल मालिकों को इज़राइल में उनकी आदिवासी भूमि पर वापस लौटाना। वह जान लेगा कि वे कौन हैं और वे इस्राएल को समुद्र की रेत के समान भर देंगे।

➢ पद 14सी--"...और तुझ में और तेरे वंश के द्वारा पृथ्वी के सारे कुल आशीष पाएंगे।" याकूब और उसके वंशजों के बारे में बोला गया यह अविश्वसनीय शब्द उसके दादा और पिता को इससे पहले भी चार बार बोला गया था - तीन बार इब्राहीम को और एक बार इसहाक को! [उत्पत्ति 12:3, 18:18, 22:18, 26:4] किसी दिन हमें पता चलेगा कि यहूदी लोगों ने सभी राष्ट्रों को कितना आशीर्वाद दिया है

पहले से। लेकिन एक तरह से हम उनसे आशीर्वाद का सर्वेक्षण कर सकते हैं (तोराह के संरक्षण के अलावा जो उन्हें दिया गया था और निश्चित रूप से मसीहा का असर) भौतिकी, रसायन विज्ञान, शरीर विज्ञान और चिकित्सा, साहित्य और शांति के लिए नोबेल पुरस्कारों के रिकॉर्ड के माध्यम से है , 1901 में शुरू हुआ। ये दुनिया के सबसे प्रतिष्ठित पुरस्कार हैं, जो पुरस्कारों के संस्थापक की मृत्यु की सालगिरह पर हर साल 10 दिसंबर को दिए जाते हैं (प्रत्येक श्रेणी के लिए एक)। उल्लेखनीय रूप से, भले ही यहूदी लोग दुनिया की आबादी का 0.2% से कम प्रतिनिधित्व करते हैं, वे सभी नोबेल पुरस्कार विजेताओं (पुरस्कार प्राप्तकर्ताओं) का 22.4% और चिकित्सा और विज्ञान की श्रेणियों में 24% का प्रतिनिधित्व करते हैं! ये उपलब्धियाँ यहूदी प्रतिभा, अंतर्दृष्टि, बुद्धिमत्ता और प्रतिभा के कारण हैं। संक्षेप में, पिता ने उन्हें इन क्षमताओं से आशीर्वाद दिया ताकि वे, बदले में, दुनिया को आशीर्वाद दे सकें।

उत्पत्ति 28:16-22---सपने पर याकूब की प्रतिक्रिया

• पद 16-17--याकूब इस बात से सदमे में है कि जिस स्थान पर उसने अपना तंबू लगाया था, वहां वह यहोवा की इतनी गहन उपस्थिति से

अनभिज्ञ था। श्लोक सत्रह कहता है कि वह डर गया था। इस शब्द का उपयोग इब्राहीम या इसहाक द्वारा कभी नहीं किया गया था जब यहोवा ने उनसे बात की थी या उनके सामने प्रकट हुए थे। यहोवा ने याकूब को उसके वंशजों के भविष्य के संबंध में, साथ ही इस तथ्य के बारे में कि वह उसे नहीं छोड़ेगा, प्रतिज्ञा का अद्भुत वचन दिया था, यह आपको आश्चर्यचकित करता है कि वह क्यों डरा हुआ था। इसका एक हिस्सा उनके कथन में समझाया गया है, "यह कोई और नहीं बल्कि भगवान का घर है, और यह स्वर्ग का द्वार है!" यह एक बहुत ही शक्तिशाली सपना था. लेकिन मेरा मानना है कि छंद बीस और इक्कीस उसके डर को स्पष्टीकरण का दूसरा हिस्सा देते हैं।

• बनाम 18-19 --- जिस पत्थर पर याकूब ने सोते समय अपना सिर रखा था, उसे वह जो कुछ हुआ था उसके स्मारक के रूप में उपयोग करेगा। और उस ने उसको खम्भे के समान खड़ा किया, और उस पर तेल डाला। बाईसवें पद में वह घोषणा करेगा कि खम्भा "परमेश्वर का घर" होगा। श्लोक उन्नीस में एक और कुछ भ्रमित करने वाली बात यह है कि ऐसा लगता है जैसे जैकब पहली बार उस स्थान का नाम "बेथेल" रख रहा था। लेकिन वह हारान वापस जाने के लिए उत्तर की ओर जाने वाला वही रास्ता अपना रहा होगा

जब इब्राहीम पहली बार हारान से भूमि पर आया तो उसने दक्षिण की ओर जाना शुरू कर दिया होगा। एक जगह से दूसरी जगह जाने के लिए बहुत सारे रास्ते थे, ज्यादातर समय जंगल से होकर, और रिबका, जो वहीं से थी, उसे बताती थी कि उसे अपना रास्ता कैसे तय करना है। जब इब्राहीम पहली बार कनान की वादा की गई भूमि में आया, तो उसका पहला पड़ाव शकेम था, जहाँ यहोवा ने उसे दर्शन दिए और उससे बात की। दरअसल यहीं अब्राहम ने अपने जीवन में यहोवा की पहली वेदी बनाई थी। लेकिन कुछ ही समय बाद, वह आगे दक्षिण की ओर बेथेल की ओर चला गया [उत्पत्ति 12:8] आइए बेथेल के महत्व की पुनः जाँच करें:

➢ यहोवा की दूसरी वेदी वहीं बनाई गई थी और, पहली बार, यह कहा गया है कि इब्राहीम ने यहोवा का नाम पुकारा था - उत्पत्ति 12:8

➢ देश में अकाल के कारण मिस्र जाने के बाद, इब्राहीम बेथेल लौट आया - उत्पत्ति 13:1-3

➢ बेथेल वह स्थान था जहां इब्राहीम और लूत अलग हो गए थे और यहोवा ने उसे "उत्तर, दक्षिण, पूर्व और पश्चिम की ओर देखने का निर्देश दिया था, "क्योंकि जितनी भूमि तू देखता है, मैं तुझे और तेरे वंश को सदा के लिये देता हूं।"

यह बिल्कुल वैसा ही लगता है जैसे दो बार यहोवा ने मूसा के लिए एक ही काम किया था, ताकि वह पूरी भूमि में प्रवेश किए बिना उसे देख सके। इस विषय पर मैंने जितने भी विद्वानों को सुना है, उनका मानना है कि यहोवा ने मूसा की दृष्टि से कुछ अलौकिक किया था, और मेरा मानना है कि उन्होंने इब्राहीम के लिए भी ऐसा ही किया होगा... बेथेल में... ठीक उसके बाद जब इब्राहीम ने अपने भतीजे को वह दिया जो सबसे अच्छा लग रहा था पसंद की भूमि का।---उत्पत्ति 13

• बनाम 20-21---लेकिन बेथेल में जैकब के डर पर वापस जाने पर, दो प्रमुख शब्द हैं जो अंतर्दृष्टि दे सकते हैं। श्लोक बीस और इक्कीस के पहले भाग में, वह पाँच शर्तों को सूचीबद्ध करता है जिन्हें यहोवा को अपना भगवान मानने से पहले पूरा करना होगा। क्या?! उनका "वस्तु विनिमय" इन शब्दों से शुरू होता है "यदि ईश्वर चाहे..." और इन शब्दों के साथ समाप्त होता है "तब यहोवा मेरा ईश्वर होगा"! स्पष्ट रूप से याकूब ने यहोवा के प्रति उस स्तर की प्रतिबद्धता नहीं निभाई थी जो उसके पिता और दादा की थी, और मेरा मानना है कि इसकी पूर्णता तब तक नहीं हुई जब तक कि हारान में लाबान की सेवा के बीस वर्षों के अंत में उसने यहोवा (येशुआ) के साथ कुश्ती नहीं लड़ी। . उन बीस वर्षों में यहोवा उसके साथ चुप रहा और वह यहोवा के साथ चुप रहा। अगली बातचीत बीस वर्षों के अंत तक नहीं हुई जब यहोवा ने उसे "अपने पूर्वजों की भूमि" पर लौटने के लिए कहा और वह उसके साथ रहेगा। [उत्पत्ति 31:3] उससे कुछ समय पहले यहोवा ने उसे एक स्वप्न भी दिया था जिसमें उसे अपने परिवार की भूमि पर लौटने के लिए कहा गया था। तो इस बिंदु पर, हालाँकि यहोवा ने उसे कभी नहीं छोड़ा था, वह अब उसके साथ फिर से संवाद करना शुरू कर रहा था।

• पद 22---इस अध्याय की अंतिम कविता उस पत्थर पर फिर से जोर देती है जिस पर जैकब ने अपना सिर रखा था और उसे सपना आया था। याकूब ने कहा, यह पत्थर जो मैं ने खम्भा खड़ा किया है, वह परमेश्वर का भवन ठहरेगा। बेथेल यरूशलेम से थोड़ा उत्तर और पश्चिम में है, इसलिए भविष्यवाणी के अनुसार यह भविष्य के मंदिर की बात नहीं कर रहा था। यह भविष्यसूचक रूप से येशुआ का जिक्र कर रहा था--वह जो उसके बगल में खड़ा था।

➢ भजन 118:22---"जिस पत्थर को राजमिस्त्रियों ने तुच्छ जाना, वही कोने का मुख्य पत्थर बन गया।" [मैथ्यू 21:42 में येशुआ द्वारा भी उद्धृत किया गया है, साथ ही मार्क और ल्यूक द्वारा भी उद्धृत किया गया है]

➢ यशायाह 28:16--इसलिये परमेश्वर यहोवा यों कहता है, देख, मैं सिय्योन में नेव के लिये एक पत्थर रखता हूं, वह परखा हुआ पत्थर, अनमोल कोने का पत्थर, और दृढ़ नेव...।

➢ मत्ती 21:44---"और जो कोई इस पत्थर पर गिरेगा, वह टुकड़े-टुकड़े हो जाएगा; परन्तु जिस पर यह गिरेगा, उसे पीसकर चूर्ण कर डालेगा।"

➢ इफिसियों 2:19-22---"इसलिये अब तुम परदेशी और परदेशी नहीं, परन्तु पवित्र लोगों के संगी नागरिक और परमेश्वर के घराने के सदस्य हो, और प्रेरितों और भविष्यद्वक्ताओं अर्थात मसीहा की नींव पर बने हो। येशुआ स्वयं मुख्य कोने का पत्थर है, जिसमें सारी इमारत एक साथ जुड़कर अडोनाई में एक पवित्र मंदिर बन जाती है, जिसमें आप भी आत्मा में भगवान के निवास स्थान के लिए एक साथ बनाए जा रहे हैं।

➢ 1 पतरस 2:4-5---उसके पास जीवित पत्थर के समान आकर, जिसे मनुष्यों ने तो तुच्छ जाना, परन्तु परमेश्वर ने चुन लिया है, और अनमोल भी, तुम भी जीवित पत्थर के समान होकर एक आत्मिक घर, और पवित्र बनते हो। पौरोहित्य, येशु मसीहा के माध्यम से ईश्वर को स्वीकार्य आध्यात्मिक बलिदान चढ़ाने के लिए।"

अब हम समझ गए हैं कि यहोवा याकूब के माध्यम से पत्थर के परमेश्वर का भवन होने के विषय में क्या कह रहा था! उसकी प्रशंसा करो!

उत्पत्ति 29:1-14---याकूब की राहेल से मुलाकात

• बनाम 1-10---यहोवा ने याकूब के कदमों को निर्देशित किया, जैसा उसने एलीएजेर के साथ किया था जब उसे इसहाक के लिए दुल्हन खोजने के लिए भेजा गया था। पहला ऊँटों और उपहारों के साथ आया, और इसहाक की भावी दुल्हन ने उसके झुंड को पानी पिलाया। दूसरी के साथ कुछ नहीं आया, परन्तु भावी दुल्हन भेड़ों के झुण्ड के साथ आई और याकूब ने उसके झुण्ड को पानी पिलाया। दोनों में एक कुआँ और दूसरे के लिए जानवरों को पानी पिलाना शामिल था। दोनों जानते थे कि यही एक होगा.

• बनाम 11-14---लेकिन जैकब ने दो गलतियाँ कीं। इसहाक के लिए दुल्हन ढूंढने की पूरी प्रक्रिया के दौरान, हम एलीएजेर को लगातार प्रार्थना और स्तुति में सब कुछ यहोवा के पास ले जाते हुए देखते हैं। हमने कहीं नहीं पढ़ा कि जैकब के साथ ऐसा मामला था।

• दूसरी गलती यह थी कि उसने तुरंत रेचेल को चूम लिया। "चुंबन" शब्द के सभी रूपों पर एक त्वरित शब्द खोज से पता चलेगा कि बाइबिल में कहीं और नहीं है जहां हमें ऐसा निर्लज्ज कृत्य मिलता है। पुराने समय के कई यहूदी संतों ने इस बारे में टिप्पणियाँ लिखीं। उनकी सामूहिक राय यह है कि क्योंकि जैकब ने उस युवा महिला के साथ अपने आवेग को नियंत्रित नहीं किया था जिससे वह अभी मिला था, वह आसानी से उस जाल में फंस गया था जो उसके लिए बिछाया गया था। यदि उसने अपने आवेग को नियंत्रित किया होता और इतना अंधा नहीं हुआ होता, तो उसे सबसे बड़ी बेटी की शादी पहले करने की प्रथा के बारे में पता चल गया होता। हालाँकि, राहेल से शादी करने से पहले उसे सात साल तक लाबान के लिए काम करना पड़ा, इसलिए कोई सोचेगा कि अगर यह वास्तव में एक प्रथा थी जिसे बरकरार रखा जाना था तो उसे इन सात वर्षों में इसके बारे में पता चल गया होता। ऐसी टिप्पणियाँ हैं जो बताती हैं कि यह आवश्यक रूप से कोई प्रथा नहीं थी। श्लोक सत्रह हमें बताता है कि "लिआ की आंखें "नाजुक" या कमजोर थीं, जिसका अर्थ है कि उसकी दृष्टि खराब थी, साथ ही राहेल की सुंदरता और लिआ की सुंदरता की कमी के बीच एक अंतर बताया गया है (कम से कम इसका उल्लेख नहीं किया गया है)। मिश्ना (द) संतों के लेखों का संग्रह) से पता चलता है कि शायद लाबान ने बदलाव किया और दावा किया कि ऐसी कोई प्रथा थी, जबकि ऐसा नहीं था, इस चिंता के कारण कि लिआ बड़ी हो रही थी और शायद कभी शादी नहीं करेगी, यह जानते हुए कि राहेल के लिए जैकब की इच्छा होगी किसी भी तरह से, अपने पहले दादा की तरह, जैकब एक के बजाय दो पत्नियों के साथ रह जाएगा।

उत्पत्ति 29:15-35---याकूब ने लिआ और राहेल से शादी की

• बनाम.15-30---ऐसी बहुत सी टिप्पणियाँ हैं जो दुल्हन कक्ष में बहनों के बदलने का दोष पूरी तरह से जैकब पर लगाती हैं, जो उस बदलाव के परिणाम (या सज़ा) के रूप में है जिसमें उसने खुद को छिपाने के दौरान भूमिका निभाई थी। एसाव की नाईं अपने पिता को धोखा दिया। हालाँकि इसमें कुछ हद तक विश्वसनीयता हो सकती है, लेकिन धोखे को किसने और क्यों उकसाया, इसमें एक बड़ा अंतर है। (जैकब द्वारा अपने पिता को दिए गए धोखे की बाइबिल पृष्ठभूमि के लिए पिछले सप्ताह के टोरा भाग के नोट्स देखें।)

• बनाम 31-35--- अध्याय 29 के अंतिम पांच छंदों में जो स्पष्ट है वह यह है कि यहोवा ने लिआ के गर्भ को जल्दी से खोलकर और उसे याकूब के पहले चार बच्चों को जन्म देने की अनुमति देकर बहुत सम्मान दिखाया---उन सभी को बेटों! लेकिन लिआ के बारे में दूसरी सम्मानजनक बात यह है कि जिन वर्षों में वह इन सभी बेटों को जन्म दे रही थी और राहेल बांझ थी, हमने लिआ में किसी को चिढ़ाने वाली आत्मा के बारे में नहीं पढ़ा।

उत्पत्ति 30:1-24---याकूब के बारह पुत्रों में से ग्यारह का जन्म हुआ

• लिआ और राचेल में प्रतिस्पर्धी भावनाएँ उन दोनों को जैकब के लिए और अधिक बच्चों के "वाहक" के रूप में अपनी दासियों को जैकब को "देने" के लिए प्रेरित करेंगी। यद्यपि विधि गलत है, यहोवा ने इसका उपयोग इस्राएल के सभी बारह गोत्रों के पिताओं को उत्पन्न करने के लिए किया (और एक और नहीं!)। हालाँकि हम याह के तरीकों पर सवाल उठाने की हिम्मत नहीं करते हैं, हम पवित्रशास्त्र से जानते हैं कि कभी भी एक से अधिक पत्नियाँ नहीं रखनी चाहिए, न ही अपनी पत्नी के अलावा किसी अन्य महिला के साथ व्यभिचार करना चाहिए। और फिर भी इब्राहीम और जैकब दोनों ने ये पाप किए, इस प्रकार शैतान के लिए धर्मग्रंथ के माध्यम से बहुविवाह को उचित ठहराने का प्रयास करने का द्वार खुल गया, जो आज इस देश में एक बढ़ती हुई समस्या है।

➢ उत्पत्ति 2:24---"इसलिये मनुष्य अपने माता-पिता को छोड़कर अपनी पत्नी से मिला रहेगा, और वे एक तन होंगे।"

➢ निर्गमन 20:14---"तू व्यभिचार न करना।"

➢ मैथ्यू 19:1-9---(v.8) उसने उनसे कहा, "मूसा ने तुम्हारे हृदय की कठोरता के कारण तुम्हें अपनी पत्नियों को त्यागने की अनुमति दी, परन्तु आरम्भ से ऐसा नहीं था।" पाप किया गया था, परन्तु यहोवा ने अपनी इच्छा पूरी करने के लिए उस पर विजय प्राप्त की।

उत्पत्ति 30:25-43 --- जैकब ने "अपनी मजदूरी" के लिए छह साल और काम किया

• बनाम.25-28---लाबान स्पष्ट रूप से एक लालची और दुष्ट आदमी था, उसने याकूब को उसकी शादी में धोखा दिया, उसे प्रत्येक पत्नी के लिए सात साल काम करने के लिए मजबूर किया, और उसकी मजदूरी दस बार बदल दी। [उत्पत्ति 31:41] अब वह उससे यह दावा करते हुए अधिक समय तक रुकने की विनती कर रहा था कि वह "उसकी कीमत बता सकता है"।

• बनाम 29-34---याकूब धब्बेदार, धब्बेदार और भूरी भेड़ों और धब्बेदार और धब्बेदार बकरियों को हटाने के लिए एक समझौता करता है; अपने लिए और साथ ही लाबान के लिए उस झुंड पर काम करने के लिए... और लाबान सहमत हो जाता है।

• बनाम 35-43---अब वह चोरी के आरोप के बिना अपने स्वयं के पशुधन को बढ़ाने की योजना बना रहा है। इसमें दो चीजें शामिल हैं:

➢ सावधानीपूर्वक चयनात्मक प्रजनन

➢ चिनार, बादाम और शाहबलूत के पेड़ों की छड़ें, छिली हुई छाल के साथ, भेड़ और बकरियों के झुंडों के पानी के कुंडों में डाल दी जाती हैं

• इस अनुच्छेद को कई बार और यहां तक कि कई टिप्पणियों को पढ़ने के बाद, मैं अभी भी तकनीकीताओं से भ्रमित हो जाता हूं, लेकिन मूल बात यह है कि, यह निस्संदेह ईश्वर से प्रेरित था और यहोवा ने मजबूत स्वस्थ पशुधन के साथ-साथ पुरुषों के साथ अपने झुंडों में जबरदस्त वृद्धि करके इसे आशीर्वाद दिया। और दास-दासियाँ, ऊँट और गधे। (व.43) यह इस तथ्य के बावजूद है कि समझौता होने के तुरंत बाद, लाबान ने जानवरों को खुद अलग करके और फिर अपने झुंड और जैकब के झुंड के बीच तीन दिन की दूरी तय करके इसे तोड़ दिया ताकि कोई मौका न बचे क्रॉस-ब्रीडिंग का. "ईश्वर के साथ, कुछ भी असंभव नहीं होगा।"

उत्पत्ति 31:1-21---याकूब लाबान से भाग गया

• बनाम 1-3---लाबान के पुत्रों को उस पर अपने पिता की सारी संपत्ति "ले लेने" का आरोप लगाते हुए और उसकी संपत्ति की निंदा करते हुए सुनकर...और यह देखकर कि लाबान का चेहरा पहले जैसा नहीं था...यह बेहद चिंताजनक था . परन्तु यहोवा ने उस समय उस से बातें करके कहा, अपके पितरोंके देश और अपने कुल में लौट जा, और मैं तेरे संग रहूंगा। यह तब हुआ जब रेचेल अंततः गर्भवती हुई और उसने एक बेटे को जन्म दिया। आख़िरकार याकूब के वापस लौटने का परमेश्वर का समय आ गया।

➢ बीस साल पहले याकूब को एसाव से भागना पड़ा, सब कुछ छोड़कर और कुछ भी नहीं लेकर।

➢ अब याकूब को लाबान से भागना है, परन्तु इस बार वह कुछ भी नहीं छोड़ता और अपने साथ बहुत कुछ ले जाता है! हे हमारे दयालु भगवान!

• बनाम 4-13 --- लिआ और राहेल को लाबान के अधिकार के तहत अपने जीवन से मुकरते हुए, याकूब जो कुछ भी हुआ था उसमें यहोवा की उपस्थिति और प्रधानता की गवाही देता है। उन दस श्लोकों में पाँच बार वह सर्वशक्तिमान का नाम लेता है। यह उस बदलाव की शुरुआत है जो जैकब में होना जरूरी था।

• बनाम 14-16---लिआ और राचेल ने मौखिक रूप से जैकब के फैसले का समर्थन किया और, रिबका की तरह, मूल रूप से कहा, "हम जाएंगे।"

• बनाम 17-21---किसी तरह रेचेल अपने पिता की घरेलू मूर्तियों को स्टील बनाने में कामयाब रही, जो निस्संदेह चांदी या सोने से बनी थीं। अब, उसने ऐसा क्यों किया होगा? क्या उसने सचमुच सोचा था कि अगर उसके पास वे मूर्तियाँ होंगी तो जैकब को कोई परवाह नहीं होगी? धर्मग्रंथ हमें यह नहीं बताते हैं कि दोनों महिलाओं में से किसने पद पन्द्रह में बात की थी, लेकिन यदि वह राहेल थी, तो यह निश्चित रूप से मूर्तियों को चुराने के प्रतिशोध की उसकी प्रेरणा को स्पष्ट करेगा। "क्या वह हमें परायों जैसा नहीं समझता? क्योंकि उस ने हम को बेच डाला, और हमारा धन भी पूरी तरह खा गया।"

उत्पत्ति 31:22-42---लाबान ने याकूब का पीछा किया

• बनाम 22-24---याकूब के भाग जाने के तीसरे दिन, लाबान को पता चला---और निस्संदेह वह पागल हो गया था! परन्तु यहोवा ने स्वप्न में उस से कहा था, कि सावधान रहना, याकूब से न तो भला कहना, और न बुरा।

• बनाम 25-29---लाबान ने याकूब को पकड़ लिया और उससे पूछा कि वह उसे बताए बिना "चोरी" क्यों करेगा। याकूब के पास उस रास्ते पर आने के बाद जिस रास्ते से वह निकला था, अंततः उसने (पद 29) उसे बताया कि स्वयं भगवान ने उससे सपने में बात की थी, और उसे चेतावनी दी थी कि वह उससे बुरा भी न बोले।

• बनाम 30-35---अब लाबान लापता घरेलू मूर्तियों को जैकब के प्रति अपना गुस्सा व्यक्त करने के लिए अंतिम बहाने के रूप में उपयोग करता है, और जैकब ऐसा उत्तर देता है जिससे राहेल की जान जा सकती थी! वह उसे तंबू की तलाशी लेने की अनुमति देते हुए कहता है कि जो कोई उन्हें ले जाएगा वह जीवित नहीं रहेगा!! मुझे पूरा यकीन है कि बाद में जैकब और रेचेल के बीच इस बारे में बातचीत हुई होगी, अगर उसे उसका रहस्य पता चल गया।

• बनाम 36-42---लेकिन अभी के लिए, सबूतों की कमी ने जैकब को आखिरकार उन सभी गलतियों के बारे में बोलने का मौका दिया जो लाबान ने उन सभी वर्षों में उसके साथ की थीं। उसे और जो कुछ उसने उसे दिया था उसका मार्गदर्शन और सुरक्षा करने के लिए परमेश्वर को सम्मान और महिमा देते हुए सुनना कितना अद्भुत था!

श्लोक 42सी---"भगवान ने मेरा दुःख और मेरे हाथों का परिश्रम देखा है, और कल रात तुम्हें डांटा।" आप में से कितने लोग पीड़ित हैं, कड़ी मेहनत करते हैं जब यह आसान नहीं होता...किसी के द्वारा गलत फायदा उठाया जा रहा है? क्या कभी-कभी ऐसा लगता है मानो ईश्वर आपके साथ नहीं है? वह न तो सुन रहा है और न ही देख रहा है कि क्या हो रहा है? यहोवा ने याकूब से कहा कि वह बेथेल में उसके साथ रहेगा, बस उसकी यात्रा के दौरान। "देख, मैं तेरे साथ हूं और जहां कहीं तू जाए वहां तुझे रखूंगा...मैं तुझे नहीं छोड़ूंगा..." [उत्पत्ति 28:15] बीस वर्षों तक उसने लाबान के लिए काम किया...कड़ी मेहनत!...लगातार फायदा उठाया गया...फिर भी कभी नहीं तब तक शिकायत करते रहे जब तक यहोवा ने उसे अनुमति नहीं दे दी... केवल तब जब यहोवा ने स्वयं लाबान को डांटा था। ऐसा लग सकता है कि प्रतिशोध, न्याय और राहत कभी नहीं मिलेगी, लेकिन ऐसा आएगा। कुछ को यह दूसरों की तुलना में जल्दी मिल सकता है। लेकिन किसी बिंदु पर हम सभी निर्दोष साबित होंगे...अगर हम विश्वास में बने रहें। याकूब के सभी पापों के बावजूद, उसने कभी अपना विश्वास नहीं खोया। यह तब स्पष्ट था जब उसने लिआ और राहेल से बात की, और अब लाबान से। हमें पूर्ण होने की आवश्यकता नहीं है, यद्यपि वह हमें इसके लिए प्रयास करने के लिए कहता है [मैथ्यू 5:48], लेकिन हम अपना विश्वास खोने का साहस नहीं करते हैं। "मजबूत और साहसी बनो... क्योंकि जहां कहीं तुम जाओगे, तुम्हारा परमेश्वर यहोवा तुम्हारे साथ रहेगा।" [यहोशू 1:9]

उत्पत्ति 31:43-55 --- याकूब के साथ लाबान की वाचा

• एक बार जब याकूब अपनी शांति की बात कहने में सक्षम हो गया, तो लाबान ने उनके बीच एक वाचा बनाने की अपनी इच्छा व्यक्त की... और उन्होंने ऐसा किया। एक बार जब अनुबंध हो गया और उन्होंने एक साथ रोटी बाँट ली, तो लाबान चला गया और घर लौट आया। पत्थरों का "ढेर" और स्तंभ एक स्थायी गवाही थे कि भगवान लिआ और राहेल के साथ किए गए व्यवहार के लिए याकूब को जिम्मेदार ठहराएंगे। लेकिन यह भी कि उनमें से किसी एक को दूसरे को नुकसान पहुंचाने के लिए इसे पार करने से रोका जाए।

उत्पत्ति 32:1-2---याकूब और "परमेश्वर का शिविर" {स्वर्गदूत}

• पद 1---इसलिए लाबान को क्रोधित पुत्रों के शिविर में वापस जाना पड़ा और याकूब अपनी यात्रा जारी रखता है, लेकिन उसकी मुलाकात स्वर्गदूतों के शिविर से होती है! बड़ा अंतर! जहाँ तक "क्यों" प्रश्न का प्रश्न है, यहोवा को पता था कि एसाव 400 आदमियों की सेना के साथ आएगा। वह जानता था कि जैकब भयभीत हो जाएगा। मेरा सुझाव है कि यहोवा ने उससे किए गए वादे के आश्वासन के लिए उसे इन स्वर्गदूतों को देखने की अनुमति दी कि यहोवा उसके साथ रहेगा। जहां तक उस स्थान का नाम जैकब द्वारा दिए गए नाम का अर्थ है जहां शिविर था - "महनैम", जिसका अर्थ है "दोहरा शिविर" - यह बनाता है

आपको आश्चर्य है कि उसने इसका यह नाम क्यों रखा। शायद ऐसा इसलिए था क्योंकि यह वही स्थान था जहां वह अपना शिविर लगाने जा रहा था। यह याद रखना कितना अच्छा है कि हमारा प्यारा ईश्वर हमारे चारों ओर स्वर्गदूतों को भी रखता है। बाइबल में निन्यानबे बार स्वर्गदूतों का उल्लेख किया गया है, पुराने नियम में यह केवल बारह बार और नए में इक्यासी बार है! हालाँकि, पुराने नियम में "याहवे का दूत", जो हमेशा येशुआ होता है, को इकहत्तर बार बोलने या प्रकट होने के रूप में दर्ज किया गया है! यही कारण है कि हमारे मसीहा, उद्धारकर्ता, राजा येशुआ को पूरी तरह से समझने के लिए संपूर्ण बाइबल का अध्ययन करना बहुत महत्वपूर्ण है।

हफ़्तार

होशे 12:12-14:9

(मैं होशे 12:12 से शुरू करूंगा, भले ही कैलेंडर 12:13 कहता है)

"याकूब सीरिया देश में भाग गया; इस्राएल ने जीवनसाथी के लिये सेवा की,
और पत्नी के लिये वह भेड़-बकरियां चराता था।" [होशे 12:12]

होशे 12:12-14---पृष्ठभूमि

• ये तीन छंद इसराइल के उत्तरी साम्राज्य (अक्सर एप्रैम के रूप में जाना जाता है) तक के सटीक इतिहास की पृष्ठभूमि देते हैं, जो इसराइल के एकीकृत राज्य को दो हिस्सों में विभाजित करने के बाद: इज़राइल का उत्तरी साम्राज्य और यहूदा का दक्षिणी राज्य .

➢ श्लोक 12 इस सप्ताह के टोरा भाग का मुख्य संबंध है।

➢ पद 13 में उल्लिखित भविष्यवक्ता मूसा है।

➢ श्लोक 14 में, एप्रैम इसराइल का उत्तरी साम्राज्य है, इससे ठीक पहले कि उन पर क्रूरतापूर्वक हमला किया जाएगा और मूर्तिपूजा के भयानक स्तर के लिए उन्हें अश्शूर ले जाया जाएगा, जो वे कई पीढ़ियों से कर रहे थे।

होशे 13:1-16---इस्राएल की अथक मूर्तिपूजा

• ये सोलह छंद टोरा भाग के साथ फिट नहीं लग सकते हैं, लेकिन वे फिट बैठते हैं। रेचेल द्वारा अपने पिता की मूर्तियों को मजबूत करना "भगवान के घर" में दरार ढूंढने वाली मूर्तिपूजा की पहली झलक है। याद रखें कि जैकब ने जो पहला स्तंभ स्थापित किया था, वह बेथेल में था - वह पत्थर जिस पर उसने अपना सिर तब रखा था जब उसे सीढ़ी का सपना आया था। उन्होंने कहा

पत्थर, "यह भगवान का घर है!" फिर हमने कई धर्मग्रंथों को देखा जो दिखाते हैं कि पत्थर भी येशुआ है, और हम जो उसके हैं वे भी भगवान

का घर बनाने के लिए इस्तेमाल किए गए पत्थर हैं! इज़राइल के छोटे राष्ट्र का जन्म घर की शुरुआत थी...और अब राहेल के अपने पिता की मूर्तियों को अपने साथ लाने के निर्णय के माध्यम से हमारे घर में पहली दरार आई है। वह उनके साथ कभी नहीं पकड़ी जाएगी, जैसा कि हम जानते हैं, लेकिन उसके कुछ ही समय बाद वह प्रसव के दौरान मर जाएगी।

• वी. 2---यह कविता राहेल की स्थिति के बारे में जोर से बताती है, जहां वह और उसका भाई लाबान एक दादा के साथ बड़े हुए थे, जिनके नाम, तेरह का अर्थ "मूर्तिपूजक" या "मूर्ति निर्माता" था। यह बहुत संभव है कि लाबान के कब्जे में मौजूद मूर्तियाँ उसके दादा की थीं। श्लोक दो का पहला दो-तिहाई हिस्सा मूर्ति पूजा के पाप की बात करता है, लेकिन श्लोक के अंतिम कथन के साथ, "जो पुरुष बलि चढ़ाते हैं वे बछड़ों को चूमें!", मध्य संदर्भ में, यह कहता है "जो पुरुष बलि चढ़ाते हैं उन्हें मानव बलि बछड़ों को चूमती है!" यह भयानक कृत्य बाल और मोलोच पूजा का हिस्सा था जो होशे के लिखने के समय तक इज़राइल/एप्रैम के पूरे उत्तरी साम्राज्य में प्रचलित था। "बछड़ों को चूमना" अपने देवताओं के प्रति घनिष्ठ निष्ठा और समर्पण की अभिव्यक्ति थी...सिर्फ खड़े किए गए सुनहरे बछड़ों के साथ नहीं। मैं रोमानिया और रूस दोनों में रूसी रूढ़िवादी चर्चों में गया हूं और लोगों को अभयारण्य के चारों ओर घूमते और कैथोलिक संतों, अन्य चांदी या सोने की मूर्तियों और निश्चित रूप से मैरी की मूर्तियों के सामने झुकते और चूमते देखा है। मैंने कैथोलिक बिशप या पोप की अंगूठी को चूमने के लिए लोगों को कतार में खड़े होते और एक घुटने के बल झुकते देखा है। सोलोमन ने कहा, "सूरज के नीचे कुछ भी नया नहीं है"। सूर्य की पूजा और सभी प्रकार की मूर्तिपूजा हमेशा से रही है और आज एक महान वैश्विक पुनरुत्थान हो रहा है, जिसे स्वयं पोप ने आगे बढ़ाया है।

होशे 13:4-16---इज़राइल का भयानक और अथक न्याय

• पद 6---इज़राइल जिस भयानक दुर्दशा की ओर बढ़ रहा था, उसका कारण इस श्लोक में संक्षेप में बताया गया है: "जब उनके पास चरागाह थी, तो वे तृप्त हो गए; वे तृप्त हो गए और उनका हृदय ऊंचा (घमंडी) हो गया; इसलिए वे मुझे भूल गया।" जब कोई राष्ट्र घमंडी हो जाता है और वे भगवान को भूल जाते हैं... उनसे दूर चले जाते हैं... उन्हें अस्वीकार कर देते हैं, तो वे उनकी जगह मूर्तियों को ले लेंगे। हमारा देश अब इसका जीता जागता उदाहरण है...इतनी जल्दी.

होशे 14:1-9---अंततः इस्राएल बहाल हुआ

• श्लोक तीन शब्दों पर एक नाटक है। "अनाथ" अनाथ हैं, और यहोवा का हृदय अनाथों के लिए बहुत स्पष्ट है। लेकिन यह इजराइल यहोवा को अनाथों पर उसकी दया की याद दिला रहा है... क्योंकि वे "अनाथ" बन गए हैं जिन्हें दया की सख्त जरूरत है।

• श्लोक सात की शुरुआत मुझे भजन 91:1 की याद दिलाती है --- "जो परमप्रधान के गुप्त स्थान में रहता है वह सर्वशक्तिमान की छाया में रहेगा।"

• श्लोक नौ में हम सभी के लिए एक बहुत बड़ा संदेश है। होशे कह रहा है:

• बुद्धिमान कौन है? उसे ये बातें समझने दीजिए.

• विवेकशील कौन है? उसे उन्हें बताएं.

• क्योंकि यहोवा की चाल सीधी है;

• धर्मी उन में चलते हैं, परन्तु अपराधी उन में ठोकर खाते हैं।

ब्रित हादाशाह / नई वाचा
नया करार
यूहन्ना 1:19-51

जॉन 1:19-28---जॉन द बैपटिस्ट

जॉन द बैपटिस्ट के बारे में ये छंद हमारे टोरा भाग से एक अद्भुत संबंध हैं। सबसे पहले, जॉन 400 वर्षों में इज़राइल में उभरने वाले पहले पैगंबर थे। दूसरा, वह जंगल से बाहर आया...बिल्कुल इब्राहीम, याकूब और मूसा की तरह। उन तीनों ने जंगल में यहोवा से आवश्यक आध्यात्मिक बातें सीखने में काफी समय बिताया।

यूहन्ना 1:29-51---परमेश्वर का मेम्ना और उसके प्रथम शिष्य

• वि. 21---शब्द "पैगंबर" बड़े अक्षरों में है। क्यों? [देखें: Deut. 18:15]

• वि. 42---यहाँ हमारे पास फिर से "पत्थर" शब्द है। इस बार इसका संबंध पीटर से है। येशुआ ने उससे कहा कि उसे सेफस कहा जाएगा, जिसका अनुवाद "पत्थर" है... जो आपको मैथ्यू 16:18 में ले जाता है जो कहता है, "मैं तुमसे यह भी कहता हूं कि तुम पीटर हो, और इस चट्टान (पत्थर) पर"
मैं अपना चर्च (घर) बनाऊंगा...।"

• वी. 51---यह शायद सबसे सीधा संबंध है, विशेष रूप से याकूब के स्वर्गदूतों के सीढ़ी पर चढ़ने और उतरने के सपने के साथ, लेकिन इस बार येशुआ सीढ़ी है!

8

उत्पत्ति 32:3-36:43

उत्पत्ति 32:3-36:43; ओबद्याह 1:1-21
मत्ती 26:36-46; इब्रानियों 11:11-20
उत्पत्ति 32:3-5---याकूब ने अपने भाई एसाव से संपर्क किया

• पद 3---"तब याकूब ने सेईर देश में, जो एदोम का देश है, अपने भाई एसाव के पास अपने आगे दूत भेजे।" आखिर किस वजह से जैकब को अपने भाई से संपर्क करना पड़ा जो आखिरी बार साथ रहने पर उसे मारने की योजना बना रहा था? जैकब ने कनान लौटने के लिए जिस मार्ग का उपयोग किया होगा, उसके संबंध में यदि उसने कुछ नहीं किया होता तो उनके रास्ते एक-दूसरे से मिलने की लगभग कोई संभावना नहीं थी, क्योंकि शेकेम, कनान के अंदर लंबे समय तक रहने का उसका पहला स्थान, यरूशलेम के उत्तर-पश्चिम में (नमक सागर के उत्तर में) है / मृत सागर), जबकि सेईर साल्ट सागर के सुदूर दक्षिण-पूर्व में है। इसलिए, जैकब ने उसी मार्ग का उपयोग किया होगा जिस पर उसने हारान की यात्रा की थी, जो उसे सेईर के उत्तर में बहुत दूर रखता। तो जो एक समय उसका दुश्मन था, उससे संपर्क करने के संभावित खतरे का जोखिम क्यों उठाया जाए? मेरे पास इसका कोई जवाब नहीं है, सिवाय इसके कि मुझे यकीन है कि इसका नेतृत्व येशुआ ने किया था। यह एसाव और उसके साथ आने वाले चार सौ लोगों की सेना का डर होगा जो जैकब को येशुआ के साथ कुश्ती मैच में ले जाएगा, जो जैकब के "परिष्करण" के लिए होना ही था।

उत्पत्ति 32:6-23---एक डर से भरी भागने की योजना

• पद 6-8---तब दूतों ने याकूब के पास लौटकर कहा, हम तेरे भाई एसाव के पास आए थे, और वह भी तुझ से भेंट करने को आ रहा है, और उसके संग चार सौ पुरूष हैं। इसलिये याकूब बहुत डर गया और संकट में पड़ गया; और उस ने अपने सायोंको, और भेड़-बकरी, गाय-बैल, और ऊँटोंको दो दो दल में बाँट लिया। इस कारण कुश्ती का मुकाबला होना ही था। भले ही यहोवा ने उसे बेथेल में एक सपने में दर्शन दिया था, और यहां तक कि स्वर्गदूतों की उपस्थिति का भी खुलासा किया था जो हमारे साथ बातचीत करते हैं [जनरल। 28:10-22], और हारान छोड़ने से ठीक पहले, एक और सपने में उससे बात की [जनरल। 31:11], और उसे यह भी दिखाया कि उसकी यात्रा में उसके साथ स्वर्गदूतों की एक छावनी थी, चार सौ आदमियों के साथ एसाव की ओर बढ़ने पर याकूब की तीन प्रतिक्रियाएँ थीं, जिससे उसका अभी भी कमजोर विश्वास प्रकट हुआ:

1. जब उसे संभावित खतरे का सामना करना पड़ा, तो वह मामले को तुरंत यहोवा के पास ले जाने और उसकी मदद मांगने में विफल रहा।
2. इसके बजाय वह भय और संकट से घिर गया।
3. फिर उसने अपने संकल्प और शक्ति के माध्यम से जो कुछ वह बचा सकता था उसे बचाने का प्रयास किया, और उसके पास जो कुछ भी था उसे दो कंपनियों में विभाजित कर दिया।

उत्पत्ति 32:9-12---याकूब यहोवा की खोज करता है

• इस बिंदु पर जैकब को एहसास हुआ कि वह यहोवा के मार्गदर्शन और हस्तक्षेप के बिना आगे नहीं बढ़ सकता है। यह प्रार्थना वह प्रार्थना है जिसे हमें अपनी बाइबिल में नोट करना चाहिए जब हम, जैकब की तरह, भय और संकट से घिर जाते हैं। यहां एक तरीका है जिससे हम "दुश्मन" के सामने अपने डर के क्षण को फिट करने के लिए इसे दोबारा लिख सकते हैं...दुश्मन चाहे किसी भी रूप में हो।

➢ "हे इब्राहीम के परमेश्वर, इसहाक के परमेश्वर, और याकूब के परमेश्वर... वही जिसने मुझे बचाया जब तू ने मुझ से कहा, 'मैं तेरे साथ अच्छा व्यवहार करूंगा।' मैं उन सभी दयाओं और सभी सत्यों के योग्य नहीं हूँ जो आपने मुझे दिखाए हैं; क्योंकि मैं आपके पास आध्यात्मिक रूप से दिवालिया, एक पापी, जिसे उद्धारकर्ता की आवश्यकता थी, आया था, और अब आपने मुझे महान धन (आध्यात्मिक धन और वादे) प्रदान किए हैं। मैं प्रार्थना करता हूं, मुझे शत्रु के हाथ से बचा; क्योंकि मैं उस से डरता हूं, कहीं ऐसा न हो कि वह मुझ पर और उन पर भी आक्रमण करे जिनसे मैं प्रेम रखता हूं; क्योंकि तू ने कहा, मैं तुझे आशीष दूंगा, और तेरी रक्षा करूंगा।

• प्रेरितों के काम 3:26--"...परमेश्वर ने अपने सेवक येशुआ को खड़ा करके, तुम में से हर एक को उसके अधर्म के कामों से दूर करके तुम्हें आशीष देने के लिये उसे भेजा है।"
फिलिप्पियों 3:20-21--"क्योंकि हमारी नागरिकता स्वर्ग में है, जहाँ से हम भी उद्धारकर्ता की उत्सुकता से बाट जोहते हैं... जो हमारे तुच्छ शरीर को बदल देगा कि वह उसके महिमामय शरीर के अनुरूप हो जाए..." (कई में से सिर्फ दो वादे।)
• 2 थिस्सलुनीकियों 3:3--"परन्तु प्रभु विश्वासयोग्य है, जो तुम्हें स्थिर करेगा, और उस दुष्ट से तुम्हारी रक्षा करेगा।"
• "स्थापित करें" → स्ट्रांग का #4741: तेजी से सेट करें, मजबूत करें और पुष्टि करें.
  • अब जब याकूब ने यहोवा की सहायता ली है, तो वह आत्मा के नेतृत्व में है
उसकी बाकी रणनीति. "अपने पूरे दिल से यहोवा पर भरोसा रखो और अपनी समझ का सहारा मत लो... और वह तुम्हारे पथों का निर्देशन करेगा।" [नीति.3:3]

उत्पत्ति 32:13-21---याकूब की आत्मा के नेतृत्व वाली रणनीति

• पद तेरह में, जहां याकूब रुकता है और तय करता है कि एसाव को (सुलह के) उपहार के लिए क्या देना है, यह कहता है "उसने जो कुछ उसके हाथ में आया ले लिया"। असंख्य भेड़-बकरियों, गाय-बैलों, ऊँटों और गधों में से, क्या उपरोक्त कथन का अर्थ यह है कि यहोवा उन जानवरों को अपने पास ले आया, जैसा उसने नूह के साथ किया था? उत्पत्ति 33:11 और 13 से हम जानते हैं कि उसने एसाव को सब कुछ नहीं दिया। लेकिन यह कोई छोटा उपहार नहीं था। इसके अलावा, उस विनम्रता पर ध्यान दें जिसके साथ याकूब ने उपहार दिया था, जब उसने अपने सेवकों से कहा, "मैं उसे अपने सामने आने वाले उपहारों से खुश करूंगा, और उसके बाद मैं उसका चेहरा देखूंगा; शायद वह मुझे स्वीकार करेगा।"
मुझे कई साल पहले की बात याद है जब मेरी बहन और मेरे बीच ऐसी अनबन हो गई थी कि वह तीन साल तक मुझसे बात किए बिना चली गई थी। वह मेरी इकलौती बहन है और इससे मेरा दिल दुखी हुआ, लेकिन मैंने जो कुछ भी कहा उससे इसमें कोई बदलाव नहीं आएगा। एक दिन मैंने एक नई प्रशंसा सीडी खरीदी और जैसे ही मैंने उसे चलाया, मैंने येशुआ को यह कहते हुए सुना, "इसे उसे भेज दो"। मैंने एक बहुत ही संक्षिप्त पत्र और ढेर सारी प्रार्थनाओं के साथ उपहार भेजा, और यही वह चीज़ थी जिसका उपयोग पिता ने अलगाव की दीवार को तोड़ने और ब्रीच की मरम्मत के लिए किया था!
• आत्मा के नेतृत्व में विनम्र दयालुता और प्रेम के हमारे उपहार, पिता के मेल-मिलाप के कार्य के लिए एक शक्तिशाली उपकरण हैं।

उत्पत्ति 32:22-32---याकूब परमेश्वर के साथ कुश्ती करता है

• जैसे ही शाम हुई, याकूब ने अपनी पत्नियों और अपने ग्यारह बेटों को यब्बोक के "घाट" पर भेजा। (विकिपीडिया के अनुसार, "फ़ोर्ड" अच्छी नींव वाली एक उथली जगह है, जहाँ नदी या जलधारा को पानी में तैरकर पार किया जा सकता है।)
• बनाम 24-29---"तब याकूब अकेला रह गया, और एक मनुष्य भोर तक उस से मल्लयुद्ध करता रहा।" यह कोई छोटा कुश्ती मैच नहीं था जो जैकब ने येशुआ के साथ खेला था!! यह जैकब के लिए पूर्व-अवतरित मसीहा का पहला "प्रकटीकरण" था...हालाँकि यह उसके दादा, इब्राहीम के लिए कई बार और उसके पिता, इसहाक के लिए दो बार हुआ था। कुश्ती मैच के लंबे घंटों में, ऐसा लग रहा था जैसे येशुआ उसका मज़ाक उड़ा रहा था! यहाँ तक कि जब यीशु ने कहा, "मुझे जाने दो, क्योंकि दिन ढल गया है", तब भी याकूब ने उसे जाने न दिया! जब याकूब कहता है, "जब तक तुम मुझे आशीर्वाद नहीं दोगे, मैं जाने नहीं दूंगा!", यह उस समय की याद दिलाता है जब एसाव को एहसास हुआ कि उसके पिता से "मृत्यु शय्या" का आशीर्वाद याकूब के पास गया था, और वह
चिल्लाकर कहा, "हे मेरे पिता, मुझे भी आशीर्वाद दे!" यहोवा ने हाल ही में याकूब को जो सारे रहस्योद्घाटन दिए थे, और वह धन जिसके साथ वह हारान से प्रस्थान करने में सक्षम था, वह आशीर्वाद के लिए इतना बेताब क्यों था? क्या ऐसा इसलिए हो सकता है क्योंकि उसके मन में अभी भी अपने भाई और पिता के साथ की गई चालबाज़ी का अपराधबोध है, जिससे उसे आध्यात्मिक असुरक्षा महसूस होती है कि क्या उसके द्वारा किए गए वादे सचमुच पूरे हो सकते हैं? शायद यह इस बात का अपराध है कि बारह में से ग्यारह बेटे पैदा करने के लिए वह कितनी महिलाओं को "जानता" था? या, भले ही वह हारान को जितना साथ लेकर आया था उससे कहीं अधिक लेकर जा रहा था, क्या यह याद रखने की बात थी कि उसके पिता और दादा कितने बहुत अमीर थे, साथ ही यह भी जानना था कि एसाव के पास अपने साथ लाने के लिए चार सौ आदमी थे। शक्ति प्रदर्शन? शायद वह अभी भी आशीर्वाद विभाग में कमी महसूस कर रहा था। इन सभी कारणों से और शायद इससे भी अधिक कारणों से, वह तब तक हार नहीं मानेगा जब तक उसे आशीर्वाद नहीं मिल जाता। क्या आपमें से कोई कभी ऐसे ही कुश्ती मैच से गुज़रा है? कैसा रहा?
मेरा मानना है कि जैकब के जीवन की यह असाधारण रात हम सभी के लिए एक मजबूत संदेश के रूप में दी गई थी। जब हम दुश्मन के हमलों के मौसम में होते हैं, और हम भय और निराशा से घिर जाते हैं, तो प्रलोभन यह होता है कि हम दुश्मन के सामने झुक जाएं और उसे चट्टान के ऊपर से हमें अवसाद, भावनात्मक रुकावट और यहां तक कि अवसाद में धकेल दें। गुस्सा। इसके बजाय, तभी हमें जैकब की तरह "भगवान के साथ कुश्ती" करने की ज़रूरत है। बस एक बार "मेरी मदद करो" मत चिल्लाओ और, अगर वह जवाब नहीं देता है, तो हार मान

लो और आध्यात्मिक गड़बड़ी में पड़ जाओ। याकूब की तरह उससे लिपटे रहो---जाने मत दो!! यह कोई संयोग नहीं है कि यह कुश्ती मैच रात में हुआ था! जब हम आक्रमणों के मौसम में पहुँचते हैं तो हम ऐसा महसूस कर सकते हैं जैसे हम आध्यात्मिक अंधकार में हैं। उसे जाने मत दो! आशीर्वाद का पीछा करो! लेकिन याद रखें, जैकब का आशीर्वाद भौतिक नहीं था। उनका स्पष्ट आशीर्वाद यह था कि यहोवा ने स्वयं उनका नाम जैकब से बदलकर इज़राइल (ईश्वर के साथ राजकुमार) कर दिया --- "क्योंकि उन्होंने मनुष्यों और ईश्वर के साथ संघर्ष किया और जीत हासिल की" (हार नहीं मानी)। हालाँकि, वह टूटे हुए कूल्हे के साथ भी कुश्ती मैच से बाहर आएंगे। दूसरे शब्दों में, वह विनम्र था... सबसे दिव्य गुण जिसके साथ हम धन्य हो सकते हैं। अब उसे लंगड़ाते हुए अपने भाई और चार सौ आदमियों के पास जाना होगा। लेकिन याकूब के लिए परिणाम देखो! उनके भाई ने उनका सम्मान किया और शांति से चले गये! अपने राज्य के कार्य को प्रभावित करने के लिए, ईश्वर हमारे जीवन में विनम्रता (और प्रेम) का उपयोग करेगा, किसी भी अन्य उपहार से अधिक जो वह हमें देता है।

• इज़राइल की अब ईश्वर से अपनी व्यक्तिगत मुठभेड़ हो गई है। अब जबकि वह यहोवा और अन्य लोगों के सामने विनम्र हो गया है... फिर भी उसके भीतर आध्यात्मिक सुरक्षा का एक नया स्तर जागृत हो गया है... वह उन उद्देश्यों के लिए सर्वशक्तिमान द्वारा उपयोग किए जाने के लिए तैयार है जिसके लिए उसका जन्म हुआ था।

उत्पत्ति 33:1-17---याकूब और एसाव मिले

• ध्यान दें कि जब जैकब ने अपनी आँखें उठाईं और अपने भाई को 400 लोगों के साथ अपनी ओर आते देखा तो उसे डर नहीं लगा। इसके बजाय, उन्होंने शांतिपूर्वक अपनी कंपनी को योजना के अनुसार व्यवस्थित किया। जब एसाव उसके सामने आया, तो उसने तुरन्त भूमि पर गिरकर दण्डवत् किया। अपने पूरे समय साथ रहने के दौरान याकूब ने उसका आदर किया, उसे "मेरा प्रभु" कहा, एसाव पर महान उपहार स्वीकार करने पर जोर दिया।

• श्लोक दस भ्रमित करने वाला हो सकता है यदि आप इसे गलत समझते हैं। यह अभिव्यक्ति सुनना हमें अजीब लगता है, "मैंने तुम्हारा चेहरा ऐसे देखा है मानो मैंने भगवान का चेहरा देखा हो, और तुम मुझसे प्रसन्न हो।" जैकब ने उसे अपना उपहार लेने के लिए मनाने की कोशिश करने के लिए यह बयान दिया। लेकिन इसमें इससे भी अधिक कुछ है। कई टिप्पणियों और शिक्षाओं ने समझाया है कि यह जैकब का अपने भाई के सामने अपने गलत काम को स्वीकार करने का तरीका था, भले ही हम सभी जानते थे, और वह और रिबका भी जानते थे कि यह करना ही होगा। यह जैकब की गहरी स्वीकारोक्ति थी, कि वह कितना द्रवित था, कि उसका भाई अपना गुस्सा और नफरत दूर कर देगा और उसे माफ कर देगा। हमारे लिए किसी के सामने खुद को विनम्र करना इतना कठिन है कि हमने जो किया उसके लिए हम उचित महसूस करते हैं, और फिर भी जानते हैं कि हमें अभी भी उनसे हमें माफ करने के लिए कहने की जरूरत है। जैकब यही कर रहा था। यहोवा और एसाव दोनों ने इसी का आदर किया।

• लेकिन अंत में, जब एसाव ने याकूब को अपने साथ रहने के लिए मनाने की कोशिश की, या कम से कम उसे अपने कुछ लोगों को उसके साथ छोड़ने दिया, तो याकूब के पास अपने भाई से पूरी तरह से अलग होने पर दृढ़ रहने की बुद्धि थी। यह बुद्धिमत्ता थी, लेकिन इसे फिर से सुंदर विनम्रता से किया गया। ईश्वरीय सीमाओं को बनाए रखने के लिए शक्ति की आवश्यकता होती है, विशेषकर मेल-मिलाप के भीतर।

उत्पत्ति 33:18-20---याकूब कनान आया

• यह ध्यान देने योग्य है कि श्लोक अठारह में कहा गया है कि याकूब पदन अराम से शकेम तक पूरे रास्ते सुरक्षित रूप से पहुंच गया, यह देखते हुए कि उसे इतनी दूर तक सभी पशुओं को ले जाना था, साथ ही साथ सभी लोगों को भी। यदि और कुछ नहीं, तो रास्ते में चोर या जंगली जानवर तबाही मचाने की कोशिश कर सकते थे। मुझे आश्चर्य है कि क्या वह समय-समय पर स्वर्गदूतों के बारे में सोचता था...

• यह भी उल्लेखनीय है कि उसने अपने और अपने सभी लोगों के रहने के लिए जमीन का एक टुकड़ा खरीदा था। मैं इसे उस भूमि का स्वामित्व लेने के रूप में देखता हूं जिसका उससे वादा किया गया था, और शेकेमियों के साथ अच्छे संबंध बनाए रखने की कोशिश कर रहा हूं।

उत्पत्ति 34:1-31---दीना ट्रैवेस्टी

• बनाम 1-12---दीना के साथ जो हुआ और उसके परिणामों का यह पूरा उपहास, एक बड़ी गलती से शुरू हुआ। किसने दीना को "भूमि की बेटियों को देखने" के लिए, अकेले प्रतीत होने वाले एक बुतपरस्त शहर में जाने दिया? वे उसे बुतपरस्त युवतियों के साथ समय क्यों बिताने देंगे? हम उत्पत्ति 37:34-35 से जानते हैं कि याकूब की अन्य बेटियाँ थीं। इसलिए, उसकी अपनी बहनों और बेटियों के बीच

याकूब के सेवकों में से, उसके पास पर्याप्त युवतियाँ होनी चाहिए थीं जिनके साथ वह अपना खाली समय व्यतीत कर सकती थी। एकमात्र अन्य संभावना यह है कि वह जिज्ञासावश वहां से चली गई और किसी को पता नहीं चला। किसी भी तरह, ऐसा प्रतीत होता है कि जब शेकेम ने उसे देखा, तो वह अकेली थी, उसे ले गया और उसके साथ लेटा। "उसका उल्लंघन किया" शब्दों से ऐसा लगता है जैसे यह एक ज़बरदस्ती की घटना थी, लेकिन यह विरोधाभासी लगता है जब आप देखते हैं, श्लोक तीन में, यह कहता है कि वह उससे प्यार करता था और उससे दयालुता से बात करता था। हम निश्चित रूप से नहीं जान सकते कि उन दोनों के बीच क्या हुआ था, लेकिन शेकेम स्पष्ट रूप से उससे प्यार करता था और उसे अपनी पत्नी के रूप में पाने के लिए कोई भी कीमत चुकाने को तैयार था।

• बनाम 13-24--अब छल और चालाकी फिर से चलन में आ गई है, याकूब के बेटे हमोर की इस दलील से सहमत होने का दिखावा कर रहे हैं

कि "अपनी बेटियों को उसके लोगों के बेटों को दे दो और वे बदले में अपनी बेटियों को दे देंगे"। आप हमोर और शेकेम को लगभग अपने होंठ चाटते हुए देख सकते हैं! लेकिन याकूब के पुत्रों ने मजबूत सीमाएँ निर्धारित कीं, और उनसे कहा कि पहले सभी पुरुषों का खतना किया जाना चाहिए...जिस पर दोनों व्यक्ति तुरंत सहमत हो गए। आयत 19 हमें बताती है कि शकेम अपने पिता के पूरे घराने से अधिक प्रतिष्ठित था, क्योंकि उसने दीना से प्रसन्न होने के कारण ऐसा किया था। लेकिन पद तेईसवाँ हमोर के हृदय में सच्ची प्रेरणा को दर्शाता है, जब उसने अपने शहर के लोगों को बताया कि वास्तविक प्रतिफल क्या होगा... कि याकूब और उसके लोगों की सारी संपत्ति उनकी होगी।

• बनाम 25-31---तीसरे दिन शिमोन और लेवी (याजक जनजाति के पिता!) शकेम शहर में गए और शकेम और हमोर सहित सभी पुरुषों को मार डाला, और सभी महिलाओं और बच्चों को बंदी बना लिया . तब बाकी पुत्रों ने आकर नगर को लूट लिया, और उनके सब पशुओं समेत सब कुछ ले गए। याकूब अपने बेटों द्वारा किए गए बड़े पैमाने पर कत्लेआम और विनाश से आश्चर्यचकित था, लेकिन विशेष रूप से शिमोन और लेवी पर क्रोधित था। वर्षों बाद भी, जब याकूब ने अपनी मृत्यु शय्या पर बारह पुत्रों को अंतिम आशीर्वाद दिया, तो उसने उनसे यही कहा: "शिमोन और लेवी भाई हैं; क्रूरता के उपकरण उनके निवास स्थान में हैं। मेरी आत्मा को उनकी सभा में प्रवेश न करने दें; मेरी महिमा उनकी मण्डली में न हो; क्योंकि उन्होंने अपने क्रोध में आकर एक मनुष्य को मार डाला, और उन्होंने अपनी इच्छा से एक बैल का सिर काट डाला; उन्हें याकूब में बाँट दो, और इस्राएल में तितर-बितर कर दो।" [उत्पत्ति 49:5-7] शिमोन ने भी एक कनानी स्त्री से एक पुत्र को जन्म दिया। [निर्गमन 6:15] शायद, इन महान पापों के कारण, यूसुफ ने यहोवा के नेतृत्व में शिमोन को बंदी बनाने के लिए चुना जब उसने बिन्यामीन को अपने पास लाने के लिए बाकी भाइयों को कनान वापस भेज दिया।

उत्पत्ति 35:1-15---याकूब की बेथेल में वापसी

• पद 1---यहोवा ने याकूब को बेतेल में जाने और वहां एक वेदी बनाने के लिए कहा। वह उसे याद दिलाता है कि वह वही भगवान है जो उसे (एक सपने में) दिखाई दिया था जब वह बीस साल पहले एसाव से भाग गया था।

• v.2---यह आश्चर्यजनक लगता है कि जैकब को अपने परिवार और अन्य सभी लोगों से अपने विदेशी देवताओं को दूर करने के लिए कहना पड़ा। परन्तु उसके कुछ गैर-यहूदी सेवकों और शकेम से बन्धुवाई में ली गई स्त्रियों के बीच, निःसंदेह कुछ लोग ऐसे थे जिनके पास वे थे।

• श्लोक आठ हमारे लिए कुछ अस्पष्ट कहता है। इसमें बस इतना कहा गया है कि रिबका की नर्स डेबोरा की मृत्यु हो गई और उसे बेतेल के नीचे टेरिबिंथ पेड़ के नीचे दफनाया गया। यह स्पष्ट रूप से नहीं बताता है कि क्या वह वर्षों पहले मर गई थी, या यदि वह किसी कारण से जैकब के साथ थी, और उसके साथ रहते हुए मर गई।

• पद 9---यह दूसरी बार है कि यहोवा याकूब को दिखाई दिए, और फिर, उन्होंने उसे आशीर्वाद दिया।

• बनाम 10-15 --- यहोवा का आशीर्वाद सुंदर और गहरा है --- याकूब के पिता और दादा से किए गए वादों की पुष्टि करता है... उसे याद दिलाता है कि वह जिस भूमि पर था वह उसकी और उसके वंशजों की थी।

उत्पत्ति 35:16-22---राहेल की मृत्यु

• जोसफ के जन्म के समय राहेल को दिया गया भविष्यवाणी का वचन, कि भगवान उसे एक और बेटा देगा, वास्तव में पूरा हुआ, लेकिन वह उसे कभी नहीं उठा पाई, उसका पालन-पोषण नहीं कर पाई, या संभवतः उसे गोद में भी नहीं ले पाई। यह बहुत दुखद लगता है, लेकिन यहोवा जानता था कि उसने इतनी जल्दी उसका जीवन क्यों समाप्त कर दिया। क्यों पर कई सिद्धांत हैं, लेकिन वे केवल सिद्धांत हैं, लेकिन हम इसके परिणाम के बारे में धर्मशास्त्र से चार बातें जानते हैं...

1. जैकब ने उसके लिए गहरा शोक मनाया होगा, क्योंकि वह उसका पहला प्यार और पृथ्वी पर सबसे बड़ा प्यार थी।
2. यूसुफ और नवजात शिशु बिन्यामीन ने उसे बहुत आराम दिया होगा।
3. जोसेफ बाइबिल के महानतम व्यक्तियों में से एक बन जाएगा, और पुराने नियम में एकमात्र ऐसा व्यक्ति होगा जिसमें आप गलती नहीं ढूंढ पाएंगे।
4. जितने वर्षों तक लिआ जीवित रही, अंततः वह याकूब की एकमात्र पत्नी के रूप में अपना उचित स्थान बनाए रखेगी, उसे याकूब, इब्राहीम और सारा, इसहाक और रिबका के समान कब्र में दफनाया जाएगा। [उत्पत्ति 49:31]

• पद 22---"...रूबेन गया और अपने पिता की उपपत्नी बिल्हा के साथ सो गया..."

अब हम जानते हैं कि बिल्हा और जिल्पा को कभी पत्नियाँ नहीं कहा गया, न ही माना गया। लेकिन वे याकूब के चार पुत्रों की माताएँ थीं...कितना दुःख की बात है कि उसका कोई भी पुत्र उसका इस स्तर का अनादर करेगा, उसके पहले पुत्र की तो बात ही छोड़िए। जैकब ने उस अपराध को रूबेन पर अपने मरते हुए आशीर्वाद में बुना होगा, ठीक वैसे ही जैसे उसने शिमोन और लेवी के साथ किया था...।

➢ "रूबेन, तू मेरा पहलौठा, मेरी शक्ति और मेरी ताकत, गरिमा की उत्कृष्टता और शक्ति की उत्कृष्टता है। पानी के रूप में अस्थिर, आप महान नहीं होंगे, क्योंकि आप अपने पिता के बिस्तर पर चढ़ गए; फिर आपने इसे अशुद्ध कर दिया - वह मेरे सोफ़े तक गया।" [उत्पत्ति 49:3-4]

उत्पत्ति 35:27-29---इसहाक की मृत्यु

• इसहाक की मृत्यु एक सौ अस्सी वर्ष की आयु में हुई। ऐसी कोई जगह नहीं है जो हमें बताए कि रिबका की मृत्यु किस उम्र में हुई। लेकिन, याकूब को हारान भागना पड़ा, जब तक कि उसकी मां की मृत्यु नहीं हो गई, तब तक वह कभी वापस नहीं लौटा, और यहां तक कि एसाव को एदोम और सेईर पर्वत की भूमि में रहने के लिए छोड़ दिया गया, इसहाक को हेब्रोन में छोड़ा जा सकता था, जिसमें उसका कोई परिवार नहीं था। भूमि, कई वर्षों से। लेकिन अपने पिता इब्राहीम के विपरीत, उन्होंने कभी पुनर्विवाह नहीं किया और न ही उनकी कोई रखैल थी। मैं प्रार्थना करता हूं कि उनके जीवन के बाद के वर्ष किसी तरह उन लोगों से भरे हों जो उनसे प्यार करते थे, और प्रभु के प्रति गहरी निकटता रखते थे।

• जैसे इब्राहीम की मृत्यु ने उसके दो अलग हुए पुत्रों (इसहाक और इश्माएल) को एक साथ वापस ला दिया, वैसे ही इसहाक की मृत्यु ने याकूब और एसाव को आखिरी बार एक साथ वापस ला दिया।

उत्पत्ति 36 एसाव के परिवार की एक लंबी वंशावली है

हफ़्तारा

ओबद्याह 1:1-21

*माई न्यू किंग जेम्स बाइबिल में ओबद्याह की पुस्तक की प्रस्तावना कहती है:

*जुड़वां भाइयों, एसाव और जैकब के बीच गर्भ में शुरू हुआ संघर्ष, उनके संबंधित वंशजों, एदोमियों और इस्राएलियों के बीच संघर्ष में बदल गया। पहले जंगल में भटकने के समय [संख्या 20:14-21] और बाद में आक्रमण के समय (बाबुल द्वारा) एदोमियों के इसराइल की सहायता करने से इनकार करने के लिए, ओबद्याह द्वारा उनकी पूरी तरह से निंदा की गई। यह अल्पज्ञात भविष्यवक्ता उनके अपराधों का वर्णन करता है, उनके मामले की सुनवाई करता है, और अपना निर्णय सुनाता है: संपूर्ण विनाश। *

इस एकल अध्याय की पुस्तक में शुरू से अंत तक केवल एक ही फोकस है: एदोम। यह ऐसा है जैसे इस "मामूली पैगंबर" (दूसरों की तुलना में) का जन्म इसी उद्देश्य के लिए हुआ था। साम्राज्य काल में एदोम, आज के दक्षिणी जॉर्डन के क्षेत्र में था। मैं वहां गया हूं, और हालांकि इसका ज्यादातर हिस्सा रेगिस्तान है, रेगिस्तान के पहाड़ आश्चर्यजनक हैं, जिनके बीच ऊंची, चट्टानी चोटियां और ऊबड़-खाबड़ घाटियां हैं। ओबद्याह में धर्मग्रंथों के कुछ सेट हैं

पिछले इतिहास का हवाला देते हुए और कुछ भविष्य में विनाश की भविष्यवाणी कर रहे हैं। मैं समय-सीमा में सहायता के लिए संक्षिप्त टिप्पणियाँ और धर्मग्रंथ संदर्भ सूचीबद्ध करूँगा। लेकिन पहले एदोम आज के बारे में कुछ ऐतिहासिक और वर्तमान पृष्ठभूमि विवरण।

• एदोम ---एसाव का दूसरा नाम...एसाव का अर्थ है "बालों वाला", और एदोम का अर्थ है "लाल"

• एसाव जो आज जॉर्डन है उसके दक्षिणी भाग में बस गया और उसने अपने राज्य का नाम "एदोम" रखा। इसमें एक पश्चिमी पर्वत श्रृंखला शामिल है, जिसे आज "जॉर्डन हाइलैंड्स" कहा जाता है, जो साल्ट (या मृत) सागर के दक्षिणी सिरे से लेकर लाल सागर के उत्तरी सिरे तक फैली हुई है। यह यहूदा और एदोम के राज्यों के लिए एक स्वाभाविक विभाजन रेखा थी। पहाड़ों से पूर्व की ओर एक ऊँचा मैदान है, जिसमें रेगिस्तान, उपजाऊ घाटियाँ और माउंट सेईर सहित बिखरे हुए पहाड़ हैं। एदोम के उत्तर की ओर "मोआब" था, जो जॉर्डन के मध्य में था, और मोआब के उत्तर की ओर "अम्मोन" था। अम्मोन का निचला सिरा वह स्थान है जहां अम्मान, जॉर्डन (जॉर्डन की राजधानी) आज है। अम्मोन और मोआब वे क्षेत्र थे जहां नूह की दो बेटियों के अनाचारी बेटे बस गए। [उत्पत्ति 19:36-38]

• इन पश्चिमी पहाड़ों को पेट्रा पर्वत भी कहा जाता है, जो गोलान हाइट्स के पहाड़ों के दक्षिणी छोर से शुरू होते हैं, जो सीरिया तक जाते हैं, और लाल सागर के उत्तरी सिरे (फिर से, दक्षिणी भाग) तक जाते हैं पहाड़ों को आज "जॉर्डनियन हाइलैंड्स" के रूप में जाना जाता है)।

• मृत सागर के पूर्वी हिस्से की सीमा के अंदर, दुनिया में गुफाओं और सुरंगों की सबसे व्यापक प्रणाली है, और यहीं पर कई बाइबल विद्वानों का मानना है कि प्रकाशितवाक्य 12:13-17 के संतों को ले जाया जाएगा। क्लेश के मध्य में.

• वर्तमान एदोम/जॉर्डन पर अंतिम बिंदु के रूप में, जबकि जॉर्डन तेल उत्पादक देश है और इसलिए अपने कई अरब भाइयों की तरह एक समृद्ध देश नहीं है, और उनकी सेना सबसे कमजोर में से एक है, उनके पास एक बहुत बड़ा कार्ड है। 1967 के युद्ध के अंत से जॉर्डन के पास टेम्पल माउंट का पूरा प्रभार था। जब आप परिधि के चारों ओर और साथ ही इसकी ज़मीन पर सशस्त्र सैनिकों को देखते हैं, तो ये अरब सैनिक हैं, इज़रायली नहीं। वे न केवल आने वाले मंदिर के अधिक खुले तौर पर समर्थक बन रहे हैं, बल्कि वे "नोआहाइड कानून" कहलाने वाले के आरंभकर्ता भी थे, जो वैश्विक और अत्याचारी होगा। वे जो कर रहे हैं उसका सबसे दुष्ट हिस्सा पूरी दुनिया को व्यवस्थित रूप से यह विश्वास दिलाना है कि हम सभी एक ही ईश्वर की पूजा करते हैं। इस समय मैं जितना समझा सकता हूं, उससे कहीं अधिक समझाने की जरूरत है, लेकिन निकट भविष्य में इस पर एक पेपर लिखूंगा, क्योंकि यह बहुत तेजी से आगे बढ़ रहा है।

• एसाव ने लगभग चार हजार साल पहले जो शुरू किया था उसकी वर्तमान स्थिति को संक्षेप में प्रस्तुत करने के लिए, भले ही जॉर्डन ऐसा दिखता है जैसे वे मध्य पूर्व के स्विट्जरलैंड हैं, वे वास्तव में एसाव यह पता लगाने की कोशिश कर रहे हैं कि आखिरकार एक राष्ट्र और लोगों के समूह के रूप में इज़राइल को कैसे खत्म किया जाए। और सभी के लिए. उन्हें लगता है कि उन्होंने सब कुछ समझ लिया है, लेकिन, जैसा कि ओबद्याह ने इतने शक्तिशाली ढंग से, भविष्यवाणीपूर्वक रिकॉर्ड किया है...वे गलत हैं!!!

ओबद्याह 1:1-9---एदोम का आने वाला न्याय

श्लोक आठ में हम वाक्यांश "उस दिन" देखते हैं, जो भविष्यवक्ताओं की पुस्तकों में इसके लगभग हर उपयोग में, अंत समय को संदर्भित करता है। इसलिए जब हम एक से नौ श्लोक पढ़ते हैं तो हमें इसे ध्यान में रखना चाहिए।

• बनाम 1-4---जॉर्डन कम से कम बीस वर्षों से पर्दे के पीछे चुपचाप इस योजना पर काम कर रहा है कि इज़राइल को कैसे फंसाया जाए और नष्ट किया जाए। उनके आम लोग काफी गरीब हैं, जबकि शाही परिवार और राजा के अभिजात वर्ग एक "उच्च और ऊंचा" जीवन जीते हैं, जो टेम्पल माउंट के "रक्षक" होने के गौरव से भरे होते हैं, साथ ही वे हर अन्य दुष्ट योजना के निर्माता होते हैं। गतिमान कर दिया है. दुनिया को वे कोमल मेमनों की तरह दिखते हैं। परन्तु भीतर से वे भेड़िए हैं, और इस्राएल वह मेमना है जिस पर उन्होंने अपनी भूख लगाई है!

• बनाम 5-9---श्लोक सात कहता है कि एदोम "अंदर के स्रोतों" से नष्ट हो जाएगा क्योंकि उनके लिए अंत की शुरुआत शुरू हो जाएगी। हालाँकि, "उस दिन" वाक्यांश से, श्लोक 8-ऑन से, यह एक चरमोत्कर्ष की ओर ले जाता है जिसका वर्णन यशायाह, यिर्मयाह और आमोस में बेहतर ढंग से किया गया है। लेकिन पहला पद नौ: "तब हे तेमान, तेरे शूरवीर इतने निराश हो जाएंगे कि एसाव के पहाड़ों के सब लोग वध के द्वारा मारे जाएंगे।"

➢ तेमान राजा डेविड के समय में एदोम के राजाओं में से एक था, साथ ही एक शहर भी था।

➢ ध्यान रखें, जब आप छंद पढ़ेंगे तो मैं नीचे सूचीबद्ध करूंगा, कि बोस्रा शहर एदोम में एक शहर था जो अभी भी वहां है, और बंद करें पेट्रा के पहाड़ों तक. इसराइल में बाइबल शिक्षक विश्वास करते हैं
कि पेट्रा के पहाड़ वह जगह हैं जहां संतों के लिए "तैयार जगह" होगी, जिनके बारे में मैथ्यू 24:16 में "पहाड़ों पर भागने" के लिए कहा गया है, और प्रकाशितवाक्य 12 के अंत में फिर से वर्णित किया गया है। मैं व्यक्तिगत रूप से तीन लोगों को जानता हूं जिन्होंने खुद को बहुत जोखिम में डालकर उन गुफाओं में बाइबिल, पानी और गैर-नाशपाती भोजन की तस्करी में मदद की है। हम रहस्योद्घाटन मार्ग से जानते हैं कि ड्रैगन उन सभी को बाढ़ से डुबाने की कोशिश करेगा। अब बोस्रा के बारे में छंद पढ़ें, जो एदोम में है! मैं केवल धर्मग्रंथों के पतों को सूचीबद्ध करूंगा, लेकिन उन्हें देखना सुनिश्चित करें क्योंकि यह आकर्षक है, खासकर जब ओबद्याह 9 के साथ जुड़ा हुआ हो।

• यशायाह 34:6, 63:1; यिर्मयाह 49:13, 22; आमोस 1:12

• जब येशुआ वापस आएगा तो वह पहले बोज़रा जाएगा, फिर आर्मागेडन

ओबद्याह 10-16---एदोम ने अपने भाई के साथ दुर्व्यवहार किया

• बनाम 10-14---यहाँ ओबद्याह उस बुराई का वर्णन कर रहा है जो एदोम ने यहूदा के साथ की थी जब बाबुल उन्हें घेर रहा था और उन्हें बंदी बना रहा था।

• बनाम 15-16--- श्लोक पन्द्रह में, ओबद्याह ने "प्रभु (याहवे) का दिन" वाक्यांश का उपयोग किया है। इसका उपयोग पुराने नियम में मसीहा येशुआ की वापसी के दिन को संदर्भित करने के लिए कई बार किया गया है। यह वह समय-सीमा है जब उन्हें बोसरा में वध के संबंध में ऊपर की आयतों में वर्णित फैसले का सामना करना पड़ेगा।

➢ पद 16---"क्योंकि जैसे तुमने मेरे पवित्र पर्वत पर पिया...", यहां एक मध्य संदर्भ है जो आपको योएल 3:17 पर ले जाता है, "तो तुम्हें पता चल जाएगा कि मैं तुम्हारा परमेश्वर यहोवा हूं, जिसमें निवास कर रहा हूं।" सिय्योन मेरा पवित्र पर्वत है, और यरूशलेम भी पवित्र होगा, और कोई परदेशी फिर कभी उस में से होकर न जाएगा। सिय्योन टेंपल माउंट है, जहां वे जल्द ही डोम ऑफ द रॉक और अल अक्सा मस्जिद के बगल में तीसरा मंदिर स्थापित करेंगे, जबकि वे "सभी एक ईश्वर" की "भाईचारे की छतरी" के नीचे एक-दूसरे को गले लगाएंगे। जॉर्डनियों ने पूर्वी गेट (गोल्डन गेट, जिसे गेट ब्यूटीफुल भी कहा जाता है) के अंदर के बरोठे को अपने लिए एक "दावत कक्ष" में बदल दिया है। उन्होंने यह सोचकर कि यह हमारे राजा को वापस लौटने पर उसमें प्रवेश करने से रोक देगा, गेट के बाहर पहाड़ी पर एक विशाल कब्रिस्तान बनाया है। वे उन भूकंपों के बारे में भूल जाते हैं जो उसके लौटते ही पहाड़ियों और पर्वतों को हटा देंगे और घाटियाँ बना देंगे, और वे कब्रें बहुत पहले ही ख़त्म हो जाएँगी! वे उसके पवित्र पर्वत पर शराब पीने और दावत करने में बहुत व्यस्त हैं! अब श्लोक पन्द्रह और सोलह अधिक अर्थपूर्ण हैं!

ओबद्याह 17-21---इज़राइल की अंतिम विजय

ओबद्याह की किताब का तीन-चौथाई हिस्सा एदोम के अपराधों और उनके आने वाले फैसले के बारे में होने के बाद, वह अपना पूरा ध्यान उन आशीर्वादों पर केंद्रित करता है जो इज़राइल के लिए भी आ रहे हैं। यहां तक कि जब वह श्लोक अठारह में एसाव के अंतिम फैसले का वर्णन करता है, तो यह इज़राइल की जीत है।

उन्नीसवीं से इक्कीसवीं आयतों में, उन्हें यह वर्णन करने के लिए प्रेरित किया गया है कि इज़राइल के पूर्व हिब्रू बंदियों के पास कौन सी भूमि होगी। यह स्पष्ट रूप से राज्य का संदर्भ है। श्लोक इक्कीस में शब्द "उद्धारकर्ता" बलवान का #3467 है, जिसका अर्थ है "उद्धार करना; किसी चीज़ से बचाना; जीत दिलाना"।

उस श्लोक की अंतिम पंक्ति, "और राज्य यहोवा का होगा", सब कुछ कहती है। जल्दी आओ यशुआ, दिन को गति दो!

ब्रित हादाशाह / नई वाचा
नया करार
मत्ती 26:36-46; इब्रानियों 11:11-20
मत्ती 26:36-46---बगीचे में येशुआ की प्रार्थना

किसी को आश्चर्य हो सकता है कि ये छंद टोरा भाग के साथ कैसे मेल खाते हैं। वे दो अलग-अलग स्तरों पर बहुत अच्छी तरह से पंक्तिबद्ध हैं।

1. याद रखें कि हमारे टोरा भाग का एक मुख्य फोकस याक़ूब की एसाव के साथ दो मुठभेड़ों के बारे में था...पहला बड़ा ख़तरा वाला प्रतीत होता है, लेकिन अंत अच्छा रहा। दूसरा उनके पिता, इसहाक के दफ़नाने के लिए एक शांतिपूर्ण पुनर्मिलन है। एसाव चला गया और सब कुछ ठीक लग रहा है। याक़ूब जल्द ही अपने सभी बारह बेटों के साथ मिस्र में पहुँच जाएगा और वे वहाँ रहेंगे, पहले तो आराम से, लेकिन अंततः चार सौ वर्षों तक गुलाम बनकर रहेंगे। उन वर्षों के दौरान, एसाव और उसके वंशज एदोम राज्य का निर्माण कर रहे होंगे। जबकि एसाव के बच्चों (भविष्य की पीढ़ियों) ने मिस्र में उन चार शताब्दियों को बिताने के दौरान इज़राइल के बच्चों के साथ कभी बातचीत नहीं की, इज़राइल के खिलाफ एक पीढ़ीगत नफरत एसाव द्वारा पारित की गई होगी, क्योंकि एक बार यहोवा ने इज़राइल के बच्चों को मिस्र से बाहर लाया था और वे पूर्व की ओर सिनाई पर्वत की ओर चले गए, एदोम के विरुद्ध पहला अपराध उनके द्वारा किया गया और उन्होंने मूसा और इस्राएल के बच्चों को अपने देश से होकर जाने नहीं दिया, जिससे उन्हें रास्ते से बहुत दूर जाना पड़ा। यह निश्चित रूप से यहीं समाप्त नहीं हुआ, उनके पूरे इतिहास में उनके खिलाफ लगातार आक्रामकता की गई, जैसा कि इस अध्ययन में पहले चर्चा की गई थी। वे सदैव शत्रु थे।

2. लेकिन आज हम "गेथसमेन के बगीचे" में हैं। आज, जबकि गोग (रूस और उनके सहयोगी) इजरायल के लिए सबसे बड़ा सैन्य खतरा हो सकते हैं, एदोम (सामान्य तौर पर जॉर्डन) उससे भी बड़ा दुश्मन है। एदोम वह है जिसने यह पता लगा लिया है कि इज़राइल को भीतर से...आध्यात्मिक रूप से कैसे नीचे लाया जाए। जिस तरह येशुआ ने पीटर, जेम्स और जॉन को जगाए रखने और दुश्मन के अंतिम कदम के लिए तैयार रखने की कोशिश की, उसी तरह वह आज अपने चुने हुए लोगों को जगाए रखने और तैयार रखने की कोशिश कर रहा है, क्योंकि अंत करीब आ रहा है..."दुश्मन निकट है"।

इब्रानियों 11:11-20---कुलपतियों (और कुलपतियों) का विश्वास

इन दस छंदों को ग्यारहवें पद के अंतिम भाग में संक्षेपित किया जा सकता है, जहां यह सारा के बारे में कहता है, "...और जब वह बुढ़ापे की हो गई, तब उसने एक बच्चे को जन्म दिया, क्योंकि जिस ने प्रतिज्ञा की थी, उस ने उसे विश्वासयोग्य समझा।"

क्या हम उसे वफादार मानते हैं? क्या हमने याक़ूब की तरह अपने पूरे दिल, आत्मा और ताकत से उसकी ओर रुख किया है जब उसे एहसास हुआ कि अपनी ताकत से वह कभी भी अपने दुश्मनों पर विजय नहीं पा सकेगा? क्या हम पूरी रात उसके साथ कुश्ती करने को तैयार हैं (सबसे अंधेरी लड़ाई के माध्यम से) जब तक वह हमें आशीर्वाद नहीं देता? और अंततः, क्या हम विश्वास और आज्ञाकारिता का वह नमूना देखते हैं जो हमारे विश्वास के इन पिताओं और माताओं में से प्रत्येक को एक साथ जोड़ता है?

हम उनके ईश्वरीय उदाहरणों के माध्यम से अपने विश्वास में मजबूत हो सकते हैं!

9

उत्पत्ति 37:1-40:23

उत्पत्ति 37:1-40:23; आमोस 2:6-3:8
मत्ती 1:1-6, 16-25; अधिनियम 7:9-16

जोसेफ की कहानी वास्तव में क्या है

{अंश} लेखक: सैमुअल इमादी

*जोसेफ उस महान सत्य का एक ज्वलंत प्रतिनिधित्व है कि "...जो लोग ईश्वर से प्रेम करते हैं, उनके लिए जो उसके उद्देश्य के अनुसार बुलाए गए हैं, सभी चीजें मिलकर भलाई के लिए काम करती हैं।" जोसेफ हमेशा सही काम करता दिखता था; लेकिन इससे भी महत्वपूर्ण बात यह है कि उसने ऐसा सही कारण से किया। जोसेफ का जीवन संपूर्ण धर्मग्रंथ में अविश्वसनीय रूप से समृद्ध योगदान देता है।

अनुबंध रेखा के विरुद्ध खतरों का समाधान हो गया है

➢ पारिवारिक विभाजन और हिंसा

➢ अधर्म और अंतर्विवाह से बीज की शुद्धता को खतरा होता है

➢ वैश्विक अकाल संपूर्ण अनुबंध रेखा को ख़तरे में डाल देता है

फिर भी ईश्वर इनमें से प्रत्येक आवर्ती समस्या को हल करने के लिए यूसुफ का उपयोग करता है:

➢ बदला लेने के बजाय, जोसेफ ने अपने भाइयों के साथ मेल-मिलाप किया और क्षमा प्रदान करके पारिवारिक एकता बहाल की।

➢ जोसेफ ने अपने परिवार को विदेशी सांस्कृतिक प्रभाव से बचाते हुए गोशेन में बसाया। मिस्रवासियों के पूर्वाग्रहों से सुरक्षित [उत्पत्ति 46:33-34], इज़राइल विदेशी लोगों के साथ अंतर्विवाह से उत्पन्न खतरों के बिना एक राष्ट्र के रूप में विकसित हुआ।

➢ जोसेफ ने ज्ञान और प्रशासनिक प्रतिभा के माध्यम से गंभीर अकाल के बीच अपने परिवार (और दुनिया) की रक्षा की।

कुलपतियों से की गई कई प्रतिज्ञाएँ यूसुफ के माध्यम से पूरी हुईं

➢ यूसुफ के माध्यम से, यहोवा राष्ट्रों को आशीर्वाद देते हैं... गंभीर अकाल के दौरान अनाज की आपूर्ति करके, पहले मिस्र को, फिर राष्ट्रों को।

➢ यूसुफ के माध्यम से, यहोवा ने इब्राहीम के वंश को बढ़ाया। एक बार जब वह जैकब के परिवार को गोशेन में स्थानांतरित कर देता है तो वे "फलदायी और अत्यधिक गुणा" हो जाते हैं। [उत्पत्ति 47:27] शब्द "फूलो-फलो और बढ़ो"

संपूर्ण उत्पत्ति में घटित होता है, लेकिन यह उदाहरण अद्वितीय है। पहले, परमेश्वर ने या तो फलदायी और बहुगुणित होने की आज्ञा दी थी या वादा किया था कि वे ऐसा ही होंगे। लेकिन अब, पहली बार, फलदायी और गुणा एक वास्तविकता है। जोसेफ के नेतृत्व में, अब्राहम का बीज फलता-फूलता है।

➢ जोसेफ के माध्यम से, राजत्व के वादे का पहला खुलासा हुआ। हालाँकि यूसुफ एक शाब्दिक राजा नहीं था, उसके सपने से शुरू होकर, उसके कई रंगों के शाही वस्त्र [2 शमूएल 13:18], और फिरौन के लिए एक स्थापित स्टैंड-इन के रूप में उसकी नियुक्ति के साथ समाप्त, उसकी स्थिति निश्चित रूप से राजसी थी। यह इब्राहीम के पुत्र के माध्यम से मानव शासन को बहाल करने के लिए भगवान की दृढ़ प्रतिबद्धता का ठोस सबूत है। परमेश्वर ने इब्राहीम से एक राजवंश, एक शाही वंश का वादा किया था। यूसुफ उस वंश का पहला है, एक नया आदम जो राष्ट्रों के लिए परमेश्वर की आशीषों की मध्यस्थता करता है - एक प्रिय पुत्र और एक सेवक राजा।

➢ जोसेफ की यह कहानी सिर्फ इस बारे में नहीं है कि कैसे जोसेफ ने इब्राहीम के वादों को पूरा किया, बल्कि इस बारे में भी है कि कैसे यहोवा अपनी वाचा को निभाते हैं और एक अस्वीकृत लेकिन शाही वंश के माध्यम से अपने वादों को पूरा करते हैं। वाचा ईश्वर के हाथों में सुरक्षित है जो संप्रभु रूप से कार्यों का संचालन कर सकता है

अपने अच्छे उद्देश्यों के लिए दुष्ट मनुष्यों की [उत्पत्ति 50:20]। यूसुफ के माध्यम से, परमेश्वर अभिशाप को उलट रहा है और इब्राहीम से किए गए अपने वादों को पूरा कर रहा है।

जोसेफ मसीह का एक "प्रकार" है--मसीहा का एक दिव्य स्वरूप

➢ वह एक पसंदीदा पुत्र है, जिसे उसके भाइयों ने अस्वीकार कर दिया है।

➢ फिर भी, वफ़ादारी और पीड़ा के माध्यम से वह देश के सर्वोच्च सिंहासन पर चढ़ता है।

➢ परमेश्वर उसका उपयोग वाचा के वादों को पूरा करने और श्राप के प्रभावों को कम करने के लिए करता है।

➢ उत्पत्ति स्वयं सुझाव देती है कि यूसुफ एक मसीहा-प्रकार का है जो याकूब ने यहूदा को आशीर्वाद दिया था: "यहूदा, तेरे भाई तेरी स्तुति करेंगे; तेरा हाथ तेरे शत्रुओं की गर्दन पर होगा; तेरे पिता के पुत्र तेरे साम्हने झुकेंगे"। [उत्पत्ति 49:8] यह स्पष्ट रूप से यहूदा के जीवनकाल में कभी नहीं हुआ, लेकिन उसके लिए एक भविष्यवाणी शब्द था जो उसके वंशजों से आएगा। लेकिन जैकब ने यहूदा से आने वाले राजा को ऐसी कल्पना के साथ दर्शाया है जो जोसेफ की कहानी से काफी मिलती जुलती है।

➢ जोसेफ का वृत्तांत अपने आप में अंत नहीं है। यह भविष्य में परमेश्वर के कार्य का एक पैटर्न है। {मेरा सम्मिलन: यहां तक कि यहूदी भी आने वाले मसीहा को यूसुफ के पुत्र मसीहा बेन, मसीहा बेन डेविड के रूप में संदर्भित करते हैं...जोसेफ महान सेवक और डेविड को धर्मी राजा का प्रतिनिधित्व करता है।}

मूसा ने यूसुफ के महत्व को समझा

➢ शायद मूसा ने, उत्पत्ति लिखते समय, हमें यह दिखाने के लिए जोसेफ पर इतना समय बिताया कि भगवान अपने ही भाइयों द्वारा अस्वीकार किए गए एक महत्वहीन यहूदी के माध्यम से भी असंभव को पूरा कर सकते हैं। शायद मूसा ने जोसेफ पर इतना समय इसलिए बिताया ताकि उसके लोग आने वाले जोसेफ की आशा कर सकें जो अंततः और पूरी तरह से अभिशाप को उलट देगा और वादों को पूरा करेगा।

➢ जोसेफ की कहानी पूरी बाइबल की कहानी है। यह पीड़ा के माध्यम से महिमा की, अपमान के माध्यम से उत्थान की कहानी है। यह क्रूस और मुकुट की कहानी है।*

उत्पत्ति 37:1-11---जोसेफ ने महानता के सपने देखे

• यूसुफ ने अपने भाइयों के साथ उस पर तीन बार प्रहार किया। सबसे छोटा होने, अपने पिता की सबसे प्रिय पत्नी का बेटा होने और उसके पिता द्वारा उसके प्रति दिखाए गए स्पष्ट पक्षपात के बीच, उन्हें उससे ईर्ष्या होना स्वाभाविक था। लेकिन "कई रंगों के वस्त्र" और, अंततः, दो सपनों ने, ईर्ष्या को घृणा के स्तर पर धकेल दिया, और यह जानना कि वे शेकेम में क्या करने में सक्षम थे, यह केवल समय की बात थी जब तक कि उनकी नफरत और क्रोध को एक रास्ता नहीं मिल जाता दुष्ट आउटलेट.

उत्पत्ति 37:12-36---जोसेफ को उसके भाइयों ने बेच दिया

• बनाम 12-19---जैसे ही यूसुफ के भाइयों ने उसे कई रंगों के लबादे में आते देखा---बीच में---उन्होंने उसे मारने की साजिश रची! जब उन्होंने उसे आते देखा तो उन्होंने जो कहा उसमें एक छिपी हुई भविष्यवाणी है... "देखो, यह स्वप्न देखने वाला आ रहा है!"

➢ शब्द "सपने देखने वाला", इंटरलीनियर में, हिब्रू में दो शब्द हैं - "मास्टर" - स्ट्र। # 1167--(का)--"सपने"--स्ट्र. #2472. इसलिए, जब उन्होंने सचमुच कहा, "देखो, सपनों का यह स्वामी आ रहा है!", तो उन्हें क्या पता था कि वह मिस्र में सपनों के "स्वामी" (दुभाषिया) के रूप में जाना जाने लगेगा!

• बनाम 20-22---यह हैरान करने वाली बात है कि रूबेन, ज्येष्ठ पुत्र, जिसने कुछ ही समय पहले अपने पिता की उपपत्नी के साथ संबंध बनाया था, अपने पिता का अपमान किया था और अपने स्वयं के चरित्र को कलंकित किया था, वह इसे रोकने की कोशिश करेगा जोसेफ की हत्या. इससे किसी को आश्चर्य होता है कि क्या उसका पाप उस पर "खा रहा" था, इस हद तक कि इसके कारण उसे उनकी निंदा करनी पड़ी। योजना।

• बनाम 23-36---ये तेरह छंद जोसफ के साथ जो हुआ और येशुआ के साथ जो हुआ के बीच प्रतीकात्मक तुलनाओं से भरे हुए हैं...।

➢ पद 23--उन्होंने यूसुफ से उसका वस्त्र छीन लिया...उन्होंने येशुआ से उसके वस्त्र छीन लिये [लूका 23:34]

➢ पद 24--उन्होंने यूसुफ को गड्ढे में डाल दिया...येशुआ नरक में उतर गया [इफिसियों 4:8-9]

➢ पद 25--जोसेफ को मसालों, बाम और लोहबान के साथ एक बग्घी पर फेंक दिया गया... महिलाओं ने येशुआ के शव के लिए मसाले और सुगंधित तेल तैयार किए [लूका 23:56]

➢ पद 27--यहूदा ने अपने भाइयों को समझाया कि यूसुफ को मारने और उसका खून अपने हाथों पर लगाने के बजाय, उन्हें उसे मिस्र में गुलाम के रूप में बेच देना चाहिए... मुख्य याजकों और बुजुर्गों में से किसी एक को रखने के बजाय उनके हाथों पर उनका अपना खून लगा, पीलातुस को ऐसा करने के लिए राजी किया। [मैथ्यू 27:21-26]

➢ पद 28--जोसेफ को चांदी के 20 टुकड़ों में बेचा गया...येशुआ को चांदी के 30 टुकड़ों में बेचा गया [मैथ्यू 26:14-15]

➢ बनाम 29-35--जिस तरह याकूब को जब बताया गया कि यूसुफ मर गया है तो उसने अपने कपड़े फाड़ दिए और गहरा शोक मनाया... येशुआ की मृत्यु पर, पिता ने भूकंप पैदा किया, परदे को दो हिस्सों में फाड़ दिया [मैथ्यू 27:50-51], और इस्राएल का सारा देश घोर अन्धकार में डूब गया [लूका 23:44-45]

उत्पत्ति 38:1-38---यहूदा और तामार

मुझे लगता है कि इस अध्याय को किसी भी ईसाई के लिए समझना मुश्किल है, इसके बारे में बात करना तो दूर की बात है। ओपनर्स के लिए दो विषय हैं जो अधिकांश को, यदि हम सभी को नहीं, तो अनैतिक प्रतीत होते हैं...पहला यह कि अपने मृत बड़े भाई के छोटे भाई को अपने बड़े भाई की विधवा को "जानने" और उससे शादी करने के लिए बाध्य किया जाता है, ताकि बेटा पैदा हो सके. दूसरा यह कि यहूदा ने उसे देखा जिसे वह एक वेश्या समझता था और उसे उसे "जानने" और अपने रास्ते पर जाने के लिए भुगतान करने में पूरी तरह से सहज लग रहा था। इनमें से कोई भी हमारी आत्मा में अच्छी तरह से नहीं बैठता है और हम नहीं जानते कि उनके साथ क्या करना है। लेकिन मृत भाई के छोटे भाई द्वारा अपनी विधवा के लिए वैवाहिक कर्तव्यों को निभाने का पहला मामला अंततः सिनाई पर्वत से दी गई आज्ञाओं में से एक था। "यदि भाई एक साथ रहते हों, और उन में से कोई पुत्रहीन मर जाए, तो उस मरे हुए मनुष्य की विधवा का विवाह कुल के बाहर के किसी पुरूष से न किया जाए; उसके पति का भाई उसके पास जाए, और उसे अपनी पत्नी बनाए, और विवाह करे। और उसके प्रति पति के भाई का कर्तव्य यह होगा कि उसका पहिलौठा पुत्र उसके मृत भाई के नाम का उत्तराधिकारी हो, ऐसा न हो कि उसका नाम इस्राएल में से मिट जाए। [व्यवस्थाविवरण 25:5-6] यह स्वयं यहोवा की ओर से आया है, इसलिए हम इसके विरुद्ध आने का साहस नहीं करते। साथ ही, ऐसा लगता है कि यह केवल इज़राइल के बच्चों के लिए है। एक आदर्श दुनिया में, मृत भाई के भाइयों में से एक उससे इतना प्यार करता होगा कि वह अपनी विधवा से उससे शादी करने के लिए कहे और स्वचालित रूप से पहले बेटे का नाम अपने भाई के नाम पर रख दे। ओह, काश यह एक आदर्श दुनिया होती। लेकिन, दूसरी दिलचस्प बात यह है कि माउंट सिनाई पर अभी तक आज्ञाएँ नहीं दी गई थीं, तो ऐसा कैसे हुआ कि याकूब के समय में उन्हें ऐसा करने का पता भी था? मैं प्रस्तुत करता हूं कि यह एक बार फिर उस सूत्र की ओर इशारा करता है जिस पर मैंने अपने पेपर में ध्यान केंद्रित किया था, जिसे "द टोरा फ्रॉम द बिगिनिंग एंड फॉरएवरमोर" कहा जाता है, जहां मैं विभिन्न आज्ञाओं के माध्यम से चलता हूं जो वे गार्डन से जानते थे, उत्पत्ति 26 में कविता को इंगित करते हुए: 4-5: (यहोवा ने इसहाक से कहा), "और मैं तेरे वंश को आकाश के तारों के समान बहुत बढ़ाऊंगा; मैं तेरे वंश को ये सब देश दूंगा; और पृथ्वी की सारी जातियां तेरे वंश के कारण आशीष पाएंगी; क्योंकि इब्राहीम ने मेरी बात मानी और मेरे आदेश, मेरी आज्ञाओं, मेरी विधियों और मेरे नियमों (तोराह) का पालन किया"। यह साबित करने में यह सबसे महत्वपूर्ण धर्मग्रंथ है कि वे पौरोहित्य के बाहर, यदि सभी नहीं तो तोरा की कुछ आज्ञाओं को जानते थे, जिसे सिनाई पर्वत तक स्थापित नहीं किया गया था... अब्राहम तोरा का पालन कर रहा था! जहां तक दूसरे परेशान करने वाले मुद्दे की बात है, यहूदा और तामार हमें "गड़बड़" लग सकते हैं, लेकिन ऐसा न हो कि हम भूल जाएं, पिता ने (यहूदा के गोत्र के माध्यम से) रक्तरेखा को बनाए रखा, जिससे यहूदा के संघ के माध्यम से मसीहा को सामने लाया जा सके। और तामार... और यहूदा ने उसे "मुझसे भी अधिक धर्मी" कहा। [व.26] पेरेज़, तामार और यहूदा के जुड़वां बेटों में से पहला, हमारे मसीहा येशुआ के वंश की कड़ी था। [मैथ्यू 1:3; ल्यूक 3:33]

उत्पत्ति 39:1-23 ---गड्ढे से, एक उच्च पदस्थ दास के लिए,
जेल से, कैदियों के पर्यवेक्षक तक

अब ध्यान पूरी तरह से फिर से जोसेफ पर केंद्रित है, और उस अविश्वसनीय यात्रा पर जो यहोवा ने उसे दी है। के जबरदस्त उतार-चढ़ाव के बारे में सोचें
उसका युवा जीवन! एक युवा के रूप में, अपने पिता द्वारा जबरदस्त पक्षपात दिखाया गया... अपने ही भाइयों द्वारा गड्ढे में फेंक दिया गया और गुलाम के रूप में बेच दिया गया, संभवतः फिर कभी उसे देखने के लिए नहीं। फिर एक दास के रूप में अपनी नीच स्थिति से उठकर फ़िरौन के रक्षकों के प्रधान की संपत्ति के पर्यवेक्षक के पद तक पहुँचना...केवल झूठा आरोप लगाया जाना और जेल में डाल दिया जाना। फिर सभी कैदियों के पर्यवेक्षक के पद तक पहुंचने के लिए (एक सह-कैदी के रूप में!)...केवल वहां छोड़ दिया गया और दो और वर्षों के लिए भुला दिया गया, इसके अलावा वह जो पहले ही सेवा कर चुका था। ये अन्याय और बंधन उस चीज़ का हिस्सा थे जिसका उपयोग यहोवा ने यूसुफ को एक ऐसे नेता के रूप में ढालने और परिष्कृत करने के लिए किया था जिसे वह पूरे मिस्र का शासक बनाएगा। इन परीक्षणों और परीक्षणों के माध्यम से, यहोवा यूसुफ को दलित लोगों के लिए करुणा और एक मजबूत बुतपरस्त राष्ट्र का नेतृत्व करने के लिए चतुराई और ज्ञान दोनों सिखाएगा। इस छोटे से अध्याय में:

- 4 बार यह लिखा है "यहोवा उसके साथ था"
- 2 बार यह कहा गया है "यहोवा ने वह सब बनाया जो यूसुफ ने समृद्धि के लिए किया"
- 2 बार यह कहा गया है "यहोवा ने उस पर अनुग्रह किया"

जोसेफ के पास दो विकल्प थे। उसके भाइयों ने उसके साथ जो किया उससे वह इतना कड़वा और क्रोधित हो सकता था, इससे यहोवा अपने जीवन में जो करना चाहता था उसे अवरुद्ध कर देता। उनका गुस्सा तब और बढ़ सकता था जब उन पर गलत आरोप लगाया गया और उन्हें जेल में डाल दिया गया। इसके अलावा...वह पोतीपर की पत्नी के बहकावे में आ सकता था। लेकिन उसने ऐसा नहीं किया. इसके बजाय, प्रत्येक अन्याय, पदावनति और प्रलोभन के साथ, वह रास्ते पर बने रहे, अपने चरित्र और विश्वास को बनाए रखा, और कड़ी मेहनत की... एक समय में एक दिन। और पिता ने इसे आशीर्वाद दिया. जब हम अपमान, अन्याय और परीक्षणों की पीड़ा के माध्यम से धर्मी बने रहेंगे, तो

पिता उनका उपयोग हमें परिष्कृत करने, हमारा उपयोग करने और हमें आशीर्वाद देने के लिए करेंगे। पुनः, रोमियों 8:28----"और हम जानते हैं कि जो लोग परमेश्वर से प्रेम रखते हैं, उनके लिए सब बातें मिलकर भलाई ही उत्पन्न करती हैं; और जो उसके प्रयोजन के अनुसार बुलाए गए हैं।"

उत्पत्ति 40:1-21---कैदियों के स्वप्न

• बनाम 1-4---कितना दिलचस्प है कि फिरौन के लिए मुख्य बटलर और मुख्य बेकर उसी जेल में पहुँच गए जहाँ यूसुफ था, और श्लोक चार में कहा गया है कि जोसेफ ने उनकी सेवा की... और केवल थोड़े समय के लिए नहीं। उन्हें इस बात का जरा भी अंदाजा नहीं था कि उनकी सेवा करने वाला यह विनम्र युवक एक दिन उन पर शासन करेगा जो जीवित रहेंगे। वह कौन लगता है?....

• ईश्वर वास्तव में जोसेफ को जेल से बाहर लाने के लिए बटलर का उपयोग करेगा, लेकिन यह तुरंत वैसा नहीं होगा जैसा उसने आशा की थी।

• कभी-कभी हमारी सबसे बड़ी परीक्षा तब होती है जब हम सोचते हैं कि हम अपने परीक्षण के मौसम से बचने, या बचाव की एक दिव्य संभावना देखते हैं, लेकिन यह जल्दी से नहीं होता है, और जैसे-जैसे समय बीतता है, हमारे विश्वास को मजबूत बनाए रखना कठिन होता जाता है। यह तब है जब हमारी बाइबलें, ईश्वरीय उदाहरणों से भरी हुई, हमारी शिक्षा और सुधार के लिए हैं। जोसेफ को गुस्सा नहीं आया...वह वहीं करता रहा, जहां उसे करने के लिए कहा गया था। जब वह दिन आया कि उसे अधिकार के सर्वोच्च स्थान पर रखा गया, तो क्या उसने दो साल तक उसके बारे में भूलने के लिए बटलर से प्रतिशोध लिया? उसने नहीं किया। यह बाद में फिर से सामने आएगा, जब वह अपने भाइयों के खिलाफ जवाबी कार्रवाई कर सकता था, लेकिन इसके बजाय उसने उन्हें माफ करने का फैसला किया। यह अनुग्रह के अधीन शक्ति है. यह हमारे उद्धारकर्ता येशुआ का चरित्र है। हममें निहित पवित्र आत्मा की शक्ति के माध्यम से हमें इसी के लिए बुलाया गया है। अनुग्रह के अधीन शक्ति...प्रेम और क्षमा।

• वी. 20---फिरौन का जन्मदिन, जिस दिन उसने एक को पुनः स्थापित किया और दूसरे को फाँसी दी, बाइबल में दर्ज केवल दो जन्मदिनों में से एक है। दूसरा हेरोदेस का था, जब उसने भी एक दावत रखी थी---जो जॉन द बैपटिस्ट का सिर काटने के साथ समाप्त हुई। [मैथ्यू 14:6-10]

हफ़्तारा
आमोस 2:6-3:8

आमोस 2:6-16---इज़राइल पर निर्णय (जैसा कि उत्तरी साम्राज्य में)

• पद 6--इस श्लोक के दूसरे भाग में कहा गया है, "क्योंकि वे धर्मियों को चाँदी के बदले बेचते हैं"। इसकी शुरुआत इज़राइल के गठन के आरंभ में हुई जब यूसुफ को उसके भाइयों ने चांदी के 20 टुकड़ों में बेच दिया। अब यहाँ वे अभी भी ऐसा कर रहे हैं, अमोस के विवरण के अनुसार...धर्मियों को बेच रहे हैं! वे येशु के दिनों में भी ऐसा कर रहे होंगे, जब उन्होंने उसे चाँदी के 30 टुकड़ों में बेच दिया था! इस कविता की अगली पंक्ति कहती है, "और गरीबों को एक जोड़ी सैंडल के लिए।" अब आमोस 8 को देखें: -5 की अंतिम पंक्ति, से 6 तक - "धोखे से तराजू को झुठलाना, कि हम कंगालों को चान्दी से, और कंगालों को एक जोड़ी जूतियां देकर मोल लें।"

• पद 7--यदि आपका अनुवाद कहता है, "वे गरीबों के सिर पर पड़ी धरती की धूल के पीछे हांफते हैं", तो हिब्रू शब्द "हांफने के बाद" का बेहतर अनुवाद "रौंदना" के रूप में किया जाता है। "वे धरती की उस धूल को रौंदते हैं जो गरीबों के सिर पर है।" वे गरीबों को रौंदते हैं.
अगली पंक्ति में यह कहा गया है, "और नम्र लोगों का मार्ग बिगाड़ दो।" मध्य सन्दर्भ आपको यशायाह 29:21 की ओर भेजता है, "(वे)... जो वचन के द्वारा मनुष्य को अपराधी बनाते हैं, और जो फाटक में उलाहना देता है उसके लिये फंदा बिछाते हैं, और धर्मी को व्यर्थ वचन के द्वारा टाल देते हैं।" क्या आपने कभी किसी पादरी या आध्यात्मिक नेता को जाना है या सुना है जो "एक शब्द देता है" जो ईश्वर से आता हुआ प्रतीत होता है, लेकिन वास्तव में आपको ईश्वर या आपके साथी व्यक्ति के खिलाफ अपराध की ओर ले जा रहा है? जब आप "द्वार पर डाँटने" का प्रयास कर रहे हों तो क्या कभी किसी ने आपके लिए "फंदा बिछाने" का प्रयास किया है? या आख़िरी के बारे में क्या ख़याल है...क्या किसी ने खोखले शब्दों से आपको दरकिनार कर दिया है? बाद में आपसे "बातचीत" करने का वादा, या यह कि वे उस पर विचार करेंगे जो आप कह रहे हैं... जो कुछ भी वे सोचते हैं कि आप सुनना चाहते हैं उसका वादा करते हैं, लेकिन कभी उस पर अमल नहीं करते?

• बनाम 9-16--ये अंतिम आठ छंद पहले उनके प्रति यहोवा के प्रेम को व्यक्त करते हैं, उन्हें उन सभी चीजों की याद दिलाते हैं जो उसने उनके लिए की थीं, और फिर जिस तरह से उन्होंने उसकी ओर मुड़कर उसकी दयालुता का व्यवहार किया, उसके लिए उनका क्रोध उन पर आता है, और चुनना, दुष्ट.

आमोस 3:1-8---पैगंबर के संदेश का अधिकार

• यहाँ अमोस पूरे अधिकार और एक भविष्यवक्ता के अभिषेक से इसराइल को चेतावनी देने की कोशिश कर रहा है कि वे बहुत दूर चले गए हैं। यहोवा ने उन्हें याद दिलाया कि पृथ्वी पर कोई अन्य लोग नहीं थे जिन्हें वह जानता था, और इसलिए, उनके खिलाफ उनके अपराधों की भयावहता के कारण, उनके खिलाफ न्याय का समय आ गया था। श्लोक तीन में, सर्वशक्तिमान द्वारा एक कालातीत सत्य कहा गया

है---"क्या दो लोग एक साथ चल सकते हैं, जब तक कि वे सहमत न हों?" उस समय, वह इस्राएल से उनके बड़े अपराधों के कारण बातें कर रहा था। लेकिन यह हमारे लिए भी एक लागू सत्य है, किसी भी रिश्ते में जिसमें हम बहुत समय बिताते हैं। यह 2 कुरिन्थियों 6:14-18--- से जुड़ा है।

14 अविश्वासियों के साथ असमान जूए में न जुतो।
क्योंकि धर्म का अधर्म से क्या मेल?
और प्रकाश का अंधकार से क्या संबंध है?
15 और मसीह का बेलियाल से क्या मेल है? या कौन सा भाग
क्या किसी आस्तिक का किसी अविश्वासी के साथ संबंध है? 16 और कैसा समझौता?
क्या भगवान का मन्दिर मूर्तियों से युक्त है? क्योंकि तुम ही मन्दिर हो
जीवित परमेश्वर का. जैसा कि भगवान ने कहा है:
"मैं उनके साथ रहूंगा और उनके बीच चलूंगा।
मैं उनका परमेश्वर ठहरूंगा, और वे मेरी प्रजा ठहरेंगे।"
17इस कारण प्रभु कहता है, उन में से निकलो, और अलग हो जाओ। अशुद्ध वस्तु को मत छूओ, तो मैं तुम्हें ग्रहण करूंगा। 18मैं तुम्हारा पिता बनूंगा, और तुम मेरे बेटे बेटियां ठहरोगे, यह कहता है सर्वशक्तिमान यहोवा।"

ब्रित हादाशाह / नई वाचा

नया करार

मत्ती 1:1-6, 16-25; अधिनियम 7:9-16

मत्ती 1:1-6, 16-25 --- येशुआ की वंशावली और मान्यता

श्लोकों के इन दो सेटों के संयोजन में, श्लोक तीन में, हम येशुआ की पंक्ति में यहूदा और उसके बेटे, पेरेज़ दोनों के आनुवंशिक संबंध को पढ़ते हैं। अठारह से पच्चीस छंदों में, तामार और मैरी दोनों के लिए गर्भधारण की अजीब परिस्थितियों का एक संबंध है, जिससे कुछ लोगों को उनके प्रति संदेहपूर्ण और आलोचनात्मक होने का मौका मिलता है... कुछ को अविश्वास करने का भी मौका मिलता है।

प्रेरितों के काम 7:9-16---स्टीफन की मिस्र में कुलपतियों की रिपोर्ट

शायद हमारे दिलों में लिखने के लिए सबसे प्रभावशाली कविता (अमिट स्याही से!) नौवीं कविता और दस का पहला भाग है...

"और कुलपतियों ने ईर्ष्या करके यूसुफ को मिस्र में बेच दिया।
लेकिन भगवान उसके साथ थे और उसे उसकी सभी परेशानियों से बचाया..."

निश्चित रूप से हम सभी को जन्म से ही "मिस्र" में बेच दिया गया था। परन्तु येशुआ के साथ मुक्ति है। और येशुआ के साथ कुछ भी बड़ा नहीं है। हम सभी जीवित प्रमाण हैं।

"क्योंकि यहोवा कहता है, मैं जानता हूं कि जो विचार मैं तुम्हारे विषय में सोचता हूं, वे बुराई के नहीं, परन्तु शान्ति के हैं, कि तुम्हें भविष्य और आशा दूं।" [यिर्मयाह 29:11]

धन्यवाद पिताजी....आमीन!

10

उत्पत्ति 41:1-44:17

उत्पत्ति 41:1-44:17; 1 राजा 3:15-4:1
मत्ती 27:15-46; 1 कुरिन्थियों 2:1-5

उत्पत्ति 41:1-36---फिरौन के स्वप्न

"दो वर्ष के बीतने पर फिरौन ने स्वप्न देखा, और क्या देखा, कि वह महानद के किनारे खड़ा है।" [उत्पत्ति 41:1]

• पहली चीज़ जो हम फिरौन के सपने में देखते हैं वह वह स्थान है जहाँ वह है। मिस्र में केवल एक मुख्य जल स्रोत है और वह नील नदी है। वे सिंचाई में कुशल थे, इसलिए सभी प्रकार के फल और सब्जियाँ पैदा करते थे। नदी में भोजन के लिए प्रचुर मात्रा में मछलियाँ भी उत्पन्न होती थीं। [देखें: संख्या 11:4-6] नील नदी की पूजा सभी मिस्रवासियों द्वारा एक देवता के रूप में की जाती थी, जिसमें फिरौन भी शामिल थे, जो स्वयं देवताओं के रूप में पूजे जाते थे। सूर्य और नील नदी को जीवन देने वाले देवता माना जाता था, जो राष्ट्र को जीवन के लिए आवश्यक हर चीज का उत्पादन करते थे।

• v.2-7---आइए हम फिरौन के पहले और दूसरे सपने के बीच अंतर की जांच करें जिसमें गाय और अनाज दोनों के दो सेट शामिल थे:

अच्छी दिखने वाली और मोटी गायें: कुरूप और दुबली गायें:
*घास के मैदानों में भोजन करना ----→ *नदी के किनारे खड़ा होना
*अपने भाग्य से अनजान हैं ----→ *अच्छी दिखने वाली और मोटी गायें खाते हैं
*मोटी गायों को खा लिया जाता है ----→ *खाने के बाद भी वे बदसूरत और दुबली हैं
अनाज की सात भरी हुई बालें: सात सूखी, पतली और झुलसी हुई बालें:
*एक डंठल, सात अच्छे और ----→ *सात मुरझाए, पतले और झुलसे हुए
अनाज से भरी हुई बालें अच्छी बालें खाती हैं

• आयत 25 और 26 में जोसेफ दोहराता है कि दोनों सपने एक हैं। यहां एक के लिए हिब्रू शब्द "ईचाड" है - स्ट्रॉन्ग का #259 - पहली परिभाषा "एकजुट" या "एकजुट" है। तो, दो अलग-अलग चीजें जो एक होकर खड़ी हैं... दो सपने जो एक होकर एक साथ खड़े हैं... सात साल की प्रचुरता और उसके बाद सात साल का भीषण अकाल। यह सपनों की बाइबिल आधारित भविष्यवाणी व्याख्या है। लेकिन कुछ साल पहले, मैंने पहले सपने में चार सौ साल बाद सामने आने वाली घटनाओं की एक और "तस्वीर" देखी। यदि आप गायों के दो समूहों के वर्णन को देखें, तो आप देखेंगे कि मोटी गायें घास के मैदान में चर रही हैं, जबकि दुबली और बदसूरत गायें नदी के किनारे खड़ी हैं। चारा, चर्बी और घास का मैदान शब्द आपको यह एहसास दिलाते हैं कि इन गायों ने इसे बनाया है। वे अच्छे और मोटे हैं और किसी अद्भुत घास के मैदान में बस चर रहे हैं। इस बीच, पतली, दुबली और बदसूरत गायें नदी के किनारे (जो अक्सर कीचड़युक्त होती हैं) खड़ी हैं... फिर भी वे ऐसी हैं जो विशेषाधिकार प्राप्त मोटी गायों को खाकर उन्हें नष्ट कर देंगी। सपने के सात साल बाद ऐसा हुआ होता अगर फिरौन इस युवा हिब्रू व्यक्ति को देश की बागडोर अपने हाथ में लेने और अति के वर्षों के दौरान अनाज पर नियंत्रण रखने के लिए तैयार नहीं होता। जैसे-जैसे अकाल और अधिक गंभीर होता गया, लोग भूख से मरते हुए, हताश स्थिति में, कुलीन वर्ग में शामिल हो गए, जो अभी भी उपलब्ध अनाज जमा कर रहे थे, और सब कुछ खा गए, जिससे अकाल के अंत तक वे सभी भूख से मर गए। . हालाँकि, जोसेफ, दैवीय ज्ञान के माध्यम से, प्रचुर मात्रा में वर्षों के दौरान पर्याप्त मात्रा में भंडारण करने में सक्षम था, ताकि उन सभी को ध्यान से खिलाया जा सके - जिसमें अन्य भूखे राष्ट्र भी शामिल

थे - और अकाल से बचे रहे।

• परोपकार के माध्यम से यह आदेश, ज्ञान और समानता नहीं टिकेगी। एक बार जब फिरौन और जोसेफ की मृत्यु हो गई और हिब्रू लोग बढ़ रहे थे और मजबूत हो रहे थे, तो नए मिस्र के नेताओं ने उनसे डरना शुरू कर दिया, इस हद तक कि उन्होंने जब तक संभव हो सके उन पर "दबाने" का फैसला किया। इस प्रकार 400 वर्षों की गुलामी शुरू हुई, इस दौरान उन्हें तिरस्कृत किया गया, कोड़ों से खदेड़ा गया, पीटा गया, बोझ ढोने वाले जानवरों की तरह इस्तेमाल किया गया और उनके साथ व्यवहार किया गया। अब यह मोटी, कुलीन गायें और दुबली, पिटी हुई गायें हैं, जिनका प्रतिनिधित्व फिरौन और उसके कुलीन बनाम इज़राइल के गुलाम बच्चों द्वारा किया जाता है। इस बार, कमजोर लोगों द्वारा अकाल की प्रक्रिया के माध्यम से अभिजात वर्ग को "खत्म" करने के बजाय, यह विपत्तियाँ होंगी जो उनकी भूमि और उनके अधिकांश पशुधन को नष्ट कर देंगी, साथ ही एक अंतिम मौत की सजा होगी जो मिस्र के प्रत्येक पहलौठे को खा जाएगी बेटे और पशुधन, साथ ही फिरौन स्वयं और उसकी पूरी सेना... तो, राष्ट्र की लगभग पूरी "रीढ़"... यह सब इज़राइल के बच्चों, "दुबली" गायों के साथ उनके व्यवहार के कारण था।

उत्पत्ति 41:37-57---जोसेफ का शक्ति में उदय

"सो यह सम्मति फिरौन और उसके सब कर्मचारियोंकी दृष्टि में अच्छी लगी। (यूसुफ की सम्मति के अनुसार) फिरौन ने अपके दासोंसे कहा, क्या हम ऐसा कोई पुरूष ढूंढ़ सकते हैं, जिस में ईश्वर की आत्मा?' तब फिरौन ने यूसुफ से कहा, परमेश्वर ने तुझे यह सब दिखाया है, इसलिये तेरे तुल्य कोई समझदार और बुद्धिमान नहीं है।'' [उत्पत्ति 41:37-39]

• बनाम 38-39---दो बार फिरौन ने स्वीकार किया कि ईश्वर यूसुफ के साथ है। ध्यान दें कि वह यह नहीं कहता कि "हिब्रू ईश्वर" या "तुम्हारे पूर्वजों का ईश्वर" तुम्हारे साथ है। फिरौन ने "मिस्र के सभी जादूगरों और बुद्धिमानों" (पद 8) से पूछा था कि उसके दो सपनों का क्या मतलब है, कोई फायदा नहीं हुआ। तब उसके मुख्य बटलर ने उसे उन सपनों के बारे में बताया जो उसने और मुख्य बेकर ने जेल में रहते हुए देखे थे, और कैसे यूसुफ के सपनों की व्याख्या "अक्षर" सच हो गई थी। जोसेफ की व्याख्या में कुछ
फिरौन के सपनों को उसके लिए सच होना ही था, जिसने यूसुफ के समाधान के लिए भी सटीक और बुद्धिमानी का रास्ता खोल दिया। जब हम येशुआ के साथ निकटता से चल रहे हैं और उसके उद्देश्यों के लिए उसका उपयोग कर रहे हैं, तो वह हमारे विचारों और शब्दों का मार्गदर्शन करेगा। फिरौन, जो अन्य देवताओं की पूजा करता था, और खुद को भगवान मानता था, उसे अपनी इच्छा और शक्ति के तहत कभी भी इस "विदेशी देवता" को श्रेय नहीं देना चाहिए था। परन्तु यूसुफ आरम्भ से ही फिरौन से यह कहकर विश्वासयोग्य रहा, कि यह मुझ में नहीं है; परमेश्वर फिरौन को शान्ति का उत्तर देगा। (व. 16) यूसुफ की गवाही ने यहोवा की महिमा के लिए द्वार खोल दिया! क्या यह हम सभी के दिलों की इच्छा नहीं है...कि बढ़ते अंधकार के इस समय में, सत्य, ज्ञान और विवेक की रोशनी हमारे माध्यम से चमकेगी, जिससे दूसरों को पता चलेगा कि कुछ सामान्य से अलग है...कुछ दिव्य हमारे अंदर काम कर रहा है। विचार करें कि मूसा के दिनों में फिरौन ने क्या कहा था--यहाँ तक कि उन चमत्कारों के बाद भी जो यहोवा ने उसके और उसके जादूगरों के सामने किए थे।..."यह यहोवा कौन है, कि मैं उसकी बात मानकर इस्राएल को जाने दूं? मैं यहोवा को नहीं जानता, न ही जानूंगा। मैंने इसराइल को जाने दिया।" [निर्गमन 5:2] एक को बड़ा आशीर्वाद मिला; दूसरे को मृत्यु प्राप्त हुई. यूसुफ के समय के इस फिरौन को यहोवा ने बहुत कठोरता से प्रेरित किया होगा।

• बनाम 40-46--- फिरौन अब यूसुफ को शक्ति और पद से लेकर धन और प्रसिद्धि तक सब कुछ देने के लिए तैयार है।

वास्तव में हर घुटना उसके सामने झुकेगा और फिरौन उसे अपनी अंगूठी और उसके घर और राष्ट्र दोनों पर नियंत्रण देगा। वह उसे एक पत्नी भी देगा जिससे यूसुफ को मनश्शे और एप्रैम नामक दो पुत्र उत्पन्न होंगे। तीस वर्ष की आयु में यूसुफ पूरे मिस्र में फिरौन के बाद दूसरा बन जाएगा और बाहर जाकर मिस्र की सारी भूमि का सर्वेक्षण करेगा।

➢ आइए एक कदम पीछे हटें और जांच करें कि इस युवा व्यक्ति के जीवन के पहले तीस वर्षों में उसके साथ क्या हुआ...

• उनका जन्म बारह भाइयों में दूसरे सबसे छोटे भाई के रूप में हुआ था, जो चार अलग-अलग माताओं से थे, और उनके सामान्य पिता उनके प्रिय थे, इसलिए कम उम्र में ही उनमें जोसेफ के प्रति ईर्ष्या पैदा हो गई।

• अधिकांश विद्वानों का मानना है कि यूसुफ लगभग आठ वर्ष का था जब उसके भाई को जन्म देते समय उसकी माँ की मृत्यु हो गई।

• सत्रह साल की उम्र में उसे उसके भाइयों ने मिस्र में गुलामी के लिए बेच दिया था।

• अपने परिवार से अलग होकर, उन्होंने पोतीपर के दास के रूप में सेवा की, जिसके बाद कुछ वर्षों तक, कुल तेरह वर्षों तक जेल में रहे। (17 + 13 = 30)

➢ अपने भाइयों से नफरत, गुलाम के रूप में बिताए गए वर्षों (यद्यपि एक अच्छा व्यवहार करने वाला गुलाम), और एक अन्यायपूर्ण जेल की सजा के साथ, जोसेफ के पास एक घृणित, द्वेषपूर्ण युवक में बदलने के लिए एकदम सही पृष्ठभूमि होती... वास्तव में अधिकांश के पास होती। लेकिन उसने ऐसा नहीं किया. वास्तव में, उसने अपने ऊपर जो भी था, उसके लिए और जेल में एक बार अन्य कैदियों के लिए आशीर्वाद बनने के लिए कड़ी मेहनत की। वह बस विश्वास और धार्मिकता में, यहोवा द्वारा उसकी परिस्थितियों को बदलने की प्रतीक्षा कर रहा था।

• बनाम 47-57---एक बार जब पद और अधिकार का हस्तांतरण पूरा हो गया, और यूसुफ ने मिस्र की पूरी भूमि का सर्वेक्षण कर लिया, तो वह यहोवा की योजना को कार्यान्वित करने के लिए तैयार था... और यह कितनी दिव्य शानदार योजना थी!! इनमें से कुछ भी संभव नहीं होता

यदि यहोवा ने सात प्रचुर वर्षों के दौरान भूमि को और इसलिए वृद्धि को आशीर्वाद न दिया होता। हम सभी इस ढांचे को येशुआ के साथ अपनी यात्रा में लागू कर सकते हैं। हम जानते हैं कि हमारे जीवन में ऐसे मौसम आते हैं जब हम याह के वचन, प्रार्थना और स्तुति में भरपूर समय बिता सकते हैं...साथ ही दूसरों की सेवा भी कर सकते हैं।

फिर ऐसे मौसम भी आते हैं जब जीवन उपभोगमय हो जाता है और हम मुश्किल से भौतिक के साथ तालमेल बिठा पाते हैं, आध्यात्मिक की तो बात ही छोड़ दें। आध्यात्मिक रूप से प्रचुर समय में हम जो करते हैं, वह हमें आध्यात्मिक कमी से उबरने में मदद करता है, भले ही अकाल से पूरी न हो। जब चीजें अच्छी होती हैं और हम आध्यात्मिक आशीर्वाद के बाद आध्यात्मिक आशीर्वाद प्राप्त कर सकते हैं, तो क्या हम आशीर्वाद, पसंदीदा धर्मग्रंथ और प्रार्थनाओं का उत्तर लिखते हैं, ताकि जब हम सूखे और अकाल के समय में आएं... तो सोचें कि क्या यह कभी बदलेगा... हम क्या आपके पास हमें सर्वशक्तिमान की प्रचुरता, प्रेम और कृपा की याद दिलाने के लिए कुछ है... जब तक हम "अकाल" के दूसरी ओर नहीं पहुंच जाते, तब तक हमें मजबूत बने रहने में मदद करने के लिए कुछ है?

उत्पत्ति 42:1-24---जोसेफ के भाई मिस्र गये

• पद 6---"अब यूसुफ उस देश का अधिपति था; और वही उस देश के सब लोगोंके हाथ बेचनेवाला या। और यूसुफ के भाई आए, और पृथ्वी पर मुंह करके उसके साम्हने दण्डवत् किया।" यहाँ यूसुफ के भाइयों के उसके सामने झुकने की भविष्यवाणी की पूर्ति है!

• बनाम 7-23---जोसेफ को अपने भाइयों के साथ कैसे व्यवहार करना चाहिए, इसके हर निर्णय में ईश्वर की आत्मा का नेतृत्व किया गया था...अत्यंत कठोर व्यवहार करने से लेकर, उनसे मिस्र में बात करने तक, एक दुभाषिया का उपयोग करने तक, ताकि वे उसके भाइयों को पहचान न सकें। आवाज़। इस समय तक यूसुफ लगभग 40 वर्ष का हो गया होगा, क्योंकि प्रचुरता के सात वर्ष बीत चुके थे और वे अकाल के सात वर्षों में शामिल हो गए थे। और क्या चीज़ उन्हें उसे पहचानने से रोक सकती थी?

1. जोसेफ ने अपने शरीर के बाल मुंडवा लिए होंगे। कई वेबसाइटों में आप निम्नलिखित सीखेंगे: "प्राचीन मिस्र में, प्रत्येक वयस्क अपने शरीर के सारे बाल मुंडवा लेता था। पुरातत्वविदों को ठोस सोने से बने कई "रेजर" मिले हैं। इस स्वास्थ्य अभ्यास ने शरीर की जूँओं के सबसे पसंदीदा निवास स्थानों को समाप्त कर दिया। कई पुरुष और महिलाएं भी अपने सिर गंजा करना पसंद करती थीं, अपने प्राकृतिक बालों के स्थान पर विग लगाना पसंद करती थीं। पुजारी, जो स्वच्छता के कड़े नियमों का पालन करते थे, उन्हें अक्सर पूरी तरह से गंजे सिर के साथ चित्रित किया जाता है।"
2. जोसेफ ने मेकअप किया होगा. उपरोक्त जैसी ही साइट से, यह कहता है, "पुरुषों और महिलाओं दोनों ने मेकअप किया था"।
3. यूसुफ बढ़िया (मिस्र) सनी का कपड़ा पहिने हुए था। [41:42]
4. यूसुफ ने फिरौन की मुहर वाली अंगूठी और गले में सोने की जंजीर पहनी। [41:42]
5. यूसुफ ने उन से मिस्री भाषा में बातें कीं। [42:7]
6. सब लोगों ने उसको दण्डवत् किया। [41:43]
7. जोसेफ को मिस्र का नाम दिया गया था। [41:45]
8. यूसुफ को एक मिस्री पत्नी दी गई। [41:45]
9. यूसुफ के दो आधे मिस्री बेटे थे। [41:50]
10. यूसुफ 17 वर्ष का था जब उन्होंने उसे आखिरी बार देखा था, और अब लगभग 40 वर्ष का है।

इन लगभग 23 वर्षों ने न केवल उसे बूढ़ा कर दिया, बल्कि उसे अपने रूप, वाणी और अपने अधिकार के आत्मविश्वास के माध्यम से आत्मसात करने के लिए बहुत समय दिया। इसमें कोई आश्चर्य नहीं कि उन्होंने उसे नहीं पहचाना। अब, आइए उन्हीं चीज़ों की जाँच करें जिन्होंने यूसुफ को बदल दिया और उसका भेष बदल दिया, जिससे उनके लिए यह एहसास करना असंभव हो गया कि वह उनका भाई था, इसकी तुलना में जो येशु के साथ हुआ, उसके तुरंत बाद जब वह ऊपर उठा और प्रेरितों की मृत्यु हो गई, जिससे यहूदियों के लिए यह असंभव हो गया अगले 2,000 वर्षों में यह एहसास हुआ कि वह इज़राइल का मसीहा था:

1. टोरा को प्रारंभिक "चर्च पिताओं" द्वारा अमान्य कर दिया गया था।
2. उसका नाम जोशुआ (हिब्रू में येहशुआ) से बदलकर कर दिया गया
ईसस, और बाद में जीसस...दोनों ग्रीक हैं।
3. सब्बाथ को सप्ताह के 7वें दिन से बदल कर 10 दिन कर दिया गया
सप्ताह का पहला दिन. (यह टोरा का "हिंज-पिन" है!)
ग्रीक और रोमन के रूप में देखने पर यह भी एक "ग्रीक कवर-अप" था
सूर्योपासना सदैव सप्ताह के पहले दिन ही की जाती थी।
4. यहाँ तक कि दावत के दिन भी ख़त्म कर दिए गए और उनकी जगह दो दिन ले लिए गए
"पवित्र दिन" (क्रिसमस और ईस्टर), जो "पवित्र" के साथ मेल खाते थे

निम्रोद और तमुज़ (सूर्य-देवता और उनके पुत्र) के दिन।
5. आज, सभी नए अनुवादों के साथ, येशुआ मुश्किल से ही है
पहचानने योग्य...कैथोलिक यूचरिस्ट क्राइस्ट से लेकर
संदेश "होमी" जीसस, साथ ही "द शेक" आदि पुस्तकें।
लेकिन यह टोरा की कमी है जो सबसे बड़े "छिपाव" को शामिल करती है। इसके बीच, न्यू टेस्टामेंट के लिए एक टोरालेस ग्रीक पांडुलिपि और ग्रीक नाम वाला एक मसीहा, यह कोई आश्चर्य की बात नहीं है कि पिछले 2,000 वर्षों के अधिकांश यहूदियों ने उसे अस्वीकार कर दिया है। मसीहा के लिए उनकी मापने की छड़ी व्यवस्थाविवरण 13 है। यह वह जगह है जहां टोरा के आधार पर एक सच्चे भविष्यवक्ता और एक झूठे भविष्यवक्ता के बीच का अंतर स्पष्ट रूप से निर्धारित किया गया है।

• श्लोक 24---श्लोक 17-23 में यूसुफ अपने भाइयों को इस मिस्र के शासक के हाथों अपने भाग्य पर विलाप करते हुए सुनता है, खुले तौर पर स्वीकार करता है कि यह भाग्य उनके भाई के साथ दुर्व्यवहार के कारण था। कुछ लोगों को आश्चर्य हुआ कि यूसुफ ने शिमोन को पीछे छोड़ने वाले के रूप में क्यों चुना। वह दूसरा बेटा था, उसके ऊपर केवल रूबेन था, लेकिन यूसुफ ने "लड़के को कोई नुकसान न पहुंचाने" की उसकी दलील न सुनने के लिए रूबेन को दूसरों को डांटते हुए सुना था। जोसेफ को पता होगा कि रूबेन ने उन्हें रोकने की कोशिश की थी, इसलिए शिमोन, अगला सबसे बड़ा होने के नाते, उनके कार्यों के लिए सबसे अधिक जिम्मेदार होगा।

उत्पत्ति 42:25-38---भाइयों की कनान में वापसी

अब हम जोसेफ के माध्यम से येशुआ के अधिक से अधिक प्रतिबिंब देखेंगे। वह अपने भाइयों को जितना कठोर लगता था, वह उनसे पूरी लगन से प्यार करता था...यहाँ तक कि उन्होंने उसके साथ जो किया उसके बाद भी। एक बार फिर, उसने वह पैसा जो वे अनाज खरीदने के लिए लाए थे, जिसे वे कनान वापस ले जाएंगे, उनके थैलों में डाल दिया। वह ठीक से जानता था कि वह उनके लिए क्या करने जा रहा है, एक बार जब वे सभी सुरक्षित रूप से मिस्र में पहुँच जायेंगे...उन्हें गोशेन में रख देंगे, जो "सभी भूमि में से सबसे अच्छी" है। लेकिन पहले उसके पास करने को दो काम बचे थे. उसे अपने भाइयों के साथ सामंजस्य बिठाना पड़ा और उन्हें कनान लौटने और अपने पिता को अपने साथ वापस लाने के लिए मनाना पड़ा। उनके बोरों को अनाज से भरकर, उनका सारा पैसा उन्हें वापस लौटाकर और उनकी यात्रा के लिए प्रावधान देकर उन पर अत्यधिक अनुग्रह दिखाने के बाद, जब वे बिन्यामीन के साथ वापस आए, तो वह उन्हें अपनी रोटी से खिलाने के लिए अपने घर में ले आया। क्या आप अभी तक चित्र देख रहे हैं? क्या यह उसका दर्पण प्रतिबिम्ब नहीं है कि हमारा उद्धारक हमारे लिए क्या करता है? येशुआ ने हमारे पापों के लिए एक भयानक कीमत चुकाई, अपने "भाइयों" के साथ, चिल्लाते हुए "उसे क्रूस पर चढ़ाओ!" यूसुफ के भाइयों ने उसे एक गड्ढे में फेंक दिया, फिर उसे मिस्र ले जाने के लिए गुलामी में बेच दिया... माना जाता है कि वह फिर कभी नहीं देखा जाएगा! और फिर भी वह उनसे कितनी शिद्दत से प्यार करता था? येशुआ अब भी अपने भाइयों से कितनी शिद्दत से प्यार करता है? "मैं उनका भटकाव दूर करूंगा, मैं उन से उदारतापूर्वक प्रेम करूंगा, क्योंकि मेरा क्रोध उन पर से दूर हो गया है।" [होशे 14:4] जब अंततः उन्हें भेड़शाला में भेड़ों की तरह लाया जाएगा, तो वह उन्हें "भूमि के सबसे अच्छे" स्थान पर, ठीक अपने बगल में रखेगा! [यहेजकेल 45:8; मत्ती 24:31]

उत्पत्ति 43:1-15---जोसेफ के भाई बिन्यामीन के साथ लौटे

• बनाम 1-10---अब यहूदा आगे आया और समझाने की पूरी कोशिश कर रहा है
उनके पिता ने कहा कि वे बिन्यामीन की रक्षा करेंगे। 42:37 में, रूबेन ने अपने पिता से कहा कि अगर बेन्यामिन को कुछ हुआ तो वह अपने दो बेटों को मार डाले! अब यहूदा ने कहा, यदि उसे कुछ हो जाए, तो सारा दोष उस पर डाल दे। यहूदा अंत में एक व्यावहारिक दृष्टिकोण का उपयोग करता है, जैकब से कहता है कि अगर उसने उन्हें पहले जाने दिया होता तो वे अधिक भोजन के साथ, तब तक वापस आ सकते थे। उनका तात्पर्य है कि अकाल से भूख गंभीर है...और यह काम करता प्रतीत होता है।

• बनाम 15---"तो उन लोगों ने उपहार ले लिया और बिन्यामीन..." उन्हें अभी तक नहीं पता था कि बिन्यामीन ही उपहार था!!

• बनाम 16-24---जब भाई पहुंचे, तो यूसुफ ने अपने घर के प्रबंधक से भोजन तैयार करने के लिए कहा, और वह उनके साथ वहीं भोजन करेगा। यूसुफ का भण्डारी उन लोगों के प्रति कितना दयालु था - उन्हें प्रोत्साहित करना, शिमोन को उनके पास वापस लाना, उन्हें पैर धोने के लिए पानी देना और उनके लिए अपने गधों को खाना खिलाना। वह मुझे इब्राहीम के सेवक एलीआजर की याद दिलाता है।

• बनाम 25-34---ध्यान दें कि कैसे भाई बार-बार जमीन पर झुकते थे। ध्यान दें कि यूसुफ ने बिन्यामीन से क्या कहा - "हे मेरे बेटे, परमेश्वर तुम पर दयालु हो।" [व.29] अब, श्लोक 34 में, वह बिन्यामीन को पाँच गुना अधिक भोजन देगा---यह बहुत है!! 45:22 में, वह बिन्यामीन को पाँच गुना अधिक वस्त्र देगा! धर्मग्रंथों में कई स्थानों पर आप संख्या पांच को अनुग्रह की संख्या होने का एक पैटर्न देखेंगे। ("भगवान तुम पर दयालु हो, मेरे बेटे।")

उत्पत्ति 44:1-17---जोसेफ का कप

• जोसेफ की अगली योजना, यह सुनिश्चित करने के लिए कि पूरे परिवार को सुरक्षित रखने के लिए उसके पास लाया जाएगा, बेंजामिन के लिए एक जाल बिछाना था ताकि वह अपने बैग में भविष्यवाणी कप के साथ "पकड़ा" जाए। यह योजना काम करेगी, और भाइयों के पास

बिन्यामीन को यूसुफ के पास छोड़ने के अलावा कोई विकल्प नहीं होगा। लेकिन, आइए एक मिनट के लिए पूरे "भविष्यवाणी कप" विषय पर विचार करें। यदि जोसेफ का नेतृत्व यहोवा ने किया था, और हम अन्य धर्मग्रंथों (विशेष रूप से बिलाम के संबंध में) से जानते हैं कि भविष्यवाणी एक स्वीकार्य अभ्यास नहीं है, तो धर्मग्रंथ जोसेफ को ऐसा करने के लिए उचित क्यों ठहराते हैं?

➢ व्यवस्थाविवरण 18:10 और 2 राजा 17:17 दोनों इसे निषिद्ध करते हैं। वास्तव में, जबकि न्यू किंग जेम्स संस्करण दोनों स्थानों पर "भविष्यवाणी" शब्द का उपयोग करता है, किंग जेम्स "जादू टोना" शब्द का उपयोग करता है।

➢ तो, परमेश्वर का वचन यूसुफ के लिए इसे माफ क्यों करता प्रतीत होता है? "बाइबिल हेर्मेनेयुटिक्स" वेबसाइट में, वे यह कहते हैं: "जोसेफ द्वारा अपने नौकर को दिए गए निर्देश का मतलब यह नहीं है कि वह वास्तव में भविष्यवाणी करता था, क्योंकि निर्देश स्वयं यह दिखाने की बड़ी चाल का हिस्सा था कि उसके भाइयों ने बुरे विश्वास में काम किया था उसकी ओर उत्पत्ति में कहीं भी यूसुफ के वास्तव में भविष्यवाणी करने का कोई आभास नहीं है।"

➢ बेंजामिन के फंसने के कारण भाइयों पर अतिरिक्त दबाव पड़ने के कारण, जोसेफ चालाकी से उन्हें स्वीकारोक्ति के एक कोने में "झुके" रहा है। यहोवा द्वारा मेल-मिलाप का जाल बुनने के लिए यह आवश्यक है।

हफ़्तारा

1 राजा 3:15-4:1

1 राजा 3:15---सुलैमान का स्वप्न

• यूसुफ को सपनों की व्याख्या का उपहार दिया गया था। इधर, सुलैमान एलोहीम द्वारा दिए गए एक शक्तिशाली सपने से जाग गया है, और तुरंत बलिदान देने और अपने सेवकों के लिए दावत करने के लिए यरूशलेम जाता है।

1 राजा 3:16-4:1---सुलैमान का बुद्धिमान निर्णय

• जबकि जोसेफ की महान बुद्धिमत्ता को अकाल के दौरान "कई लोगों को जीवित" बचाने की उनकी योजना के माध्यम से प्रदर्शित किया गया था, सोलोमन की बुद्धिमत्ता को इस माध्यम से दिखाया गया था कि कैसे उन्होंने दो महिलाओं के बीच एक भयानक दुविधा को संभाला था, जो एक बच्चे के दुर्घटनावश बिस्तर में दम घुटने के बाद, दोनों ने जीवित रहने का दावा किया था बच्चा उसका होगा. "बच्चे को आधा काट देने" और प्रत्येक माँ को आधा हिस्सा देने के उनके क्रूर संकल्प ने दोनों महिलाओं के "असली रंग" को सामने ला दिया, जिससे यह जानना आसान हो गया कि सच्ची माँ कौन थी। मुझे श्लोक 28 पसंद है:

➢ "और जो न्याय राजा ने सुनाया उसे सब इस्राएल ने सुना; और वे राजा से डर गए, क्योंकि उन्होंने देखा, कि न्याय करने के लिये परमेश्वर की बुद्धि उसमें है।"

ब्रित हादाशाह / नई वाचा

नया करार

मत्ती 27:15-46; 1 कुरिन्थियों 2:1-5

मत्ती 27:15-46--- बरअब्बा का स्थान लेना

• श्लोक 15 में वर्णित पर्व फसह है।

• वी. 16---"और उस समय उनके पास 1बरबास नामक एक कुख्यात कैदी था।"

➢ कुख्यात---"प्रसिद्ध या सुविख्यात, विशेष रूप से किसी बुरे गुण या कार्य के लिए" बरअब्बा एक विद्रोही और हत्यारा था।

➢ 1बरब्बास---"बरब्बास" नाम के सामने छोटा "1" आपको केंद्र संदर्भ में ले जाता है जहां यह कहता है, "यीशु बरअब्बा"। इस बर्बर अपराधी और हत्यारे का वही "प्रदत्त" नाम था जो यीशु/याशुआ का था! याहशुआ (या जोशुआ) कोई असामान्य नाम नहीं था।

• वी. 19---यहां टोरा भाग से जुड़ा हुआ है, जहां पीलातुस की पत्नी अपने पति को चेतावनी देने की कोशिश करती है कि वह उस दिन देखे गए एक सपने के कारण "इस न्यायप्रिय व्यक्ति" को सजा न दे।

• बनाम 20-26---हालाँकि पीलातुस ने लोगों के मन को बदलने की कोशिश की, लेकिन वे पीछे नहीं हटे, बल्कि चिल्लाते रहे "उसे क्रूस पर चढ़ाओ!"

• श्लोक 25 को पढ़ना बिल्कुल डरावना है--"और सभी लोगों ने उत्तर दिया और कहा, 'उसका खून हम पर और हमारे बच्चों पर हो।'"

1 कुरिन्थियों 2:1-5---मसीह को क्रूस पर चढ़ाया गया--बुद्धि को नहीं

• पॉल उनके पास "ऊँचे और ऊँचे" शब्द लेकर नहीं आया जो वह निश्चित रूप से कह सकता था। बल्कि उन्होंने येशुआ के सूली पर चढ़ने पर केन्द्रित "इसे सरल बनाए रखने" का दृढ़ संकल्प किया।

• वह कमज़ोरी (विनम्रता), डर और बहुत कांपते हुए उनके साथ था

• उनका भाषण और उपदेश मानवीय ज्ञान के प्रेरक शब्दों के साथ नहीं था, बल्कि आत्मा और शक्ति का प्रदर्शन था, कि आपका विश्वास

मनुष्यों के ज्ञान में नहीं बल्कि ईश्वर की शक्ति में होना चाहिए।

आमीन!

11

उत्पत्ति 44:18-47:27

उत्पति 44:18-47:27; यहेजकेल 37:15-28

लूका 6:9-12

उत्पत्ति 44:18-34---यहूदा ने बिन्यामीन के लिए मध्यस्थता की

जब तक अन्य ग्यारह भाई अपने पिता जैकब के साथ वापस नहीं आ जाते, तब तक बिन्यामीन को "बंदी" रखने के यूसुफ के आदेश पर यहूदा की मध्यस्थता के संबंध में कई यहूदी लेख हैं। हालाँकि यह निश्चित रूप से यहूदा के लिए एक गहन क्षण था, इस प्यार और चिंता को देखते हुए कि अगर वे बेंजामिन के बिना लौट आए तो उसके पिता के साथ क्या होगा, व्यापक रूप से पढ़ी जाने वाली पुस्तक में वर्तमान लेखन, यहूदा इतना क्रोधित हो गया है कि उसके मन में शेर पैदा हो गया है जोसेफ के खिलाफ विशेषताएं और धमकियां, और जोसेफ की अलौकिक शक्ति का प्रतिशोध अंततः यहूदा पर विजय प्राप्त करता है। न केवल हम धर्मग्रंथों में ऐसा कुछ देखते हैं, बल्कि जो हम देखते हैं वह यह है कि दोनों भाई सम्मान और विनम्रता की सीमाओं के भीतर रहते हैं। यूसुफ, जिसे अपने पूरे परिवार को मिस्र, विशेष रूप से गोशेन, के सुरक्षित आश्रय स्थल तक पहुंचाने के लिए दैवीय मार्गदर्शन दिया जा रहा था, ने कभी भी यहूदा की दलीलों के आगे घुटने नहीं टेके, लेकिन निश्चित रूप से इसे पूर्ण धार्मिकता से संभाला गया, क्योंकि ऐसा प्रतीत होता है कि उसने यहूदा की बात सुनी। बिना किसी रुकावट के।

उत्पत्ति 45:1-28---जोसेफ ने अपने भाइयों को प्रकट किया

यह वह क्षण था - जो ईश्वर द्वारा पूरी तरह से निर्धारित किया गया था - जब यूसुफ अपना सारा संयम खो देगा और अपने भाइयों के सामने इतनी जोर से रोएगा कि "फिरौन के पूरे घराने" ने उसे सुन लिया !! निश्चित रूप से अकेलेपन के वर्षों का संयोजन, उसके भाइयों ने उसके साथ जो किया उस पर दिल का दर्द, और जो कुछ वह जानता था कि वे अपराध के बोझ से गुजर चुके थे उस पर उसकी अपनी पीड़ा (उन्हें दो बार यह स्वीकार करते हुए सुना था कि उनके साथ जो हो रहा था वे उसके लायक थे क्योंकि) उन्होंने उसके साथ जो किया उसे सहना निस्संदेह कठिन था। निश्चित रूप से यूसुफ ने उनमें सच्चा हृदय-पश्चाताप सुना था जिसके कारण वह उस क्षण की लालसा कर रहा था जब वह उन्हें सारी खुशखबरी बता सकता था! अब हमें मैथ्यू 23:37 में यीशु को क्या महसूस हुआ होगा, इसका "स्वाद" मिला है, जब वह चिल्लाया - "हे यरूशलेम, यरूशलेम, जो भविष्यद्वक्ताओं को मारता है और जो उसके पास भेजे जाते हैं उन्हें पत्थर मारता है! कितनी बार! जैसे मुर्गी अपने बच्चों को अपने पंखों के नीचे इकट्ठा करती है, वैसे ही मैं ने तुम्हारे बच्चों को इकट्ठा करना चाहा, परन्तु तुम ने न चाहा!" यूसुफ की तेज़ सिसकियों में उसका दर्द और पीड़ा फिरौन और उसके परिवार के लिए चौंका देने वाली रही होगी!

जोसेफ का अपने भाइयों के साथ पुनर्मिलन और येशुआ का अपने भाइयों के साथ क्या होगा, (उनके लौटने पर) के बीच समानताएं लगभग समान हैं:

• भाई पहले से ही अपने भाई के साथ किए गए कृत्य को लेकर दृढ़ विश्वास और अपराध बोध से ग्रस्त थे, क्योंकि पुनर्मिलन से पहले जो चीजें उनके लिए गलत लग रही थीं, वे सब उनके लिए गलत थीं। [जनरल. 42:21, 44:16]

➢ जैसे-जैसे क्लेश एक के बाद एक भयावहता के सात वर्षों से गुजरता है, क्या कुछ यहूदी लोग आश्चर्यचकित नहीं होंगे कि क्या इसका येशु के साथ किए गए व्यवहार से कोई लेना-देना है? क्या उनमें से कुछ को अपने पिता के शब्द याद नहीं होंगे, जब पायलट ने "उसे क्रूस पर चढ़ाओ!" चिल्लाते हुए जो कुछ होने वाला था उसके खून से अपने हाथ धोए और उनसे कहा, "मैं इस न्यायी व्यक्ति के खून के लिए निर्दोष हूं।" .आप इसे देखें!" इस पर उन्होंने कहा, "उसका ख़ून हम पर और हमारे बच्चों पर हो।"

• जोसेफ ने अंततः उन्हें अपनी असली पहचान बताई और इसमें कहा गया है कि वे बोल नहीं सकते थे क्योंकि वे निराश थे। स्ट्रांग का निराश होना #2865: साष्टांग गिरना; भ्रम और भय से टूट जाना; डराना; भयभीत करना. वे निस्संदेह न तो हिल सकते थे और न ही बोल सकते थे---वे शायद मुश्किल से ही सांस ले पाते थे! [जनरल. 45:3]

➢ जब यीशु लौटता है तो कहता है, "तब मनुष्य के पुत्र का चिन्ह स्वर्ग में दिखाई देगा, और तब पृथ्वी के सब कुलों के लोग विलाप करेंगे, और

वे मनुष्य के पुत्र को सामर्थ्य और बड़ी महिमा के साथ स्वर्ग के बादलों पर आते देखेंगे।" ।" [मैट. 24:30]

• लेकिन बड़बड़ाने और "उन्हें अंगारों पर घसीटने" के बजाय, जोसेफ ने क्या किया? उसने उनसे अपने पास आने को कहा। उसने उन्हें अपनी ओर खींचा। [जनरल. 45:4]

➢ पृथ्वी ग्रह पर लौटने पर येशुआ क्या करेगा? वह "चुने हुए लोगों" (अपने भाइयों) को अपने पास इकट्ठा करेगा। [मैट. 24:31]

• फिर यूसुफ ने अपने भाइयों को माफ कर दिया। [जनरल. 45:5-8]

➢ येशु अपनी वापसी पर अपने भाइयों को भी माफ कर देगा। [जेर. 31:34; ज़ेच. 13:9; ROM। 11:26-27]

• जोसेफ ने फिर बताया कि भगवान ने यह सब क्यों करने दिया। [जनरल. 45:5बी-8]

➢ जिन कारणों से पिता ने यूसुफ को दुर्व्यवहार, अलगाव और शर्मिंदगी सहने की अनुमति दी (येशुआ के लिए, यहाँ तक कि क्रूस की शर्म और मृत्यु भी!) वही कारण थे उन्होंने येशुआ को पीड़ा सहने की अनुमति दी... कई लोगों को जीवित बचाने के लिए! "मैं तुम से सच सच कहता हूं, कि जब तक गेहूं का एक दाना भूमि में पड़कर मर नहीं जाता, वह अकेला रहता है; परन्तु यदि मर जाता है, तो बहुत अन्न उत्पन्न करता है।" [यूहन्ना 12:24]

• सबसे अंत में, यूसुफ उन्हें एक सुरक्षित स्थान पर रखता है, जो भूमि का सबसे अच्छा स्थान है, और उसके पास। [जनरल. 45:10-11, 47:11]

➢ जब यीशु वापस आएगा, तो वह उन्हें भी देश के सबसे अच्छे स्थान, इस्राएल में, एक सुरक्षित स्थान पर और अपने बगल में रखेगा। [ईज़े. 47:13-14]

बीएसएफ (बाइबिल स्टडी फ़ेलोशिप) ने जोसेफ के चरित्र के बारे में एक संक्षिप्त और सुंदर सारांश लिखा, जिसे मुझे लगता है कि इसमें शामिल किया गया...

कोई आत्म-महिमा नहीं--- जोसेफ ने महिमा को नहीं छुआ। ऐसा कहा गया है, "इसकी कोई सीमा नहीं है कि ईश्वर मनुष्य के साथ क्या करेगा, बशर्ते वह उस महिमा को न छूए" (जो केवल ईश्वर की है)। (उत्पत्ति 41:16, 25, 28, 32 देखें।) निश्चित रूप से यूसुफ ने गहरे अपमान से यह सीखा। अपने भाइयों पर कोई "प्रभुत्व" नहीं है, उच्चाटन में कोई आत्म-खुशी नहीं है, बस एक शांत निष्ठा है। सफलता और प्रशंसा मिलने पर कुछ ही लोग पूरी तरह अछूते रह पाते हैं। हमारे लिए, केवल मसीह के क्रूस का गहरा कार्य, जब हम अपमान और उसके लिए कष्ट सहते हुए ईश्वर की इच्छा के आगे झुकते हैं, इतनी गहरी आंतरिक विनम्रता देता है कि कोई आत्म-महिमा नहीं होती।

उत्पत्ति 46:1-34---याकूब की मिस्र यात्रा

• बनाम 1-7---जब याकूब बेर्शेबा पहुंचा तो पहली बात का उल्लेख यह है कि उसने "अपने पिता के परमेश्वर इसहाक" को बलिदान दिया। आज्ञाकारिता और श्रद्धा के इस बाहरी कार्य को "रात्रि दर्शन" के माध्यम से दैवीय रूप से आशीर्वाद दिया गया था जहां भगवान ने याकूब को सांत्वना और वादे के शब्द बोले थे।

• बनाम 8-27---ये बीस छंद याकूब के वंशजों की रिकॉर्डिंग हैं, जो कुल मिलाकर सत्तर हैं। यह इस संख्या से है कि "राष्ट्रों की संख्या", जिनके लिए झोपड़ियों के पर्व पर सत्तर बैलों की बलि दी जाएगी, सभी राष्ट्रों का प्रतिनिधित्व करने के लिए निर्धारित की गई थी।

• बनाम 28-29---"तब उस ने यहूदा को गोशेन का मार्ग बताने को अपने आगे यूसुफ के पास भेजा। और वे गोशेन देश में आए। तब यूसुफ ने अपना रथ तैयार किया, और अपके से भेंट करने को गोशेन को चला गया। और इस्राएल का पिता उसके साम्हने खड़ा हुआ, और उसके गले पर गिरकर बहुत देर तक रोता रहा।

➢ यह पिता की उपस्थिति में, स्वर्गीय राज्य के हमारे अंतिम गंतव्य तक हमारी अपनी यात्रा की एक अविश्वसनीय तस्वीर है! तथ्य यह है कि यह यहूदा था जिसे गोशेन (उनके लिए गोशेन हमारे लिए स्वर्ग की एक तस्वीर है) का नेतृत्व करने के लिए दूसरों से पहले भेजा गया था, येशु (यहूदा के जनजाति के) की एक तस्वीर है जो हम सभी को रास्ते पर ले जा रही है हमारे स्वर्गीय घर में! गोशेन की भूमि पर आने पर, यूसुफ बाहर जाने और अपने बहुमूल्य परिवार का स्वागत करने के लिए "अपना रथ तैयार करता है"। जब यूसुफ अपने पिता की गर्दन पर गिरता है और "थोड़ी देर" के लिए रोता है, तो यह प्रकाशितवाक्य 21:3-4 की याद दिलाता है - "और मैंने स्वर्ग से एक ऊंचे शब्द को यह कहते हुए सुना, "देख, परमेश्वर का तम्बू यहाँ है मनुष्य, और वह उनके साथ निवास करेगा, और वे उसके लोग होंगे। परमेश्वर स्वयं उनके साथ रहेगा और उनका परमेश्वर होगा। और परमेश्वर उनकी आंखों से सब आंसू पोंछ डालेगा; फिर न मृत्यु होगी, न शोक, न रोना। अब और दर्द नहीं होगा, क्योंकि पिछली बातें बीत चुकी हैं।" धर्मग्रंथों का यह सेट यह स्पष्ट करता है कि सहस्राब्दी साम्राज्य में भी आँसू होंगे। जो लोग अभी भी अपने शरीर में हैं, उनके पास बहुत सारे होंगे, लेकिन हमारे महिमामंडित में भी हालाँकि, हम उनके लिए आँसुओं के साथ कष्ट सहेंगे। हालाँकि, एक बार जब अंतिम चयन और न्याय समाप्त हो जाएगा, सहस्राब्दी साम्राज्य के अंत में (प्रकाशितवाक्य 20:11-15), आँसू बंद हो जाएंगे... सिवाय इसके कि जब हम पहली बार पिता को आमने-सामने देखेंगे। चेहरा। हालाँकि हम उन सभी कारणों को नहीं समझ सकते हैं जिनके कारण हम रोएँगे जब हम अंततः उसके साथ आमने-सामने होंगे, पूरी तरह से उसके "आलिंगन" में, हम केवल कल्पना कर सकते हैं कि यह कुछ हद तक अपने पिता से अलग होने के बाद जोसेफ के रोने जैसा होगा। बस इतना ही! अच्छी खबर यह है कि एक बार रोना खत्म

हो जाए, तो हमारे पिता हमारे आँसू पोंछ देंगे, उन्हें फिर कभी नहीं पाएँगे--पिता, पुत्र और पवित्र आत्मा की स्तुति करो!

• बनाम 31-34--- यूसुफ के लिए यह इतना महत्वपूर्ण क्यों था कि उसके पिता और भाइयों को फिरौन को बताना था कि वे चरवाहे थे और अपनी सभी भेड़-बकरियों को अपने साथ लाए थे? क्योंकि (v. 34) जो कोई भी भेड़ को पालता और खाता था, वह मिस्रवासियों के लिए घृणित था। क्यों? "बाइबल हेर्मेनेयुटिक्स", साथ ही अन्य विद्वान, ये कारण बताते हैं:

1. मिस्रियों को चरवाहों के साथ भोजन करने की भी अनुमति नहीं थी, यहाँ तक कि यूसुफ को भी (उत्पत्ति 43:32)

2. लगभग 400 साल बाद हमने पढ़ा (निर्गमन 8:26 में), कि भेड़ की बलि देने की इच्छा के कारण उन्हें अभी भी घृणित माना जाता है

3. अंत में, मिस्रवासी एक बुतपरस्त देवता, खमम की पूजा करते थे, जिसे एक राम के सिर वाले व्यक्ति के रूप में दर्शाया गया था...मिस्र के सबसे पहले ज्ञात देवताओं में से एक। इसलिए, भेड़ों को संभालना, खाना और उनकी बलि देना मिस्रवासियों के साथ-साथ ऐसा करने वालों के लिए भी घृणित था।

• यही कारण था कि यूसुफ इतना दृढ़ था कि वे जीवन में अपनी स्थिति के बारे में सच्चे रहें। इससे उनके चारों ओर एक अदृश्य, सुरक्षात्मक बाधा उत्पन्न हो जाएगी, जिससे मिस्रवासियों के साथ घुलना-मिलना लगभग असंभव हो जाएगा।

उत्पत्ति 47:9---याकूब का अपने जीवन का अजीब विवरण

जब फिरौन आयत नौ में याकूब से पूछता है कि वह कितने साल का है, तो याकूब एक ऐसा उत्तर देता है जो सोचने पर मजबूर कर देता है कि वह इस तरह से उत्तर क्यों देगा। फ़िरौन को अपने उत्तर में उसने कहा, "मेरी यात्रा के दिन एक सौ तीस वर्ष के हैं; मेरे जीवन के वर्ष थोड़े और बुरे थे, और वे जीवन के वर्षों के बराबर नहीं पहुँचे।" मेरे पिताओं की तीर्थयात्रा के दिनों में।" यह उनके जीवन का बहुत ही निराशाजनक वर्णन है। सतही तौर पर मुझे लगता है कि हम सभी कहेंगे, "वह इतनी नकारात्मक समीक्षा क्यों करेगा, जबकि मुझे ऐसा लगता है कि भगवान ने उसे बारह बेटों और अनगिनत वादों का आशीर्वाद दिया था, जैसे केवल उसके पिता और दादा को ही दिए गए थे? नहीं" एक और को!" तो, आइए फिरौन को जैकब के उत्तर में निहित कथनों पर करीब से नज़र डालें।

1. "मेरी तीर्थयात्रा के वर्षों के दिन 130 वर्ष हैं..."

➢ याकूब 130 वर्ष का था जब वह मिस्र आया

2. मेरे जीवन के वर्षों के दिन बहुत कम और बुरे रहे हैं...

➢ क्या जैकब अय्यूब 14:1 को उद्धृत कर रहा होगा?..."जो मनुष्य स्त्री से जन्मा है, वह थोड़े दिनों का और अशांति से भरा हुआ है।" निश्चित रूप से जब आप उनके जीवन का इतिहास देखेंगे तो वह कहीं अधिक संघर्ष, तनाव और उथल-पुथल से भरा हुआ होगा।

3. और वे अपने तीर्थयात्रा के दिनोंमें मेरे पुरखाओंकी सी आयु के बराबर नहीं पहुंचे।

➢ अब्राहम 175 वर्ष का था। इसहाक 180 वर्ष का था। उस समय जैकब 130 वर्ष का था। शायद उसके जीवन के आघातों ने उसे ऐसा महसूस कराया जैसे वह "कब्र से दो कदम दूर" था। (याद रखें कि उसने यूसुफ को देखने के बाद क्या कहा था--- "अब मुझे मरने दो, क्योंकि मैंने तुम्हारा चेहरा देखा है, क्योंकि तुम अभी भी जीवित हो।") [46:30] लेकिन जैकब सत्रह साल और जीवित रहेगा और 147 साल की उम्र में मर जाएगा। . [47:28]

4. तो, यहाँ कुछ दिलचस्प गणित है... याकूब के जीवन में 17 वर्ष तक यूसुफ था, उसके भाइयों ने उसे गड्ढे में फेंक दिया था। हम जानते हैं कि यूसुफ "फिरौन के सामने खड़ा हुआ" और 30 [41:46] में "मिस्र का राजकुमार" बन गया। 30 में से 17, 13 है, लेकिन हमें प्रचुरता के 7 वर्ष और उसके बाद 2 वर्ष का अकाल जोड़ना होगा, ताकि हम उस समय तक पहुंच सकें जब याकूब फिरौन के साथ बात कर रहा था। इसलिए, 9 प्लस 13 22 है। तो, जैकब ने जोसेफ को अपने जीवन में 17 वर्षों तक रखा... फिर सोचा कि वह 22 वर्षों तक मर चुका है... फिर उसे 17 और वर्षों के लिए अपने जीवन में वापस रखा।

उत्पत्ति 47:13-26---जोसेफ अकाल से निपटता है

"अब सारे देश में रोटी न रही; क्योंकि अकाल बहुत भारी था, यहां तक कि मिस्र और कनान देश अकाल के कारण सूख गए। [उत्पत्ति 47:13]

• भीषण अकाल से निपटने के लिए जोसेफ द्वारा उठाए गए ये कदम हैं:

➢ यूसुफ ने मिस्र में सारा पैसा इकट्ठा कर लिया क्योंकि लोग उससे रोटी खरीदने की कोशिश करते रहे।

➢ जब वह ख़त्म हो गया, तो उसने रोटी के लिए उनके सारे जानवर इकट्ठा कर लिये।

➢ जब पशु समाप्त हो गए, तो लोग उसके पास आए और रोटी के लिए अपनी भूमि और स्वयं को फिरौन को दास के रूप में बेचने की पेशकश की।

➢ सो सारा धन, पशु, भूमि, और प्रजा फिरौन के अधिकार में हो गई, और यूसुफ सब लोगोंको नगरोंमें ले गया।

➢ श्लोक इक्कीस में, जहां यह कहा गया है कि लोगों को शहर में ले जाया गया, वहां एक छोटा सा "1" है जो आपको केंद्र में ले जाता है संदर्भ, जहां यह कहा गया है, "आभासी गुलामों में बनाया गया"। यहां हम पढ़ते हैं कि यूसुफ ने प्रत्येक परिवार को उनके परिवारों को खिलाने

के लिए पर्याप्त अनाज दिया, फिरौन को कुल का पांचवां हिस्सा दिया, और बाकी को बोया। लोगों ने यूसुफ के लिए काम किया, लेकिन वे आभारी थे।

उत्पत्ति 47:27---जोसेफ की बुद्धिमान देखभाल के तहत, इज़राइल विकसित हुआ और
अत्यधिक गुणा! (येशुआ की एक और तस्वीर!)

हफ़्तारा

यहेजकेल 37:15-28

यहेजकेल 37:15-28---एक राज्य, एक राजा

पृष्ठभूमि: इन छंदों को अक्सर "दो छड़ियाँ" भी कहा जाता है। जो कभी सुलैमान के अधीन एक राज्य था, मूर्तिपूजा के कारण अगली पीढ़ी में दो राज्यों में विभाजित हो गया। इसे अत्यंत संक्षिप्त रखने के लिए, राज्य के उत्तरी भाग में ऐसे नेता थे जो चाहते थे कि लोग उनके नेतृत्व में, यरूशलेम में मंदिर में पूजा करने के लिए यहूदिया जाने के बजाय, उसी तरह पूजा करें जैसे वे करते थे। इसलिए, उन्होंने दो सुनहरे बछड़े बनाए, एक इज़राइल के सबसे उत्तरी हिस्से में, और दूसरा बेथेल में, यरूशलेम से केवल पांच मील उत्तर में (दूसरे शब्दों में, दोनों राज्यों के बीच की सीमा के उत्तरी किनारे पर।) इस प्रकार राज्य दो हिस्सों में बंट गया. समय के साथ इस्राएल के उत्तरी साम्राज्य को उनके अधर्म के कामों के लिए अश्शूर ले जाया गया और पूरी दुनिया में बिखेर दिया गया, ताकि वे कभी वापस न लौट सकें। लगभग एक सौ पच्चीस साल बाद, यहूदा के दक्षिणी राज्य को बेबीलोन में बंदी बना लिया जाएगा, लेकिन जिन्होंने चुना उन्हें सत्तर साल बाद लौटने की अनुमति दी गई, और आज इज़राइल में रहने वाले लगभग सभी यहूदी मूल दक्षिणी से हैं साम्राज्य। उत्तरी साम्राज्य की दस जनजातियाँ, जिन्हें अक्सर "एप्रैम" कहा जाता है, इस हद तक अंतर्जातीय विवाह करती थीं कि अब उन्हें नहीं पता कि वे कौन हैं।

अब ईजेकील 37 की "दो छड़ियाँ" अधिक अर्थपूर्ण होंगी।

• पद 16---सबसे पहले, यहोवा ने यहेजकेल से कहा कि वह दो छड़ियाँ ले और एक पर "यहूदा" (और उसके "साथी"), और दूसरे पर "यूसुफ" (एप्रैम) और इस्राएल के पूरे घराने, उसके साथियों को लिखे।

• पद 17---फिर उससे कहा गया कि उन्हें एक हाथ से एक साथ जोड़ दो।

• पद 19---अब यहोवा ने यहेजकेल से कहा कि वह लोगों से कहे कि वह "जोसेफ" नामक छड़ी लेगा, जो एप्रैम (उत्तरी साम्राज्य की सभी जनजातियाँ) के हाथ में है और उसे "" नामक छड़ी से जोड़ देगा। यहूदा" (दक्षिणी साम्राज्य, जो यहूदा, बिन्यामीन और लेवी {पुरोहित जनजाति}) की जनजातियों से बना था)। उस ने कहा, कि वह उनको एक लकड़ी बना देगा, और वे उसके हाथ में रहेंगी।

• पद 21---वह इस्राएल के बच्चों को अन्यजातियों के बीच से ले जाएगा, और उन्हें चारों ओर से इकट्ठा करेगा और उन्हें अपने देश में ले आएगा। यह अंत समय की भविष्यवाणी है, क्योंकि उत्तरी साम्राज्य के पूरी दुनिया में बिखर जाने के बाद कभी ऐसा समय नहीं आया, जब उन्हें वापस भूमि पर लाया गया हो। (फिर, वे यह भी नहीं जानते थे कि वे कौन थे!) लेकिन वह जानता है, और वह ऐसा करेगा! मैथ्यू 24:31 इसी के बारे में बात कर रहा है!..."और वह तुरही के बड़े शब्द के साथ अपने स्वर्गदूतों को भेजेगा, और वे स्वर्ग के एक छोर से दूसरे छोर तक, चारों ओर से उसके चुने हुए लोगों को इकट्ठा करेंगे। (पृथ्वी के चारों कोनों से)" यह क्लेश के अंत में "महान पलायन" है, जब येशुआ अपने भाइयों को उनकी भूमि पर वापस लाता है!

• पद 22---"और मैं उन्हें इस्राएल के पहाड़ों पर देश में एक ही जाति बनाऊंगा; और एक ही राजा उन सब पर राजा होगा; वे फिर दो जाति न रहेंगे, और न कभी दो भागों में बंटे रहेंगे। फिर से दो राज्य।"

• पद 23---यहोवा उन्हें क्षमा करेगा, उनका उद्धार करेगा, और उन्हें शुद्ध करेगा; और वे उसके लोग होंगे और वह उनका परमेश्वर होगा।

• पद 24---"मेरा दास दाऊद उन पर राजा होगा, और उन सब का एक ही चरवाहा होगा;..." यह पद अगले पद की अंतिम पंक्ति का खंडन करता प्रतीत होता है, जहां यह कहा गया है, "...और मेरा सेवक दाऊद सदैव उनका राजकुमार रहेगा।" तो, यह कौन सा है? यदि आप ईजेकील के अंत तक पढ़ना जारी रखते हैं, तो आप सीखेंगे (अध्याय 44 में) कि डेविड को सहस्राब्दी साम्राज्य में उसकी स्थिति के संबंध में लगातार "राजकुमार" के रूप में जाना जाता है। वह पूरे इस्राएल पर शासन करेगा, जैसा यूसुफ ने मिस्र में किया था, लेकिन राजा येशुआ के सम्मान में, जो सभी पर शासन करेगा।

• बनाम 26-28---ये स्वयं यहोवा द्वारा इस्राएल के "पिताओं" से किए गए मूल वादे हैं...बहुत पहले, और हमेशा के लिए। लेकिन यह वादों का पूरा सेट है, और यह हमारे प्रभु की वफादारी को साबित करता है
और उद्धारकर्ता! फिलिप्पियों 1:6---"इस बात का निश्चय रखो, कि जिस ने तुम में अच्छा काम आरम्भ किया है, वही उसे यीशु मसीह के दिन तक पूरा करेगा।" तथास्तु!

ब्रित हादाशाह / नई वाचा

नया करार

लूका 6:9-12

ल्यूक 6:9-12---येशुआ सब्त के दिन एक आदमी का हाथ बहाल करता है

पुनर्स्थापित करना अच्छा है. येशुआ ने अपने शत्रुओं से एक सरल प्रश्न पूछा... "क्या सब्त के दिन अच्छा करना या बुरा करना, जीवन बचाना या नष्ट करना उचित है?"

उसने एक मनुष्य का सूखा हुआ हाथ लौटा दिया, और उन्होंने उसे नष्ट करना चाहा।

पुनर्स्थापित करना अच्छा है...चाहे वह सूखा हुआ हाथ हो, या एक परिवार हो (जैसा जोसेफ ने किया था), या एक विभाजित राष्ट्र हो (जैसा कि येशुआ अपनी वापसी पर करेगा!)। बहाल करना अच्छा है...और "ऐसे लोगों के खिलाफ कोई कानून नहीं है।" यह पद गलातियों 5:22-23 में सूचीबद्ध "आत्मा के फल" की सूची का अनुसरण करता है, जिनमें से दो दयालुता और अच्छाई हैं। आमीन!

12

उत्पत्ति 47:28-50:26

उत्पत्ति 47:28-50:26; 1 राजा 2:1-12

1 पतरस 1:1-9

उत्पत्ति 47:28-31---जोसेफ की याकूब को प्रतिज्ञा

जैसे-जैसे उसकी मृत्यु निकट आ रही थी, जैकब को यह सुनिश्चित करने की सख्त आवश्यकता महसूस हुई कि उसे मिस्र में "दफनाया" नहीं जाएगा। इसलिए उसने अपने बेटे यूसुफ से प्रतिज्ञा करने को कहा कि वह उसके शरीर को कनान (हेब्रोन में) ले जाएगा और उसे उसके पिताओं के पास रख देगा...जिस पर यूसुफ ने शपथ खाई।

उत्पत्ति 48:1-22---याकूब ने यूसुफ के पुत्रों को आशीर्वाद दिया

•v1-5---जब यूसुफ को संदेश दिया गया कि उसके पिता बीमार हो गये हैं, तो वह अपने दोनों पुत्रों को लेकर उनके पास चला गया। एक बार जब याकूब ने बिस्तर पर बैठने के लिए खुद को मजबूत कर लिया, तो उसने यूसुफ से कहा कि उसके दोनों बेटे अब उसके हैं। उन्होंने जो अगली बात कही वह हमेशा के लिए बेहद महत्वपूर्ण है! फिर उस ने कहा, रूबेन और शिमोन की नाई वे भी मेरे ठहरेंगे।

➢ रूबेन और शिमोन याकूब के पहले और दूसरे जन्मे बेटे थे। यह उनके कहने का तरीका था, "उनके पास रूबेन और शिमोन के समान विरासत के अधिकार होंगे"।

➢ भविष्य में, जब बारह गोत्रों में से प्रत्येक को भूमि दी जाएगी, तो यूसुफ की गिनती नहीं की जाएगी, न ही लेवी की, क्योंकि लेवी की भूमि बाकी अन्य की भूमि में बिखरी होनी थी। एप्रैम और मनश्शे को एक साथ भूमि दी जाएगी और दोनों के लिए पर्याप्त भूमि का विस्तार किया जाएगा। [यहोशू 16-17; यहेजकेल 48:1-29]

• बनाम 6-14---अब आखिरकार, याकूब के लिए यूसुफ के बेटों को आशीर्वाद देने का समय आ गया है और यूसुफ उन्हें सबसे बड़े को याकूब के दाहिने हाथ के सामने और सबसे छोटे को अपने बाएं हाथ के सामने निर्देशित करता है। लेकिन जैसे ही जैकब आशीर्वाद देना शुरू करता है, वह अपना दाहिना हाथ छोटे की ओर और बायाँ हाथ बड़े की ओर निर्देशित करता है।

• बनाम 15-19---इस पैटर्न को तीनों (तकनीकी रूप से चार) पीढ़ियों में दोहराते हुए देखना कितना आकर्षक है! सबसे पहले, सबसे बड़ा आशीर्वाद इसहाक को दिया गया है, जो इश्माएल से छोटा है। फिर रिबका और

जैकब ने यह सुनिश्चित करने के लिए इसहाक के साथ बदलाव किया कि बड़े एसाव के बजाय जैकब (छोटा) को आशीर्वाद प्राप्त होगा। और अब, यूसुफ के साथ, याकूब ने जानबूझकर अपना दाहिना हाथ (बड़े आशीर्वाद के लिए) छोटे एप्रैम पर रखा। इन लड़कों को वास्तव में याकूब के जैविक दो पहले जन्मे बेटों (रूबेन और शिमोन) में से किसी एक से भी बड़ा आशीर्वाद मिलेगा! एप्रैम (दोनों को मिलाकर) वास्तव में, किसी भी अन्य जनजाति की तुलना में संख्या में सबसे महान बनने की भविष्यवाणी को पूरा करेगा, यह उल्लेख करने की आवश्यकता नहीं है कि उनकी सबसे बड़ी जनसंख्या का विस्तार (जैसा कि जैकब ने घोषित किया था) "पृथ्वी के बीच में" होगा [उत्पत्ति 48: 16], क्योंकि अश्शूर द्वारा उन्हें "पृथ्वी के चारों कोनों" में तितर-बितर करने के बाद विकास का सबसे बड़ा विस्फोट हुआ होगा, एप्रैम राष्ट्रों की एक भीड़ बन जाएगा, [उत्पत्ति 48:19] जैसा कि आज तक है!

• पद 20---दोनों बेटों के बारे में एक और सुंदर भविष्यवाणी..."तुम्हारे द्वारा इस्राएल यह कहकर आशीर्वाद देगा, 'परमेश्वर तुम्हें एप्रैम और मनश्शे के समान बनाए!"

• पद 21---अब, निम्नलिखित भविष्यसूचक आशीर्वाद, जो सीधे तौर पर यूसुफ के लिए था, ने उसे इतना आशीर्वाद दिया होगा! "...भगवान आपके साथ रहेंगे और आपको आपके पूर्वजों की भूमि पर वापस लाएंगे।"

➢ उनमें से किसी को भी नहीं पता था कि चार शताब्दियों की गुलामी के बाद इसराइल के बच्चों के पलायन पर यूसुफ को 400 वर्षों तक "उसके पिता की भूमि" पर नहीं ले जाया जाएगा: "यूसुफ की हड्डियाँ, जो इसराइल के बच्चे थे और उन्हें मिस्र से निकाल लाए, और शकेम में

भूमि के उस भाग में मिट्टी दी, जिसे याकूब ने शकेम के पिता हमोर के पुत्रों से एक सौ चाँदी के सिक्कों में मोल लिया था, और जो यूसुफ की सन्तान का निज भाग हो गया था। [यहोशू 24:32]

• पद 22---उस दिन याकूब द्वारा यूसुफ से कहे गए अंतिम शब्द भी एक महान आशीर्वाद थे। जिस प्रकार यूसुफ ने अपने छोटे भाई को बाकियों से अधिक (भोजन और वस्त्र में) दिया था, यहाँ याकूब के विदाई शब्द थे कि वह यूसुफ को जमीन का एक अतिरिक्त टुकड़ा देगा, जिसे उसने अपनी तलवार और धनुष से अपने लिए ले लिया था। एमोराइट्स.

उत्पत्ति 49:1-28---याकूब के अपने पुत्रों के लिए अंतिम शब्द

जैकब के पुत्रों के बारे में बोले गए कुछ "शब्दों" पर चर्चा करने से पहले, मुझे लगता है कि पद्य एक के अंत में एक वाक्यांश पर ध्यान देना महत्वपूर्ण है: अंतिम दिनों में।

प्रत्येक बेटे के बारे में कहे गए ये शब्द न केवल उनके स्वयं के जीवन काल को शामिल करेंगे, बल्कि उनके वंशजों की भविष्य की दिशा और आकार को भी शामिल करेंगे। अंततः, विशेष रूप से यहूदा के संबंध में, भविष्यवाणी शब्द येशुआ के पहले और दूसरे आगमन की समय सीमा तक पहुंच जाएगा, जिस पर हम जल्द ही चर्चा करेंगे। लेकिन बस यह ध्यान रखें कि जैकब ने, पवित्र आत्मा के मार्गदर्शन के माध्यम से, शुरू से ही यह संकेत दिया था कि प्रत्येक बेटे के "गोत्र" के बारे में बातें कितनी दूरगामी होंगी। आगे बढ़ने से पहले, मैं बीएसएफ नोट्स से एक उत्कृष्ट अंश शामिल करना चाहूंगा:

* चरित्र और अपने बारह पुत्रों के माध्यम से इसराइल को दिए गए ईश्वर के वादों के निरंतर विकास के संबंध में जैकब के अंतिम शब्द भविष्यसूचक महत्व से भरे हुए हैं। उन्हें उत्पत्ति 3:15 से खोजा जाना चाहिए, जिसे कभी-कभी भगवान की खुशखबरी या सुसमाचार का सबसे प्रारंभिक रूप कहा जाता है। यह अत्यधिक प्रतीकात्मक श्लोक वह है जिससे भविष्य की सभी भविष्यवाणियाँ धीरे-धीरे विकसित हुईं। इस भविष्यवाणी में, भगवान ने मानवता की दो पंक्तियों के पाठ्यक्रम का वर्णन किया - दुनिया के भीतर शत्रुता में दो बीजों की। (यूहन्ना 8:38-39, 44 से तुलना करें।) एक पंक्ति "स्त्री का बीज" थी जिसने अंततः (शरीर के बाद) स्वयं मसीह को उत्पन्न किया। इस पंक्ति के वादे धीरे-धीरे पूरे पुराने नियम में पूर्ण और पूर्ण विवरण के साथ सामने आए। अंततः, ल्यूक 24:44-47 में, मसीह ने स्वयं अपने शिष्यों को समझाया, कि कैसे पुराने नियम के ये सभी अस्पष्ट कथन उनके स्वयं के आगमन और सभी मानवता के लिए उनके मुक्ति कार्य की ओर इशारा करते थे। जैकब/इज़राइल के साथ पितृसत्तात्मक रेखा समाप्त हो गई। परमेश्वर का उद्देश्य, वादे और भविष्यवाणी अब याकूब के संयुक्त बारह पुत्रों के माध्यम से जारी रहेगी, जो बारह जनजातियों की एक इकाई बनाते हैं - इज़राइल राष्ट्र। [पूर्व। 19:4-6] हमें यह महसूस करने की आवश्यकता है कि पुराने नियम का रहस्योद्घाटन नए नियम में दिए गए मसीह के प्रायश्चित कार्य के कई पहलुओं की हमारी समझ के द्वार खोलता है।*

बनाम 3-4---रूबेन: पहलौठा, मजबूत, लेकिन "पानी की तरह अस्थिर"

➢ क्योंकि उसने अपने पिता के बिस्तर को अशुद्ध कर दिया (राहेल की दासी बिल्हा, जो उसके दो भाइयों की माँ थी!) [उत्पत्ति 35:22]

• बनाम 5-7---शिमोन और लेवी: जैसा कि पूर्व टोरा भाग में चर्चा की गई थी, इन बेटों के प्रति याकूब का गुस्सा, जो उन्होंने शेकेम के सभी पुरुषों के साथ किया था, इतना भड़क गया कि वह स्पष्ट रूप से इसे कभी नहीं भूला, और यह उस चीज़ में ले जाया गया जो एक बड़ा आशीर्वाद हो सकता था। जान पड़ता है

कि उन पर बोला गया पूरा "शब्द" एक अभिशाप के अलावा और कुछ नहीं है, लेकिन यहोवा स्वयं लेवी के गोत्र को छुड़ाएगा जब वे अकेले थे जो मूसा के पास जाने के इच्छुक थे जब उसने चिल्लाकर कहा, "जो लोग परमेश्वर के साथ हैं, मेरे पास आओ !", जब सुनहरे बछड़े के चारों ओर घृणित काम हो रहा था। चूँकि वे ही इसके 3,000 नेताओं को मारकर इसे रोकने के इच्छुक थे, इसलिए उन्हें यहोवा द्वारा इस्राएल की पुरोहिती पंक्ति बनने के लिए नियुक्त किया जाएगा।

• बनाम 8-12---यहूदा: यहूदा और जोसेफ के पास सबसे लंबा "शब्द" और सबसे बड़ा आशीर्वाद है। लेकिन यहूदा के पास एक मसीहाई संदेश भी है:

• उसके भाई उसकी प्रशंसा करेंगे
• उसका हाथ उसके शत्रुओं की गर्दन पर होगा
• उसके पिता के बच्चे (बेटे और बेटियाँ दोनों) उसे झुकेंगे
• वह शेर की तरह है... जब वह लेट जाएगा, तो उसे कौन जगाएगा?
• जब तक शीलो न आए तब तक न तो यहूदा पर से राजदण्ड छूटेगा, और न उसके पांवों के बीच से कोई व्यवस्था देनेवाला छूटेगा

o राजदंड---संप्रभुता के प्रतीक के रूप में शासकों द्वारा धारण किया जाने वाला एक सजावटी डंडा

हे कानून देने वाला---धर्मग्रंथों में, जब तक कि विशेष रूप से धर्मनिरपेक्ष कानून का जिक्र न हो, शब्द "कानून" हमेशा भगवान के कानूनों को संदर्भित करता है...तोराह। मूसा, जिसे हर कोई टोरा के साथ जोड़ता है, लेवी जनजाति से आया था, ठीक उसके भाई हारून की तरह, इसलिए यह "शब्द" मूसा का संदर्भ नहीं दे सकता था। लेकिन जिसने मूसा को टोरा दिया--सच्चा कानून देने वाला--- वह पूर्व-अवतरित येशुआ था,

जो मूसा को आगे के निर्देश देने के लिए उससे आमने-सामने मिलता रहा। जब वह पहली बार पृथ्वी पर आया, तो उसने टोरा को पूरी तरह से जीया, लेकिन उसने टोरा के माध्यम से शासन नहीं किया। हालाँकि, जब वह वापस आएगा, तो वह संप्रभुता का राजदंड लेकर चलेगा और टोरा के माध्यम से अपने राज्य पर शासन करेगा। [मीका 4:2; यशायाह 2:3]

• लोग उसकी बात मानेंगे

• "अपने गधे को बेल से बांधना" (मैट 21:2-3 का संदर्भ)

• "शराब में धुले कपड़े, और अंगूर का खून" [है। 63:1-4]

• काली आंखें, सफेद दांत (उसकी उपस्थिति का एक भविष्यवाणी संकेत?)

• बनाम 16-17---"दान अपने लोगों का न्याय करेगा...(वह) रास्ते का एक साँप, रास्ते का एक साँप होगा, जो घोड़े की एड़ी को काटता है ताकि उसका सवार पीछे की ओर गिर जाए। मैंने इंतजार किया है हे यहोवा, तेरे उद्धार के लिये!"

*यह भविष्यवाणी बहुत महत्वपूर्ण है, मैं इसे विभिन्न खंडों में विभाजित करूंगा:

1. दान को जो भूमि दी गई वह सुदूर उत्तर में थी। कत्लेआम के जरिए एक बड़े शहर पर कब्ज़ा करने के बाद, उन्होंने उसका नाम बदलकर दान रख दिया। इज़राइल के दो राज्यों में विभाजित होने के तुरंत बाद, यह दान की जनजाति थी जिसने पहला सुनहरा बछड़ा (दान शहर में) बनाया और उत्तरी राज्य के लोगों को मूर्तिपूजा की ओर ले जाना शुरू किया। जल्द ही डैन उत्तरी राज्य के दक्षिणी हिस्से में, बेथेल में, यरूशलेम से केवल 5 मील उत्तर और पश्चिम में एक दूसरा निर्माण करेगा, इस उम्मीद में कि जितना संभव हो उतने लोगों को यह महसूस करने से रोका जाएगा कि उन्हें बलिदान के लिए यरूशलेम के मंदिर में जाना है और आज्ञाओं का पालन. इसने काम किया। समय के साथ उनकी मूर्तिपूजा प्रथाएँ इतनी घृणित हो गईं कि यहोवा के पास अश्शूरियों की क्रूर क्रूरता के माध्यम से उनका न्याय करने के अलावा कोई विकल्प नहीं था। उन्हें अश्शूर में बंदी बना लिया गया और अंततः वहां से पृथ्वी के छोर तक तितर-बितर कर दिया गया। लेकिन और भी बहुत कुछ है...

2. अब हम येशुआ के समय की ओर आगे बढ़ेंगे। उस समय दान के क्षेत्र में क्या चल रहा था? क्षेत्र के सबसे उत्तरी भाग, कैसरिया फिलिप्पी में "पैन की गुफा" (बकरी दानव) के साथ, मूर्तिपूजा अभी भी बड़े पैमाने पर थी। इज़राइल में रहते हुए मैं इसे एक बार देख पाया था, और हमें बताया गया था कि यही कारण है कि येशुआ प्रेरितों को सुदूर उत्तर में यह सवाल पूछने के लिए ले गया, "आप क्या कहते हैं कि मैं कौन हूं?" [मैथ्यू 16:15] ऐसा इसलिए था क्योंकि वह अभी भी देश में सबसे अधिक मूर्तिपूजक स्थान था, और ज्ञात दुनिया भर से लोग पान के साथ-साथ अन्य मूर्तियों की पूजा (और बलिदान) करने के लिए आते थे।

3. तो दान के विषय में याकूब की भविष्यद्वाणी के उस भाग के बारे में क्या, जो कहता है, कि वह मार्ग में सांप, और मार्ग में सांप के समान होगा, जो घोड़े की एड़ी को डसेगा, और उसका सवार पीछे की ओर गिर पड़ेगा!

ए) रास्ता टोरा के बराबर है

बी) पथ टोरा के बराबर है

ग) साँप/वाइपर के कारण सवार पीछे की ओर गिर जाता है...

4. आज दुनिया में सबसे शक्तिशाली राक्षसी आत्मा को "कुंडलिनी आत्मा" कहा जाता है। "कुंडलिनी" एक हिंदू शब्द है जिसका अर्थ है "सर्प"! इस भावना ने 1994 में संयुक्त राज्य अमेरिका, कनाडा और यूरोप के अधिकांश चर्चों में फैलना शुरू कर दिया था। हालाँकि इससे पहले इसके पूर्ववर्ती अलग-अलग नामों से थे, यह "टोरंटो आशीर्वाद" का पुनरुत्थान था जिसने इस सर्प आत्मा के उभरने के लिए दरवाजे और द्वार खोल दिए। सभी संप्रदायों में. आज, यह दुनिया भर में है, दुख की बात है कि इसमें इज़राइल भी शामिल है। सभी अभिव्यक्तियों में से पहली और सबसे बुनियादी अभिव्यक्तियों में से एक "अभिषेक" के प्राप्तकर्ता का पीछे की ओर गिरना है, जिसे वे "आत्मा में मारा गया" कहते हैं। कई वर्षों तक इस आंदोलन के बीच में रहने के कारण मैंने कई अभिव्यक्तियाँ देखीं, यहाँ तक कि अन्य देशों में भी मुझे मिशनों के लिए बुलाया गया। अब संभवतः ऐसा कोई देश नहीं बचा है जो इसके द्वारा अपवित्र न किया गया हो...हमेशा यह दावा किया जाता है कि यह "ईश्वर का कदम" है जो उपचार और महान आशीर्वाद के साथ आता है। किसी को इस बुरी आत्मा की "आग" से बाहर निकालने में मदद करने का सबसे बड़ा मौका उन्हें धर्मग्रंथ में यह दिखाना है कि बाइबल में हर बार जब कोई पीछे की ओर गिरता है, तो यह हमेशा ईश्वर का निर्णय होता है... और अधिकांश समय वे मर जाते हैं। इसके विपरीत, बाइबल में पवित्र लोग, जिनका ईश्वर से सच्चा साक्षात्कार होता है, वे हमेशा ईश्वर की ओर आगे बढ़ते हैं। तीस से अधिक छंद ऐसे हैं जहां लोग भगवान की उपस्थिति में पहले घुटनों के बल गिरे और फिर अपने चेहरे के बल, और एक भी ऐसा नहीं जहां वे पीछे की ओर गिरे। यह एक झूठा आंदोलन है, सभी पवित्र चीज़ों का मज़ाक है, और बहुत शक्तिशाली है! पच्चीस वर्षों तक इस आंदोलन को देखने के बाद, मेरा मानना है कि यह मूर्तिपूजा का एक रूप है, जिसे शुरू करने की भविष्यवाणी डैन ने की थी।

5. तो, दान के बारे में शब्द "हे यहोवा, मैं तेरे उद्धार की बाट जोहता रहा हूं" से क्यों समाप्त होता है? मेरा मानना है कि ऐसा इसलिए है क्योंकि जो कोई भी एक सच्चे ईश्वर में विश्वास का दावा करने की कोशिश करता है, लेकिन साथ ही मूर्तिपूजा भी करता है, वह मोक्ष की शांति की तलाश करता रहेगा, लेकिन उसे कभी नहीं मिलेगा।

• बनाम 22-26---जोसेफ: सबसे अंत में हम जोसेफ को उसके पिता द्वारा दिए गए अद्भुत आशीर्वाद को देखेंगे।
• वी. 22---जोसेफ के वंशज "कुएँ के किनारे लगाई गई फलदार शाखा की तरह बढ़ेंगे, जो दीवार पर उगती है"...(हर जगह जा रही है)।
• वी. 23--- "धनुर्धर" (उसके दुश्मनों का प्रतिनिधित्व करते हुए) ने उस पर गोली चलाई और उससे नफरत की...। यह उसके भाइयों का प्रतिनिधित्व करेगा जब वह छोटा था, पोतीफर की पत्नी कई वर्षों बाद, और यहां तक कि बटलर का भी जो दो साल तक उसके बारे में भूल गया था।
• वी. 24-25---लेकिन जोसेफ इस सब के दौरान भी मजबूत बना रहा, और इसका पूरा श्रेय "याकूब के शक्तिशाली भगवान" को दिया जाता है, जिसके बाद येशुआ को "इजरायल का चरवाहा और पत्थर" के रूप में भविष्यवाणी की गई। (बहुत बढ़िया!!)
• पद 26---जोसेफ के आशीर्वाद की अंतिम पंक्ति इतनी गहरी है...क्या हममें से कोई कल्पना भी कर सकता है कि कोई हमारे ऊपर ऐसा कुछ बोलेगा? मुझे अच्छा लगा कि जैकब ने यह कहकर शुरुआत की, "तुम्हारे पिता के आशीर्वाद (उन आशीर्वादों का जिक्र करते हुए जो उन्होंने खुद ऐसे बेटे को पाने के लिए प्राप्त किए थे!) ने मेरे पूर्वजों के आशीर्वादों को पार कर लिया है..." (इब्राहीम और इसहाक का जिक्र करते हुए)। सुंदर!!!

उत्पत्ति 49:29-33---याकूब की मृत्यु और दफन

इन पाँच छंदों में, याकूब पूरी निश्चितता के साथ जानता है कि वह मरने वाला है, इसलिए वह अपने दफनाने की इच्छा के अनुसार अपने बेटों को निर्देश देता है। "मेरे (या उसके) लोगों के लिए एकत्रित" शब्द चौदह अलग-अलग स्थानों में पाया जाता है। सन्दर्भ में इसका दफ़नाने की जगह से कोई लेना-देना नहीं है और इसका संबंध पहले से मर चुके लोगों के लिए इकट्ठा होने से है। दिलचस्प बात यह है कि इसे सबसे पहले उत्पत्ति 25:8 में दर्ज किया गया है..."इब्राहीम ने आखिरी सांस ली और बहुत बुढ़ापे में मर गया, वह एक बूढ़ा आदमी था और जीवन से संतुष्ट था; और वह अपने लोगों में इकट्ठा हो गया।" हाल ही में टोरा भाग की टिप्पणी में इस पर चर्चा करने के बाद, मुझे लगता है कि इस पर एक बार और चर्चा करने की जरूरत है, क्योंकि इस एक शिक्षा के माध्यम से कई लोगों को विधर्म के कई जालों में फंसाया जा रहा है। आजकल एक सिद्धांत चल रहा है जिसे "आत्मा निद्रा" कहा जाता है जो यह सिखाने का प्रयास करता है कि जब हम मर जाते हैं तो हमारी आत्मा पुनरुत्थान तक "कब्र में सोती रहती है"। यह आम तौर पर इस सिद्धांत के साथ-साथ चलता है कि हमारी आत्मा कभी स्वर्ग नहीं जाती है, क्योंकि इसे बढ़ावा देने वालों का मानना है कि "उत्साह" मैथ्यू 24:31 का एकत्रीकरण है, जिसमें येशुआ के वापस आने पर सभी धर्मी पुनर्जीवित हो जाते हैं। उस स्थिति के साथ समस्या यह है कि धर्मग्रंथ और यहां तक कि स्वयं येशुआ भी इसका खंडन करते हैं। येशुआ वही है जिसने लाजर और अमीर आदमी के मरने और शीओल में उतरने के बारे में बताया था - अमीर आदमी "उग्र" पक्ष (जिसे पाताल लोक कहा जाता है) में जा रहा था, और लाजर महान के दूसरी तरफ "अब्राहम की गोद" में जा रहा था। उनके बीच की खाई. [लूका 16:19-31] यहां वे बातचीत करने में सक्षम हैं...सोने का कोई सबूत नहीं है। यह कोई दृष्टांत नहीं है, क्योंकि येशुआ द्वारा बोले गए प्रत्येक दृष्टांत की पहचान इसी प्रकार की गई थी। "आत्मा नींद" का दूसरा स्पष्ट विरोधाभास प्रकाशितवाक्य 6:9-11 में पाया जाता है, जहां शहीद संत संत येशुआ से न्याय करने और उनके खून का बदला लेने की विनती कर रहे हैं। वह न केवल उन्हें उत्तर देता है, बल्कि वह उन्हें उनकी शादी का "वस्त्र" जल्दी देता है...एक तरह से "सुरक्षा कंबल" की तरह। वे निश्चित रूप से सो नहीं रहे हैं! न ही वे लोग जो स्वर्ग में हैं, स्वर्गदूतों, चौबीस बुजुर्गों और चार जीवित प्राणियों के साथ मेमने की उसके स्वर्गीय सिंहासन के सामने पूजा कर रहे हैं! [प्रकाशितवाक्य 7:9-10] इसलिए इब्राहीम, इसहाक और याकूब और उनके बाद के अन्य सभी लोगों के संबंध में, जिन्हें "अपने लोगों में एकत्रित" कहा जाता है, वे जानते थे कि वे केवल बेहोशी की स्थिति में जमीन में नहीं जा रहे थे। या सो जाओ. वे और अन्य लोग "अब्राहम की गोद" में तब तक रहे जब तक कि येशुआ उनके लिए "पुनरुत्थान का पहला फल" नहीं बन गया, जिसके बाद उन्हें स्वर्ग में भी प्रवेश करने की अनुमति दी गई। बहुत से लोग मानते हैं कि भजन 68:18 और इफिसियों 4:8 में इसका वर्णन किया गया है, जब यह येशु को "बन्धुवाई में ले जाने" को संदर्भित करता है... नरक में उनके वंश से, उसके बाद स्वर्ग में उनके आरोहण के बाद। हम निश्चित रूप से जानते हैं कि जो लोग उसकी मृत्यु, पुनरुत्थान और पुनरुत्थान के पहले फल के रूप में स्वर्गारोहण से पहले "विश्वास द्वारा बचाए गए" थे, वे "अब्राहम की गोद" में थे। उसके बाद वे उसके साथ स्वर्ग में थे/हैं। हलेलुयाह!

उत्पत्ति 50:1-14---याकूब के लिए महान शोक

एक बार फिर हम जोसेफ को अपने पिता को दफनाने के लिए कनान तक जाने की अनुमति देकर फिरौन के महान प्रेम और वफादारी को देखते हैं। वह जोसेफ के लिए कितना प्यारा पिता-तुल्य और परोपकारी था। यहां तक कि वह अपने सभी बुजुर्गों को यूसुफ के परिवार के साथ महान यात्रा पर जाने की अनुमति देने के साथ-साथ रथ और घुड़सवार भी उपलब्ध कराने के लिए आगे बढ़ गया। यह पूरे मिस्र में 70 दिनों तक चलने वाला महान शोक था जो यूसुफ और उसके पिता के लिए फिरौन और पूरे मिस्र के प्रेम को सबसे ज़ोर से दर्शाता है। यहाँ तक कि तथ्य यह है कि यात्रा के कुछ भाग में वे अगले 7 दिनों के लिए शोक मनाने के लिए रुके---शास्त्र में इसकी तुलना में कुछ भी नहीं है!

उत्पत्ति 50:15-22---जोसेफ ने अपने भाइयों को आश्वस्त किया

याकूब की मृत्यु के साथ, यूसुफ की कमजोरियाँ, भय और विश्वास की कमी एक बार फिर भाइयों में सामने आ गई। निश्चित है कि यूसुफ अंततः उनसे बदला लेगा जो उन्होंने उसके साथ किया था, वे उसके पास क्षमा और दया मांगने जाते हैं। क्या आपने पद 17 के नीचे ध्यान

दिया कि उनके शब्दों ने यूसुफ को रुला दिया? निश्चित रूप से उसके प्यार, प्रावधान और संरक्षण के सभी वर्षों ने यह साबित कर दिया होगा कि वह अब उन पर हमला नहीं करेगा। लेकिन एक बार फिर जोसेफ ने निराशा के बजाय उन्हें केवल अनुग्रह और आराम दिखाया... फिर भी मसीह जैसा एक और गुण।

उत्पत्ति 50:22-26---जोसेफ की मृत्यु

• बनाम 22-23--जोसेफ अपने परिवार के साथ अपना जीवन व्यतीत करने में सक्षम था, और यहां तक कि उसके परपोते भी उसके घुटनों पर बैठे थे!!

• पद 24-25---जैसे ही यूसुफ मृत्यु के करीब पहुंचा, वह अपने परिवार को यह बताने में सक्षम हो गया कि वह जानता था कि यहोवा उन्हें किसी समय मिस्र से बाहर लाएगा। भविष्य में मिस्र से पलायन पर विश्वास करते हुए, उसने उनसे प्रतिज्ञा ली कि वे उसकी हड्डियाँ अपने साथ लाएँगे। तो इस बारे में सोचो. निर्गमन 13:19 में मूसा हमें बताता है, "और मूसा यूसुफ की हड्डियों को अपने साथ ले गया, क्योंकि उसने इस्राएल के बच्चों को यह कहकर शपथ दिलाई थी, 'परमेश्वर निश्चय तुम्हारी सुधि लेगा, और तुम मेरी हड्डियों को ले जाओगे।" यहाँ तुम्हारे साथ।'' फिर यहोशू हमें यहोशू 24:32 में बताता है, कि हड्डियाँ शकेम में गाड़ दी गई थीं। जब वे शकेम पहुँचे तब तक मूसा मर चुका था। चालीस वर्षों तक जंगल में भटकने के बाद इस्राएल के बच्चे "वादा किए गए देश" (शेकेम सहित) में नहीं गए। इसलिए, जब वे लाल सागर पार कर गए, तो वे यूसुफ की हड्डियों को अपने साथ ले गए। जब सिनाई पर्वत पर टोरा दिया गया, तो यूसुफ की हड्डियाँ उनके साथ थीं। इतने वर्षों तक बादल का एक स्थान से दूसरे स्थान तक पीछा करते रहने के दौरान, यूसुफ की हड्डियाँ उनके साथ चली गईं। मुझे यह आकर्षक लगता है, ज्यादातर जोसेफ के माध्यम से सामने लाई गई मसीह जैसी छवि के कारण, कि वह उनके सभी संघर्षों के दौरान (अस्पष्ट तरीके से) उनके साथ था। सभी "विश्वास के पिता" अभी भी इज़राइल में दफन हैं। निश्चित रूप से यह उन यहूदियों के लिए एक गहरा आधार रहा होगा, जिन्होंने आज तक अपने चारों ओर मौजूद सभी शत्रुओं से लगातार मिल रही धमकियों का सामना करते हुए, भूमि पर लौटने का विकल्प चुना है।

जैसे ही हम उत्पत्ति की इस अद्भुत पुस्तक के समापन पर आते हैं, और उसमें निहित सृष्टि और मानव इतिहास के सभी चरणों पर विचार करते हैं, मैं एक बार और अधिक गहरे स्तर पर--- के जीवन की व्याख्या करना चाहूंगा जोसेफ.
हमने ध्यान से देखा है कि कैसे यहोवा ने अपने जीवन में हर परीक्षण का उपयोग किया। हमने येशुआ के जीवन के साथ उसके जीवन की प्रत्येक समानता की जांच की है। अब मैं इस "मसीह-जैसे" आदमी के जीवन में छिपी एक और तस्वीर पेश करना चाहता हूं।

जब अकाल इतना भीषण हो गया कि लोगों को अपना सब कुछ, यहां तक कि अपने शरीर भी, बेचना पड़ा, तो इससे भी बड़ी किसी चीज़ की तस्वीर सामने आती है। सबसे पहले हमें यह याद रखना चाहिए कि पूरी बाइबल में मिस्र दुनिया की एक तस्वीर है। अन्य राष्ट्रों पर उनके वर्चस्व से लेकर, नील नदी के माध्यम से उन्हें दिए गए महान आशीर्वाद तक, उनके पास एक सच्चे ईश्वर की महिमा करने का हर कारण था। लेकिन वे ऐसा नहीं करेंगे. इसके बजाय उन्होंने कई मूर्तियों की पूजा की और उनके लिए बड़े अपवित्र अनुष्ठान किये।

जब लोगों के पास पैसे और पशुधन खत्म हो गए, और उन्हें पता चला कि जीवित रहने के लिए पर्याप्त रोटी के लिए फिरौन को "बेचने" के लिए उनके पास केवल अपनी जमीन और शरीर बचे हैं, तो वे सभी अपनी भूमि से शहरों में चले गए और फिरौन के गुलाम बन गए। अब, इसकी तुलना यहोवा के सच्चे विश्वासियों (याकूब और उसके परिवार) के छोटे से अवशेष से करें, जिन्हें उस गंभीर न्याय के बीच, जिसने पृथ्वी को अकाल से ढक दिया था, गोशेन नामक भूमि के एक विशिष्ट टुकड़े पर लाया गया था। यहां वे सुरक्षित थे. यहां उन्हें मुहैया कराया गया. और, सबसे महत्वपूर्ण बात, यहां वे अपने रिश्तेदार मुक्तिदाता...जोसेफ के करीब थे। यह वैसा ही है जब नूह और उसके परिवार को बाढ़ के माध्यम से होने वाले विश्वव्यापी न्याय के बीच उनकी रक्षा करने (और उन्हें प्रदान करने!) के लिए जहाज में डाल दिया गया था। एक पानी से मौत थी...दूसरी पानी की कमी से निश्चित मौत थी (सूखा जिसके कारण अकाल पड़ा)...अगर यह एक आदमी की बुद्धिमत्ता के लिए नहीं होता।

मिस्र में जो हुआ वह दुनिया की एक तस्वीर है। जब रोटी का अकाल होगा (शब्द और शब्द के दाता दोनों का प्रतिनिधित्व करते हुए---येशुआ---[जॉन 6:48]), तो दो चीजों में से एक होगा। यदि आप जीवित रोटी से संबंधित हैं, तो आप उसके हैं। खरीदा और भुगतान किया। लेकिन यदि आप ऐसा नहीं करते हैं, तो जैसे-जैसे अकाल बढ़ेगा, आप कम होते जाएंगे, जब तक कि आप केवल "जो दुनिया में है" के गुलाम न रह जाएं। हम इतिहास के इस समय में बढ़ते अकाल के बीच में हैं। जैसे-जैसे यह बढ़ता है, उद्धारकर्ता के साथ हमारा चलना हर स्तर पर बढ़ना चाहिए। और फिर, हमें आराम करने और इस तथ्य पर खुशी मनाने की ज़रूरत है कि उसने हमें अपने बगल में रखा है - हमारे रिश्तेदार मुक्तिदाता। हलेलुयाह!

हफ़्तारा

1 राजा 2:1-12

सुलैमान को दाऊद के अंतिम निर्देश

धर्मग्रंथों का यह सेट जैकब द्वारा अपने "मृत्यु शय्या" से अपने पुत्रों को निर्देश देने से पूरी तरह मेल खाता है, जैसा कि डेविड ने यहां अपने पुत्र सुलैमान के साथ किया था। आइए हम श्लोक तीन और श्लोक चार के मध्य के शब्दों को अपने मन और हृदय में उजागर करें...उन्हें अपने लिए व्यक्तिगत निर्देश के रूप में लें।

• वी. 10---एक बार फिर, जहां यह कहा गया है (नए किंग जेम्स संस्करण में) "इसलिए डेविड ने अपने पिता के साथ विश्राम किया, और उसे डेविड शहर में दफनाया गया", "विश्राम" के बगल में छोटा "1" लेता है आप केंद्र के संदर्भ में जाएँ जहाँ यह कहता है, "मर गया और अपने पूर्वजों में शामिल हो गया"।

ब्रित हादाशाह / नई वाचा

नया करार

1 पतरस 1:1-9

एक स्वर्गीय विरासत

मुझे लगता है कि इन छंदों का टोरा भाग और यहां तक कि हफ़्तारा भाग से सबसे बड़ा संबंध "विरासत" के बारे में है।

➢ जैकब के समय में यह भूमि के बारे में था

➢ डेविड के समय में यह सिंहासन के बारे में था

➢ पीटर के समय में (और हमारे समय में भी) यह था (और है):

• जी उठना

• एक अविनाशी विरासत स्वर्ग में हमारी प्रतीक्षा कर रही है

• हमारे उद्धारकर्ता को जानने की खुशी

• हमारे विश्वास का लक्ष्य प्राप्त करना---मोक्ष (आध्यात्मिक मुक्ति, साथ ही इस भ्रष्ट दुनिया से शारीरिक मुक्ति दोनों) धन्यवाद और आपकी स्तुति करो, येशुआ। आमीन!

1. परमेश्वर का नियुक्त समय - 7 पर्व। (अंग्रेजी और हिंदी)

2. उत्पत्ति - टोरा भाग नोट्स और टिप्पणी (अंग्रेजी और हिंदी)

3. निर्गमन - टोरा भाग नोट्स और टिप्पणी (अंग्रेजी और हिंदी)

टोरा - प्राचीन पथों पर चलना श्रृंखला -2

4. लेविटिकस - टोरा भाग नोट्स और टिप्पणी (अंग्रेजी और हिंदी)

5. व्यवस्थाविवरण - टोरा भाग नोट्स और टिप्पणी (अंग्रेजी और हिंदी)

6. संख्याएँ - टोरा भाग नोट्स और टिप्पणी (अंग्रेजी और हिंदी)

www.ingramcontent.com/pod-product-compliance
Lightning Source LLC
LaVergne TN
LVHW070544061026
849580LV00018B/2613